屋久悠樹
Yuki Yaku Presents

Fly
Illustration

弱角友崎同學

日本小學館正式授權繁體中文版

The Low Tier Character "TOMOZAKI-kun": Level.7

弱角友崎同學

屋久悠樹
Yuki Yaku Presents

Fly Illustration

The Low Tier Character
"TOMOZAKI-kun"; Level.7

CONTENTS

Design Yuko Mucadeya + Caiko Monma
(musicagographics)

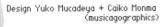

我們班 2-2

庭園裡的少女

弱角友崎同學 Lv.7

屋久悠樹
Yuki Yaku Presents

Fly
Illustration Fly

The Low Tier Character "TOMOZAKI-kun": Level.7

角色介紹

友崎文也
高中二年級。弱角。

日南葵
高中二年級。學校的完美女主角。

七海深奈實
高中二年級。開心果。

夏林花火
高中二年級。小個子。

泉優鈴
高中二年級。很吃得開的女孩子。

菊池風香
高中二年級。喜歡看書。

水澤孝弘
高中二年級。志願當美容師。

中村修二
高中二年級。在班上是頭目的地位。

竹井
高中二年級。體格很好。

成田鶇
高中一年級。很多方面都很自由自在。

紺野繪里香
高中二年級。班上的女王。

1 凡走過必留下痕跡

星期二早上。

帶著忐忑不安的心，我站在第二服裝教室的門前。

接下來將要在這間教室展開例行性會議，不過——

我的腦子裡浮現昨天發生的事情，還歷歷在目。

就算過了一個晚上，那些話語依然還是帶著鮮活的溫度殘留在心中。

深深實實對我說「喜歡」，那背後代表的意思。以及水澤開導我的話。

在面對別人對我的感情、別人給我的當頭棒喝後，我自認自己多少有點進步了。那些犀利的話語讓只會懦弱逃跑的我學會面對現實。

「……好。」

我吐出一口氣，用力握緊拳頭。

接下來日南恐怕會那麼問我。

——問我會選擇誰。

我已經能夠擺脫看了又裝作沒看到的自己，懂得讓懦弱的自己去注意焦點所在。可是這個問題依然還是很難。思緒彷彿陷在濃霧之中，邊走邊摸索著，遲遲沒辦法得到答案。

在我做個深呼吸之後，沒開空調的舊校舍瀰漫著冰冷空氣，那些空氣通過喉嚨，填滿充斥著不安的肺部。

我透過眼前這扇門的小窗口窺探裡頭情形。緊接著我跟某人四目相對，對方正一臉窮極無聊地用手撐著臉頰，在眺望這邊。

那目光的主人錯愕地皺起眉頭，但我還是沒有行動，結果那個人就地緩緩起身，朝我走過來。我緊張地東張西望，卻沒能採取具體行動。

最後第二服裝教室門板便發出開合度不好的雜音，緩緩開啟。

日南葵出現在眼前。她依然皺著眉頭，眼睛一直盯著我。

「你呆站在那邊幹麼。」

「沒、沒什麼……」

話中帶刺的日南朝著模樣狼狽的我斜眼一看，接著目光轉向背後，似乎是想觀察教室內部的情形。

「這裡並沒有什麼不對勁啊。」

她說完再次轉向這邊，帶著納悶的表情歪頭。

「怎麼了？是覺得有個課題沒辦法完成，覺得心虛了？」

「不、不是這樣……」

當我含糊地否認之後，日南那冰冷的目光射向我。

「我是希望你能有這點自覺啦……」

「這、這麼說也對……」

她說得沒錯呢。雖然我順勢否認了，但這種時候應該要覺得內疚才對吧。

只見日南看似拿我沒轍地嘆了一口氣，嘴裡「唉」了一聲。

「怎麼？不是那樣的話，那是怎樣？」

她不停用食指敲擊太陽穴，看起來很不耐煩。

「這是因為……那個——」

話雖如此，我又不能坦言深實實對我說出類似告白的話語，卻又想不到精巧的藉口。這讓我氣勢上矮人一截，連話都說不好。

日南又發出大大的嘆息。

「雖說你有事情瞞著我也不算什麼奇聞了……」

她先是無奈地說了這番話，接著擺出算是願意就此打住的樣子。

「算了。你也有屬於你的私人領域，若有事情不想說，不說也無妨。」

「這、這樣啊。」

「先不管這個了，現在更重要的是正事。」

正事。

那句話讓我的心頭狂跳一下。

「說、所謂的正事是指那個吧……」

日南點點頭。

「當然了。就是要選誰當『攻略對象』。」

沒錯。上星期我接到配合 Instagram 運用的攝影任務。當這個任務結束，我就要來決定選誰當「攻略對象」。

換句話說，就是——要挑選該對象來破解「升上三年級之前交到女朋友」這個課題。

今天就是必須做出決定的最後期限。

「……這個。」

然而目前的狀況跟上星期有點不一樣了。

因為昨天深實實對我表示好感。

「妳說過……要選兩個人以上對吧。」

日南說過攻略對象要選出「兩人以上」。

她說這是在攻略名為戀愛的「遊戲」時所能採取的有效手段，關於她所提出的那番理論，我覺得我能夠理解。

然而我要在這種情況下做出選擇，那樣給我感覺是不夠誠實的。

「對。不過，若你要完全把心思都放在某個人身上，對其他人視而不見，那也沒關係……畢竟這牽涉到情感問題。只是這樣一來往往容易進展不順，基本上最好還是同時攻略兩人以上比較好。」

「……這樣啊。」

若是意願已經很堅定了，那只選一個人也沒關係。這句話讓我的思考朝向某個方向前進。

日南口中的「攻略對象」——我是否該選擇深實實一個人就好？

「好啦，那你有何打算？」

「……我覺得——」

這個時候水澤說過的話在我腦海中閃過。

或許那也是出自我自己的意志，想要去否決掉我這種根深柢固的弱角本性。

為了誠實去面對他人，我已經決定不再繼續妄自菲薄。

要捨棄身為弱角的劣等感，就算只有表面上也好，我想要做出強大角色會有的「樣子」。

要確實去面對別人的心意，再選擇要如何行動。

既然如此。

「若我不自己做出選擇，那就沒意義了吧。」

當我喃喃自語完這句話，日南的眉頭皺了一下。

「嗯？這個嘛……那是當然的吧。」

「……我想也是。」

照我們這段對話來看，恐怕她並沒有聽出我的本意。雖然日南看似不解地歪著頭，我還是慎重地點點頭。

深實實對我說了那句話。

那表示深實實——她憑藉自身意志選擇我。

對。再怎麼說那都是深實實個人的意願。

那麼，若是基於「去拒絕會覺得有罪惡感」這樣的理由就單方面被迫接受那種選擇，這就不是我心甘情願做出的選擇了。

深實實是做了很大的決心才對我坦承心意，那麼做就不算是誠實以對。

「日南，我想問妳一件事情。」

當我叫完她的名字後，日南便用警戒的目光看向我這邊。

「……什麼事？」

我目不轉睛地看著面帶狐疑表情的日南，決定向一路走來一同攻略人生的導師也就是這傢伙請益。

「喜歡上一個人……具體來說是怎樣的感覺？」

我說話的時候換上再認真不過的表情和語氣。在玩這個名為人生的遊戲時，那恐怕是其中一個重要元素。

緊接著日南就筆直地回頭看我，先是頓了一會兒。

在幾秒鐘的沉默後——她慢慢開口。

「你幹麼一臉認真說那種丟人的話？」

「什麼……！」

跟我用認真語氣說出的話語形成反差，日南還是跟平常一樣毒舌，毒舌到令人傻眼的地步。虧我這麼認真在跟她說話。同時我感覺到自己的臉突然間變熱。

「被、被妳這麼一說就覺得好丟臉，別這樣啦。」

「喜歡上一個人……具體來說是怎樣的感覺？」

「別學我說話，快住手。」

日南壞心眼地揚起嘴角，完美模仿我的語氣，害我完全招架不住。

「真是的別鬧了，快告訴我啦。喜歡人具體來說到底是怎樣。妳不是要教會我人生哲學嗎？」

「呵呵，話是這麼說沒錯。」

只見日南一臉滿足地壞笑。這傢伙看到別人越厭惡，她就越開心。

大概是把人捉弄一輪後心滿意足了吧，她換回平常會有的冷靜表情。

「不過，這個嘛……想知道喜歡上人是怎麼一回事啊。」

在那之後，她露出有點冷酷的表情，開始思考起來。

「若是要分析的話……不是有依賴性就是為了性欲，或是獨占欲，要不就是利害關係一致。正確說來就是把這些加總起來……所產生的複合性情感。」

「喔、喔喔。」

這樣的答案實在太直接了，非常有日南的風格，從某方面來說算是強行對我打了一劑強心針。虧她能夠這樣雲淡風輕說出如此冷酷的話。

「這、這我是知道了。我想問的應該比較偏向個人層面……」

「個人層面？」

「例如自己有喜歡過誰……之類的，而妳又是怎麼知道自己喜歡上對方，比較偏向這類。」

我重新限縮問題的範圍，但那依然是在對日南提出很抽象的問題。

看我說話的時候不是很能接受她那份說辭，日南這下看上去明顯對此感到傻眼。

「唉。都給你一星期的考慮時間了，你還在說這種話啊。」

「這、這也沒辦法吧。畢竟牽涉到情感問題。」

「好吧……也對。」，日南看起來稍微願意跟我妥協了。「畢竟我也說到事關感情層面的話，要多加考慮……」

她說這話的時候顯得有些後悔，讓我跟著內疚起來。

「我個人也是想認真做出決定就是了。」

應該說我想認真做決定的心情八成比常人要強上一倍。反過來說，就是因為我過分希望可以堂堂正正來個正面對決，才會如此迷惘。

「但你不是還沒辦法痛下決定？」

「是這樣沒錯……」

在我點完頭後，日南理所當然地接話。

「聽好了?就因為事情是這樣，你更應該選出兩人以上。」

聽到對方給的答案有違期待，我失望地垂下肩膀。

「喔，最後還是變成這樣啊……」

「你想想看，事實上你明明就沒辦法只選出一個人，卻要硬逼自己鎖定在某個人身上。這點按照你個人的法則來說，未免也顯得『不夠誠實』吧?」

「嗚……」

這讓我無話可說。

她說得對。現在我只是一直沒來由覺得深實實都跟我表白了，還去選兩個人當攻略人選不太妥當，卻沒辦法痛下決心去選擇深實實。

「還是說?這一個星期以來你捫心自問，卻連一個有點在意的女孩子都找不到?」

「不……」

這一個禮拜以來，不對，早在更久之前，我就跟遇到日南之前都無緣接觸的女孩子們產生交集，進一步交流。到最後——甚至還有人跟我說出藏在心底的心意。

在這種情況下說自己都沒有在意的對象是騙人的。

當我正視自己的情感後——我發現心裡有個在意的人。

不，該說在接到這個課題之前，或許我心中就開始對她在意起來了。

「並非沒有……找到。」

「……哦。」

直到這個時候，日南才首次語氣軟化。

「那不就結了。其實你該做的，一直都是件很簡單的事情。」

「……是這樣啊。」

這一星期以來。我跟許多同班同學一起拍照，體驗了先前未曾體驗過的。用自己的方式去確實面對自己的心意走向。

先前不曾有過類似的經驗，我的情感朝著許多方向擺盪。

「總之，我又不是要你立刻去跟對方告白，就算還不確定也沒關係。你只要決定今後特別想跟誰加深關係就行了。」

「……知道了。」

我點點頭，再次確認自己的情感。

不是因為有人對我表白，才去做那種被動的選擇，而是要從自己的心中找出那份情感。

那麼，為了面對自己的心情，希望能在未來的某一天確認自己的心意。

那我就必須把這些確實轉變為言語吧。

看自己想跟誰進一步交流。

跟誰在一起，會感到心頭悸動。

也就是——要知道自己對哪個人是用看待異性的眼光另眼看待。

「我在意的人是……」

憑藉著自己的意志，我將這個答案脫口而出。

「——深實實和菊池同學。」

＊　＊　＊

會議結束後，我一個人走在走廊上，心中騷動不已。

「……結果還是說出來了。」

這種感覺恐怕就是「想自行做出選擇」的反作用。

之前我在名為「人生」這個遊戲中，在人際關係方面總是處於被動狀態，在遇到日南之前，我甚至不會主動跟人接觸，現在卻將自己在意的異性名字清楚說出口。這對我而言其實只是捨身攻擊，甚至可以說是垂死的掙扎，是一種會害我自己遭到反噬的行為，眼下都還沒到「喜歡」的程度，我甚至不曉得該如何整理自己的心情。怎麼辦，這樣下去我好像會因為那些反作用掛掉。

一面想著，我在走廊上走動，這個時候遭到追加攻擊，某段記憶重新回到腦海中。

『——不過，其實解釋成另一種意思的喜歡也對？』

深實實的表情和聲色在腦中活靈活現地迴盪著。我感覺到自己的臉和身體頓時熱了起來。

「～～唔！」

她跟我表白才是昨天的事情。

原本就為剛才那場會議帶來的反噬讓腦袋瓜亂成一團，這段回憶還給我來個追加攻擊。受到的衝擊太大，害我完全當機，讓我完全無法思考，結果反而得以平靜下來。

隔天——也就是今天。用不著多說，在那之後我都沒有見到深實實。

理所當然的，在我的人生中從來沒有人跟我告白過，所以我根本不知道這種時候該怎麼辦。啊啊煩死了，等一下去教室那邊，我該擺出什麼樣的表情才好。

我環顧周遭。在走廊上，有別於我身陷的不尋常處境，一如既往的日常景象依然持續流淌著。越來越有文化祭的味道，這點算是有別於往常，距離文化祭正式展開只剩下兩個禮拜多一點。頂多就只是景象上變得有點熱鬧，映入眼簾、耳朵聽到的喧囂聲依然和平常沒有太大差異。跟我混亂的腦子相比，那些聲音已經算是和諧許多了吧。

我用莫名飛快的步調從那些景象前方穿過，來到二年二班的教室前。

在眼前這個教室裡，恐怕——應該說是幾乎可以確定深實實就在那裡。接下來我進入教室，之後又該怎麼辦才好？該擺出什麼樣的表情。該如何跟人說話。不對，在目前這一個階段應該不用刻意去跟對方說話，但總覺得像這樣進到同一個空間中，第一個反應就是渾身發顫。

門是開著的，看進去能夠看到教室內的時鐘。因為剛才開了那場會議的關係，也差不多快到上課時間了，總不能在走廊上慢吞吞調適心情。

「……好。」

我下定決心，吐了一口氣。

反正早進晚進都是要進去。

我心一橫，跨過門檻進入教室。

一進去就看到搖晃著長長的馬尾，在跟日南和小玉玉他們對話的深實實。正確說來其實可以說是我一不小心就下意識把注意力放到那邊。

「討厭——！葵自己還不是那樣！」

「咦——我又沒買過。」

「這一定是騙人的！」

只見深實實很有精神地拍著日南的肩膀，一邊笑著，看起來跟平常沒什麼兩樣。光只是帶笑的樣子，在班級中就顯得特別耀眼，一想到這樣的深實實向我表白，我就覺得心裡頭輕飄飄的，又或者該說讓人覺得那很不真實。咦？該不會是我

誤解了吧？……但我再也不會像這樣逃避現實。

就這樣，我偷偷從教室角落望著深實實等人——好巧不巧。

我跟深實實對上眼。

「……啊。」

「……啊。」

兩人的時間靜止了。呼吸跟著暫停。

我知道彼此正眨著眼睛，在探尋些什麼。

換作是平常，深實實在這種情況下就會說『喔～軍師！』之類的，然後整個人撞過來。然而如今兩人之間就只有一股尷尬的氣息在流淌著，除了眨眼睛，再也沒有別的了。

沉默持續了幾秒鐘。

感覺這段時間彷彿一觸碰就會粉碎。我再也忍受不住，刻意將目光從深實實身上轉開。

這、這是怎麼一回事。

心跳莫名變快。思考全都亂了。太奇怪了。照理說最近已經能夠自然而然跟人對看，和人對話了，若是只看剛才那一段互動，簡直比展開特訓前還要糟糕。明明就只是跟對方對上眼而已，但說真的心裡頭七上八下。

我的目光落在地板上，想藉著從那些木頭年輪中找出類似西洋梨花紋的動作來讓自己平靜下來，這時待在對面那群人中的日南開口說「怎麼啦——？」，聲音傳到我這邊。八成是在擔心樣子看起來怪怪的深實實，或是在試探吧。

我之所以會感到緊張是因為在早晨會議中提及深實實的名字，這樣說合理，但是連深實實的反應都很奇怪，這就微妙了。嗯，今天初次接觸就這樣，不曉得什麼時候會穿幫。

我很好奇日南和深實實是在什麼樣的氛圍下對話，在沒去看對方的狀態下，豎起耳朵偷聽。一邊調整氣息，一邊悄悄地挪動眼珠，偷看日南她們。

緊接著。

「……啊。」

「……啊。」

我跟深實實再度四目相對。八成是剛才跟我對上眼的時候，深實實也把目光轉開吧，似乎是從另一個方向再度將目光拉回這邊，然後形成這瞬間。我趕緊把眼神再度拉離。或許深實實也在同一時間挪開目光。

地板上的木頭紋路再一次占據我的視野。

接下來——話說這下不妙。直到剛才為止我都在想該擺出什麼樣的表情，該如何跟對方說話，但是卻發現連要跟對方眼神接觸都很困難。

嗯。根據水澤所說，畢竟對方沒有要求我跟她交往，因此也能夠像先前那樣跟對方接觸，話雖如此，實際做起來似乎不容易。

＊　＊　＊

在我跟深實實重複進行令人尷尬的眼神互動時，時光流逝，現在要準備上今天第三節課了，換教室之前有段休息時間。

我就像平常那樣準備前往圖書室，在走廊上走著走著，我的智慧手機突然開始震動。

從口袋拿出一看，發現畫面上出現 LINE 通知。發訊息的人是日南。平常在這個時間點上不會發 LINE 給我的人竟然發訊息，心裡滿是不祥的預感，我戰戰兢兢地確認訊息內容。

看了發現果不其然。

『你跟深實實發生什麼事了？』

妳來探風聲的速度未免也太快了吧。這速度快到讓人以為是在玩深實實告白察覺速度的競速比賽呢。我明明什麼都沒說，妳卻透過微小的目光交錯就發現了嗎？對日南的觀察力感到吃驚之餘，我先想了一下才回訊。

『沒啦，沒什麼事。』

總之我又不能隨便把深實實的事情告訴日南，就先用這種方式騙過去。在日南看來也許會覺得跟課題有關的都要老實交代，但我這次要照自己的方式做。

之後過了幾十秒。日南馬上就回訊了。

『哦

算了，只要你有好好解決課題就好。』

看樣子她好像覺得很掃興，不怎麼滿意，卻不忘嚴厲囑咐，傳這樣的文字才像日南。

不想讓對方察覺我的慌亂，在沒有停頓的情況下，我回傳訊息說『知道了啦。』，重新將智慧手機收回口袋。

話說我想起來了……還有課題存在。在換教室之前來圖書室算是例行公事了，可是今天我身上還背負責沉重的課題。

心中充滿不安和緊張，我來到圖書室前方。接著窺視內部情形，發現菊池同學還沒有來，我便懷著忐忑不安的心情入內，坐到平常會坐的那張椅子上。

同時大口吸氣，回想起今天早晨開會時——說出自己在意的那兩個人名字叫什麼後，後續又發生了哪些事情。

＊　＊　＊

「——是深實實和菊池同學。」

在我說出答案後，日南露出滿意的笑容。

「嗯。決定了就好。」

「……喔。」

一不小心就坦白了，我為此感到不安、恐懼、害羞，並微微地點頭。既然都說出口了，那就不能回頭。

眼下並不是基於日南的指令，我是憑藉自身意志選出這兩個人的。

看著繃緊全身肌肉的我，日南「呼」了一聲，狀似無奈地吐了一口氣。

「……話說回來，你都猶豫一個禮拜了，卻給出這種過分安全的答案，真讓人沒力。」

「要、要妳管。」

彷彿心靈被人看透一樣，讓人覺得難為情，這種心情好微妙。那是因為「煩惱了好一陣子卻做出這麼平淡無奇的選擇」——我可是對此有最強烈感受的人。

正當我不知該讓這種莫名高昂的情緒何去何從時，日南便壞心地揚起嘴角。接著靠近我，拍了我的肩膀一下。

「從現在開始，你要跟那兩個人——以成為男女朋友為前提拉近距離。」

「男女朋友……唔！」

這句話顯然會害我超負荷，我的心為此徹底沸騰。

「你要跟其中一個人變成男女朋友，一起出去約會，跟對方牽手，趁父母親不在的時候去其中一個人家裡。」

「趁、趁父母親、不在……」

「對。試著想像一下？假設深實實來到你的房間，你們兩人獨處，針對彼此內心的想法漫天暢談，一起並肩坐在床鋪邊緣……手指交握。就好比是這樣的狀態。」

日南說話的時候更進一步將臉靠過來。

「要、要握住手指!?」

那讓我慌亂不已，此時日南那白皙修長的指尖魅惑地撫摸我的中指表面。我的手抖了一下，眼睛不敢看日南，只見她抬起嘴角笑了一下，將手指收回來。害我彷彿有種意猶未盡的感覺。我悄悄將視線放回她身上，看到日南面帶笑意，看起來心情大好，這莫名蠱惑人心的表情再次對我的腦袋灌輸大量情報。

那顯然已經超乎我的處理極限，我的思考回路完全崩盤。

「嘛————」

「怎、怎麼了……」

終於全面崩壞的我發出莫名其妙的聲音，這下就連日南似乎都嚇到了，整個人嚇到往後仰。

「啊。抱、抱歉。」

回過神的我開口跟對方道歉。結果日南神情緊繃地看向我這邊。

「……之前從來沒遇過這種反應，所以我不曉得該如何對應。」

「也、也對啦。」

「出現讓人無法定義的攻擊，該說 nanashi 果然厲害嗎……」

「咦？喔、喔喔……」

被人下了這種沒頭沒腦的評語，害我不曉得該如何回應才好，總之就先給個模糊的答案。

「算了那不重要。那就針對這個部分來出個課題。」

「是要針對那一聲『嘛——』？」

「你想有可能嗎？」

「對不起。」

我試著開點小玩笑，被日南用非常冷酷的語氣一刀兩斷。跟大家相處在一起的時候，就算遇到別人開玩笑也都會配合搞笑，只有我們兩人在一起時卻非常嚴厲。

「話是這麼說，這次的課題其實也不難。你要找出哪一個才是你真正『喜歡』的，另外一個目標就是得出答案後，能夠讓對方明白你的心意。」

「……這樣叫不難？」

要我讓對方明白自己的心意，這話說得容易。然而日南沒把我的抱怨當一回事，她蹙起眉頭，用一種很故意的語氣繼續說下去。

「總之，你有之前打下的基礎。自從你展開特訓後，這半年來都有照我說的去做，自然能夠做好這點程度的準備吧？」

「是、是的。說得也對……」

話說得這麼有自信啊，但她平常就是這樣，而我也總是說不過她，只好認了。

「那在這之前要先確認一件事情……你準備要跟深實實一起表演搞笑雙簧吧？」

「咦？對。是有這麼一回事。」

聽到對方說出深實實的名字，讓我的心稍微跳了一下，同時我點點頭。這讓日南露出壞笑。

「那就好辦了。除了要支援菊池同學的話劇，你還要跟深實實表演搞笑雙簧。你要好好利用這雙重身分，必須一天一次至少跟其中一個人獨處。那就是在這次文化祭到來之前要持續進行的課題。」

「……原來如此。」

聽完日南的話後，我稍微停了一會兒才應和。好吧，今後的目的是要加深雙方關係，這算是很合適的課題吧。但該怎麼說，只是要去跟她們見面並說說話，按照日南的規格看來算是不怎麼壓榨人的課題。

「喔……我知道了。」

但假如在這個時候說「就這樣？」，她就會把課題提升到很難的境界，一路走來的經驗教會我這點，所以我決定乖乖閉嘴照辦。

「……怎麼？居然擺出像是在說『只有這樣？』的表情。」

「咦？」

「也對。既然你都這麼說了，那我就對課題再加碼吧。」

「喂，我什麼都沒說啊。」

日南發現我內心所想，開始調整課題的難易度。騙人的吧，我明明什麼都沒說還是落到這種下場。這一看發現日南不僅望著我，臉上還堆滿笑容，莫非是那個？她從一開始就打算像這樣找麻煩？仔細想想，這次的課題未免太簡單了，像是在迂迴暗示若沒有表面上那麼簡單，那背後可能藏了些什麼。

「所以說，真正的課題其實是——從今天開始到文化祭正式展開，其中這段時間要把幾件事情做完。」

「把幾件事情做完？」

日南點點頭。

「從現在開始會分幾個階段替你訂立目標，例如『要跟對方聊這些』，或是『要跟對方一起去這裡』。這幾件事情你要跟深實實或菊池同學一起做，不然就是兩邊都要結伴執行。」

「呃——意思就是？」

當我問完，日南就用平常那種雲淡風輕的語氣接話。

「當你完成一個任務，下一個目標就會啟動，若是能夠開啟到底，就能夠進入攻略其中一個女孩子的路線。目標就是這些。」

不對吧，竟然用路線這個字眼。

「也就是說……那是要幫戀愛遊戲的關鍵事件解鎖嗎？」

這話讓日南笑了一下。

「鬼正。」

「嗯。」

「要去開啟真實世界的戀愛事件。那就是這次的課題。鬼正。」

「好吧，滿容易理解的……」

把日南那句鬼正當耳邊風的同時，我了然於心地點點頭。雖然我不是很想把跟人感情有關的部分當成模擬遊戲看待，但令人不甘心的是這樣很好懂。

「先後順序稍微反過來也無妨，但至少要在文化祭到來之前把跟其中一方的攻略事件解鎖到最後。否則……」

「否則……會變成『悲劇結局』吧。用戀愛遊戲的術語來講。」

「鬼正。」

「嗯。」

我硬是要忽略那句鬼正，試著去歸納統整日南給的課題概要。若是拿遊戲來比喻，果然一下子就能體會。

「你只要小心別弄出壞結局就行了，要在什麼時間點上跑跟哪一個人的事件，你可以自行判斷。但可以的話比較希望兩邊同時進行。還有——鬼正。」

「原來如此。是說玩遊戲的時候也會這樣呢。」

八成是我故意忽略的關係，日南現在講什麼都要加鬼正，裝作視若無睹的我跟著點點頭。

歸納起來就是要讓可以提升好感度的事件發生，在期限到來之前觸發能夠進入個別路線的關鍵事件吧。感覺這次的課題很直接。仔細想想確實是所謂的戀愛遊戲無誤。

「當然了，不知道該怎麼辦的時候可以過來找我商量。我就相當於主角的損友。」

「哈哈哈。是這樣啊。」

的確會有這種告知好感度或各角色喜好等攻略情報的傢伙存在呢。這部分也是比喻恰當，聽得我好不甘心。

「只要能在最後跟對方告白，和對方交往就算破關成功。」

「先等等。」

「所以說第一階段的目標就是……」

「等等。先暫停一下。」

我趕緊制止對方，那讓日南不服氣地挑起單邊眉毛。

「什麼啦。」

「還問我，別說得那麼輕鬆啦。竟然要我告白再跟對方交往。」

還用那種理所當然的表情大放厥辭。

這下日南再次大大地嘆了一口氣。

「那是當然的吧。莫非你不記得我們最初訂立的目標了？」

她說完就一直盯著我看。

「呃——沒忘……我是還記得啦。」

「是嗎？那我們的中盤目標是什麼？」

只見日南朝著我探出身體，拿這個問題試探我。

當然記得，那可是最重要的一個目標，怎麼可能忘記。

「是升上三年級之前要交到女朋友。」

「你很清楚嘛。」

緊接著日南看向教室的黑板。

「那現在是幾月？」

在日南視線前方的黑板上胡亂寫著日期，我也不是不明白她的意思。

「十二月……時間上已經很緊迫了。」

當我回答完，日南便面無表情地用強烈目光盯著我看，再用非常低沉的音調緩慢接話。

「鬼正……」

「好恐怖。」

那語氣充滿濃濃的怨念和魄力，害我下意識出現那種反應。剛才我忽略一大堆鬼正，那些怨念都加進來了吧。這種來自鬼正的怨念是怎樣。接著日南換上另一種表情，用冷靜的語氣續道。

「現在是十二月。兩個禮拜之後就是文化祭了，第二學期結束。本校還算得上是重視升學的學校。等到文化祭結束，將會正式開始準備應考吧？」

「……是沒錯。」

「要在這種拚命讀書的氛圍中製造交女朋友的契機，你認為容易嗎？」

「應該……不容易。」

這讓日南在下一秒露出壞笑。

「那反過來說，這是考試前最後的玩樂時機。文化祭是現充慶典中的最大盛事。要在那個慶典上累積跟戀愛有關的好感度事件，你覺得難嗎？」

「……這個嘛，以學校生活來說算是簡單的吧。」

至少難度會比平日或考試期間還要低。

「那就基於剛才那些答案，來看考試期間和文化祭。你認為要交女朋友，選那一段期間更有效率？」

我覺得她在誘導我回答，可是腦子裡已經浮現那個答案了，我也只能老實說出。

「當然是……文化祭這段期間。」

「對吧？」

日南得意地揚起嘴角。那表情看起來有夠跩。是非常正的臭屁表情。

「那麼理所當然的，不覺得這次該設立那樣的目標嗎？」

我完全找不到話來反駁。

「是。有同感。」

我被她漂亮擊倒了。第一輪對決才開始幾十秒就倒下，比賽情勢一面倒。

「嗯，那就看你的了。」

我帶著滿滿的懊惱心情望著說話時一臉滿足的日南。即便感到不服氣，我也找不到話來回，反倒還是覺得對方說得有道理，那也是這傢伙棘手之處。

「……嗯──」

但總覺得自己心裡有種不對勁的感覺，莫名介懷。

我想釐清那是什麼──最後那種感覺在腦袋中轉換成言語。

「有件事。」

「嗯？」

被徹底擊倒的選手再一次站起來或許令她感到意外吧，日南這次用詫異的表情看著我。

「我不想把告白看成是一個目標。」

「……在說什麼傻話？」

皺起眉頭，日南顯得不悅。

「也沒什麼，該怎麼說呢……我接下來要說的並不是『沒打算告白』。應該這麼說，我已經決定要好好玩人生這場遊戲，要交到女朋友，想朝那個方向努力，因此這部分想要認真以對。」

「那不就結了。」

像是在說「這小子又來了」，日南用很受不了的表情看著我。但我絲毫不在意，而是說出自己的想法。

「不……是說假如真的要告白。我不希望是為了『目標』才去做——而是因為我『想要告白』。」

「……啊？」

日南回答的時候語尾上揚，一副難以理解的樣子。

「這算什麼？既然最後都是要告白，那選哪一種都一樣吧。」

「確實結果是一樣的，不過……過程不太一樣，動機也不一樣。」

「結果一樣就一樣了吧。」

她二話不說斷言。話裡沒有絲毫的猶豫，應該說像是要破除我的猶豫。

「還是說？你想說的是不管結果如何，『最重要的還是過程』？」

用責備的語氣說完之後，稍微頓了一下，她繼續用認真的口氣把話說完。

「——那個 nanashi 竟然說出這種話？」

日南的眼神彷彿直指核心。銳利的用字遣詞切中要害。

這種問話方式像是不許我給出模稜兩可的答案，帶有脅迫意味。

但我其實也明白日南的言下之意。

這個問題事關身為玩家該有的處事態度。

我重新針對日南的問題思考。

「我……」

她說得沒錯，在努力的過程中，結果固然重要。

當然享受那段過程也很重要，該說我在玩 AttaFami 的時候很注重這一點，這也是我自豪的地方。但舉例來說，若有些目的像是「為了防止對手在被擊中時移動角色逃脫而想要穩定住連續技」、「為了提升在實戰中的防禦成功率」，或是為了最根本的前提「不想輸掉」，在這樣持續遊玩的過程中，就某個角度來看，我不單純是為了享受樂趣，而是一個很講究目的性的玩家。

畢竟我還因此成為 AttaFami 界的日本第一，像那種特別重視結果的觀點，其實我也有同感。

因此我並不會一股腦地否認日南的說辭。

「我認為結果也很重要。」

「對吧？那不就得了。」

在此同時，我也發現這之間有個微妙的差異。

以前我跟這傢伙一較高下時也說過類似的話——那代表我個人也有自己的堅持。

因此我再一次跟她強調這點。

「不僅重視結果，也很重視過程，這就是 nanashi 的打法。我用這種方式一路打到日本第一。也就是說套用在人身上，用這種戰鬥方式也會比較有效率。」

從前我說過類似的一套詭辯。nanashi 才會說出這樣詭辯，日南聽了有瞬間將表情放緩，不過——

「……唉。是嗎？」

最後她還是一臉厭煩地垂下頭。好，關於這部分，看樣子日南果然還是沒有找到突破口。畢竟這部分算是「我占盡上風」。

「好吧……既然你都這麼說了，要這麼做也行。」

「很好。」我說完笑了一下。「那就這麼辦，我最後要基於自身心情行動。」

在我先放出大前提後，日南挑起單邊眉毛，用手指輕抓後頸。

「但你可不能老是婆婆媽媽說『就是提不起勁告白』，讓機會一再溜走喔？」

我點點頭說「知道了」，接著日南就像是在自我說服般繼續說著。

「那麼……最後得出的結果都會是一樣的。」

「對，就是這樣。按照妳的邏輯來看也沒問題吧。」

只要結果一樣就無所謂。那反過來看，只要能夠得出相同的結果，她應該也會接受我那謎樣的堅持才對。

之後日南用有點無法釋懷的表情皺著眉頭，讓話題繼續下去。

「明白了。那接下來要來說這次課題的詳細事項。」

自己心中重要的信念能夠守住一定程度的防線，這讓我感到滿足，同時等著日南把話說下去。

「要你去完成的任務有三個。」

「三個。」

當我重複完那句話，日南說著「沒錯」，點點頭並一一對我豎起手指。

來看看這次都是怎樣的課題。

「第一個。找對方聊喜歡的類型，看她想要跟什麼樣的異性交往。」

「喔、喔喔。好直接。」

才第一個，威力就滿強的。是我在以往人生中從來沒做過的事情。我已經開始緊張了。

然而日南並不打算手下留情。

「第二個。身上要穿戴只屬於你們的相同款式裝飾品。」

「……什、什麼!?」

「第三個。要故意用手去碰對方的手，持續五秒鐘以上。」

「等等先暫停！」

排山倒海而來的三連擊讓我徹底喪失戰意。日南同學妳這一波波攻擊未免都太重了吧。

「第四個──」

「等等。拜託妳務必先暫停一下。」

眼看日南正打算雲淡風輕地多增加一個項目，我立刻認真制止她。

「哎呀，這樣才三個吧。不行不行。」

「妳實在是……」

用這種方式嚇人在搞什麼啊。完全沒料到對方會從這種角度出招，把我徹底殺個措手不及。像這樣找人麻煩還能如此千變萬化，可見這傢伙的社交能力值有多高，真希望她能夠把這種能力用在跟我建立圓滑關係上。

「要達成的目標就是這麼多。」

日南邊說邊換上從容不迫的表情，同時讓翹著二郎腿的腳換邊。

「……可是總覺得，這每一個項目的難度都過高了吧？」

我先喘口氣才來向對方質問，結果日南將手指放在下巴上，應了一聲「嗯」，稍微想了一下。

「是沒錯。確實設定的比較難。可是相對來看，兩個星期內才出三個課題算少了吧？而且跟之前給過的 Instagram 任務不一樣，沒去做情境限制，要求你『想辦法拍照』，而是只要照著執行就行了。照目前的狀況看來，時間上有兩個禮拜算是綽綽有餘了。」

「唔、唔——嗯。是這樣嗎……」

即便她滔滔不絕地說明，我還是覺得在接受度上一半一半。因為我實在沒辦法想像自己能去完成那三個任務。是說後半段那兩個聽起來根本像是在跟對方交往了吧。但是說這種話可能會被日南罵到臭頭，所以我沒說就是了。

「話說兩個禮拜，只要充分掌握跟人縮短距離的技能，就算跟對方是第一次見面，依然有可能跟她交往。就你目前和那兩個人的關係來看，也不是不可能。」

「拜託妳別把我跟那種社交能力是異次元等級的怪物相提並論……」

那肯定是要有相當於水澤的技能和經驗才能辦到吧，像我這種才剛脫離新手身分的人不可能走完這種迷宮關卡。

正當我帶著黯淡的心情眺望窗外那片天空，日南用一種若無其事的語氣開口。

「總之，如果是你，這次也能破關的。」

「咦？」

這話讓我轉過頭看她，發現日南臉上正浮現溫和的微笑。

「畢竟至今為止，你幾乎把所有的課題都完成了。不是嗎？」

「有、有嗎……？」

她臉上笑咪咪的。這聲誇獎來得出其不意，而且對我的努力大力肯定，讓我有點開心。是、是這樣嗎？我是不是也能辦到啊。

「──前提是你沒有鬆懈。」

「喔、喔喔。」

才想到這邊，她馬上就給我警告。這恩威並施的手法是怎麼一回事。雖然每次都這樣，卻會讓我的心格外動搖。在跟這個人應對的時候果然不能只看一個面向。

「那麼，接下來要你去執行今天第一個解鎖任務──『找對方聊喜歡的類型，看她想要跟什麼樣的異性交往。』有什麼問題要問嗎？」

「沒、沒有……」

「是嗎？那你可要盡全力將任務圓滿達成。」

「好、了解……」

於是我今天也被對方耍得團團轉，早上的會議就到這邊。

＊　＊　＊

回歸現實，來到圖書室。我會那麼緊張是正常的。

因為從今天開始就必須去觸發被給的課題「事件」，而且第一個就是要去『找對方聊喜歡的類型，看她想要跟什麼樣的異性交往。』。日南嘴巴上說得簡單，仔細想想卻覺得在一路走來接過的課題中，這算是超級大難關吧？而且接下去還有一堆更難的課題在等著，害我一個頭兩個大。

我先坐到桌子那邊，一邊翻看安迪的作品，邊等著菊池同學到來。當然我的心情是浮動的，因此根本沒有在看作品內容。

話說該怎麼辦才好。我自然沒有跟女性聊這方面話題的經驗，根本不曉得該怎樣起頭。不知道用什麼樣的語氣才正確，應該要用認真的態度，還是半開玩笑？假如知道正確答案，我還能夠照辦，但不清楚正確答案的我就跟一個小嬰兒沒兩樣。

昨天菊池同學來找我談話劇的劇本，她問過「現在有沒有喜歡的人」這類話，也許目前可以順水推舟，我們之間的氛圍能方便我去談那方面的事情；但反過來想，對方可能會覺得她那麼問我後，我就開始對她有意思，還趁機去問這方面的事情，未免也太宅太噁心，笑死人了。

除此之外，目前我腦子裡還有另一件事情在攪動。

冷靜下來想想，隨便找個時機去問菊池同學或許有機會成功——可是去問深實實這種事情八成行不通吧。

因為她早就跟我坦言心意了，在這種狀態下問對方「喜歡什麼類型的人？」未免太混帳。光是要等待菊池同學的到來就耗盡我所有的力量了，還要去想今後該如何面對他人，害我腦筋都快轉不過來。

「你好。」

「唔喔!?」

宛如管風琴演奏般的神聖音色突然在耳膜邊響起。這心曠神怡的感覺來得太突然，害我叫了一下。

一轉頭就看到菊池同學出現在那。她充滿歉疚地望著我。

「對、對不起，嚇到你了……？」

「啊，不、不是啦菊池同學!?」，這下換我感到抱歉了，此時我調整好呼吸。

「抱、抱歉，我沒事。」

「真、真的嗎？」

「嗯、嗯嗯。那個……妳好。」

這話一出便讓菊池同學「呵呵」笑，從書架上拿出一本書，接著站到我身旁。

「你好。」

今天她第二次跟我打招呼，接著她一直看著我，像是在觀察我的神情。那又細又長的睫毛在每次眨眼間搖晃，散播有魅惑魔力的鱗粉吸引著我。

「太好了……還是平常的友崎同學。」

「咦？」

只見菊池同學稍微垂下眼眸。

「因為你昨天的樣子看起來有點奇怪，所以……」

「啊……原來是這樣。」

昨天放學後，我在這邊跟菊池同學討論劇本，被她問到「有沒有喜歡的人」。接著我對此認真思考——最後發現有個前提，那就是「自己沒有做選擇的權利」。

自從日南給我課題，要我「挑出兩人以上的人選」，又或者是我自認在這個名為人生的遊戲中，自己是一個弱角，從此便常常保持那種想法。

從我的心底深處萌生這種近似汙泥的情感，想必對人心很敏感的菊池同學早就察覺了吧。

她一定是在為此擔心。

「抱歉，話說昨天，都怪我想東想西想太多。」

在我老實道歉後，菊池同學毫不猶豫地搖搖頭。

「沒關係。你也有自己的苦衷吧。」

「……嗯。算是吧。」

之後菊池同學沒有進一步細問，而是柔柔地接受這一切。光只是這樣就讓我覺得心中出現一絲溫和的悸動。溫暖得就像塞滿天使羽毛的羽毛被，待在菊池同學身邊果然很舒服。不對，塞滿天使羽毛的羽毛被也太恐怖。

「但我已經把那些事情都解決了。謝謝關心。」

因此，為了不讓對方擔憂，我特地用柔和的語氣這麼說。

也許我內在的「弱角本性」還沒完全抹除也說不定。但我還是決定表面上要裝成強大角色，好好面對他人的心意——今天早上我才憑藉自身意志確實說出自己在意的對象。

回想起來，這肯定是我第一次對他人做出選擇。

「那就好。」

菊池同學說完拉開我旁邊的椅子。

「可以——坐你旁邊嗎？」

「啊、嗯……當然可以。」

「呵呵。謝謝。」

接著她溫和地瞇起眼睛，露出微笑。

就在這個瞬間，那不經意的一句句話語都令人感到莫名害臊。在這段時間中，菊池同學身上散發宛如絲綢一般的空靈感，在這個書架環繞的房間中，我彷彿身在夢境、半夢半醒。時間靜止了，有如置身在世外桃源，那份舒暢包裹著我的肌膚，帶來輕柔撫觸。

只不過，我不能一直沉浸在這份舒適中。因為我這邊還有課題要完成，而且這個課題還很難。我要加油。

我隔著正面那扇窗呆呆地眺望外頭景色，尋找合適的機會。

稀奇的是，菊池同學即便坐到位子上，也沒有將書本翻開，我發現她一直在斷斷續續偷看這邊。嗯，這是怎麼了？她那淡粉色的小嘴微微張開又閉起，看上去像是在猶豫些什麼。

「……怎麼了？」

「咦！」

被我這麼一問，菊池同學似乎嚇了一跳，將書本「砰」的一聲放在桌子上，空出來的左手捂著自己的嘴。呃——為什麼會有這種反應。

一頭霧水的我決定稍微用比較具體的方式探尋。

「妳、妳是有什麼話想說嗎？」

當我這話一說完，菊池同學就害羞地看向斜下方。

「我、我是不是都表現在臉上了？」

「嗯。」

「這樣啊……」

緊接著在那瞬間我們又沉默了一下。總覺得氣氛有點怪怪的。糟糕，我是不是說錯話了。

但的確，我之前好像都沒有主動說過類似的話呢。像這樣看對方表情擅自推敲。我是下意識說出那句話沒錯，可是這樣太主觀了，搞不好會搞砸。怎麼辦？

正在想要怎樣處理這樣的氣氛，這時菊池同學拿起放在腳邊的紙袋，把紙袋擱在桌上。感到一陣錯愕的我，眼珠子隨著她的動作飄。

結果菊池同學從這個紙袋中拿出一疊用紙夾別住的紙。

「啊……是劇本？」

「是的。」菊池同學邊說邊點頭。「……我想要拿給友崎同學看。」

她拿出要讓我們班演出的話劇劇本。我懂了，所以她才會顯得有點害羞啊。幸好會有那種尷尬反應不是因為我說錯話。

放在桌上的那一疊紙大概有幾十張，最上面用小小的字寫著標題「我所不知道的飛翔方式」，就在靠近中央的地方，看起來很簡潔。只不過是字體用明體印刷，格式弄成這樣，看上去就突然變得有模有樣。

「喔喔，好厲害。一看就覺得是劇本。」

「呵呵。是有這種感覺。」

我們互相分享這份小小的喜悅，兩個人一起輕笑。

這下子真的已經有「劇本」的雛形了，只是想到這些，我就覺得開心不已。跟我展開人生攻略後獲得的體會又有所不同，是另一種跟世界接軌的形式。

「那個……你願意看看嗎？」

「當然好。我想看。」

菊池同學說話的時候眼睛稍微看向旁邊，我想要努力扮演領導她的角色，便大方用一種理所當然的語氣乾脆應允。若是我在這個時候也跟著慌了手腳，菊池同學可能會更難為情。而且總覺得像這樣跟菊池同學在一起的時候，我就能夠如現在這般自然而然引領對方。

「謝、謝謝。」

「用不著客氣，畢竟也是我提議的。」

我邊說邊拿起劇本。

「話說動作還真快，明明昨天才分配好角色，今天就已經改好了。」

雖然原本是用小說的形式寫出，但就算是停留在小說的階段，後面的劇情發展依舊尚未定案，或許前半部還需要配合演員來修改調性。一下子就要修改出來，要弄的分量應該不少吧。

「那個，其實後半段還沒決定要如何發展……」

「啊，是這樣啊？」

只見菊池同學有點害臊，接著說道。

「但總覺得、做起來很開心……一不小心就在一天內將目前寫好的部分全都改好了。」

接著她在有點害羞的情況下露出開朗笑容。

那表情簡直就是純潔少女才會有的。

「一想到這些角色會出現在話劇裡動起來，我就覺得好興奮。」

也因為這樣，我跟著露出笑容。

「嗯，說得也是。」

「……雖然還是有點緊張。」

「啊哈哈，畢竟要在文化祭上登場嘛。」

感覺心裡變得暖洋洋的，我的目光落在眼前這份劇本上。

那是菊池同學灌注熱情寫出的，是我喜歡的故事。

「那我會在今天看完。放學後再來開會討論吧。」

「好、好的！」

菊池同學突然挺直背脊，一副唯命是從的樣子，然後對我一鞠躬。

「請、請多指教。」

「啊哈哈。嗯。」

這種有禮貌的表現也很有菊池同學的風格。

我們的對話到此告一段落。

她的臉頰微微泛紅，視線移到放在桌上的那本書上頭，並且將書本翻開。兩人坐在一起看書的時光就此展開。一旦進入這種模式，往往我們兩個就會用看書來度過這段時光，不過——

今天可不能這樣。

「……對了——」

我一邊偷看菊池同學，一邊開口。

雖然對話順利結束，但我這邊可是還有課題。還有很難的任務要做。

「怎麼了？」

聽我那麼說，菊池同學不解地歪著頭看這邊。那可愛舉動就像是將松鼠和鼬鼠加起來除以二，再加上二十個天使，並受到光的祝福，這一切直擊我的眉心。從眉心間的彈孔確實釋放出神聖元素，令我的肉體昇華，但我可不能屈服。

「那個——……」

那麼，接下來該怎麼辦。我是主動搭話了沒錯，但說真的剛才並沒有想太多。之前的經驗教會我，讓我知道不管三七二十一先做再說是很重要的，所以我才試著拋開一切硬幹。依照經驗來看，大概有四成的機率能船到橋頭自然直，就算占剩下那六成機率的失敗成真，這也會是新的經驗，不管是哪種都有好處，以上是我的論調。

必須在這個時候問的就是——妳想跟什麼樣的異性交往。

拿我手邊有的線索當基礎，我在想該如何去談到這個話題，又不至於令對方感到反感。

就在這一刻。

我看到前不久菊池同學交給我的話劇劇本。

「啊。」

「……？」

這時我有個點子。

對吼。既然對象是菊池同學，那我可以這麼問吧。

畢竟我們昨天才聊過「那件事情」。

「關於話劇的……最後壓軸。」

我稍微放低音量說話。菊池同學一直望著我，聽我說話。

「妳之前說過在煩惱要讓利普拉跟誰配對對吧？」

菊池同學聽完點點頭。

「是的……我在煩惱該選克莉絲，還是艾爾希雅。」

事關昨天聽說的小說主角利普拉，這是跟他有關的戀愛故事。

少年利普拉是鎖匠的兒子，會跟青梅竹馬的王族女兒——少女艾爾希雅，和為了養育飛龍而撿來的孤兒少女克莉絲產生深刻的關係。

雖說故事的主軸不是圍繞戀愛，但是主角會跟誰在一起，觀眾們難免會感興趣。菊池同學說她不曉得最後該如何安排才好。

「那……菊池同學妳——」

簡單來講，我只要鎖定這點——

「嗯？」

我盡量讓自己裝出自然的語氣，接著開口。

「——妳覺得男女若是、若是要像這樣交往，該拿什麼當基準比較好？」

在我自己的「母語」中沒有「男女交往」這個單字存在，那發音讓我瞬間困擾了一下，但最後總算成功擠出這個問句。而且乍聽之下就像是在談劇本的事情。

對。這就是我剛才想到的策略。

找個名堂，假裝在談角色的事情，實際上卻是要針對戀愛這檔事詳細詢問，那樣自然而然就能談論此話題，這招怎樣啊？之大作戰。可以跟菊池同學間接談論戀愛觀，同時我還能因此給點意見，來支援這份劇本。如此一來就能談論彼此的戀愛觀點，又可以完成課題，以上就是我的招數。應、應該可以完成吧？

雖然在日南看來不知道算不算過關，但總之我就先試試看吧。假如這樣行得通，那我就能在第一天完成三個課題的其中一個。

「是在說要拿什麼基準……來選擇交往對象？」

菊池同學用非常認真的表情思索這點。很好，看樣子事情發展沒有往奇怪的方向去。因為這聽起來完全就是在講劇本的事情嘛，嗯。

「嗯。對。」

為了強調這完全不是在聊什麼羞恥的事情，我正經地點點頭。這種時候我越挫越勇。

先是煩惱了一會兒，接著菊池同學的目光便往斜下方游移。

「雖然我還有很多不懂的地方……但我想、這個部分應該是——」

「應該是？」

接在我這聲回應之後，菊池同學邊摸索邊說。

「——所謂的交往該如何定奪，那要取決於這件事對當事人有何意義。」

「交往所代表的……意義？」

我一知半解地回應，菊池同學則是對我點點頭。

「例如是單純對『跟人交往』感興趣，還是想要獨占對方……或者是希望為兩人的關係找個名分。」

「……原來如此。」

這番冷靜發言彷彿像是退一步觀察這個世界後所說，是很中立的答案。那種冷靜的感覺很接近日南，卻不像她那般冷酷到極點。

有如在雲端上眺望地面的天使所說。

「以上是我的看法……」

「嗯。感覺頗有說服力。」

就這樣，雖然是依附在跟故事有關的話題上，但還是順利聊到戀愛話題了呢。即便分量上不是很夠，我還是試著提出先前未曾問過別人的話題——「該如何選擇交往對象」，得以聽到菊池同學講述像是戀愛觀的東西，我認為這算是在某種程度上完成課題了。

但不曉得為什麼。

我還想要更進一步探尋。

單純只是因為好奇而已。

「那……」

基於這樣的想法，我做個深呼吸，用筆直的目光跟菊池同學對望。

「──那菊池同學個人覺得跟人交、交往代表什麼意義呢？」

我劈頭就將這句話問出口。發音起來果然很困難。

「這、這個……」

菊池同學自然是很狼狽了。這也難怪。因為是從故事有關的話題做延伸，要她說說交往對象需要具備怎樣的條件。咦？這就等於要妳說自己想跟怎樣的異性交往嗎？想到這邊突然有種害羞到不行的感覺。

「要問我的看法……嗎？」

她先是瞬間驚訝地睜大眼睛，但馬上就換成認真的表情思考起來。看起來似乎還有些難為情，但跟我過一陣子才感受到的羞恥感比起來，算是小巫見大巫。她搞不好喜歡聊這種事，是我多心了嗎？神情上看起來似乎也有些開心。

經過大約十秒鐘的沉默後。

菊池同學靜靜地抬頭。

「……比方說，在安迪的作品之中，有個短篇集叫做《剪刀手的謊言》。」

「啊，我知道那個。」

我在圖書室看過的安迪作品裡就有這個，是一篇戀愛故事。

「是關於剪刀手和公主的短篇戀愛故事對吧。」

菊池同學點點頭。

《剪刀手的謊言》。有個男子的手是剪刀做成的，會在無意間傷害他人，愛上被關在繪本世界裡的公主。

公主沒辦法從繪本的平面世界看到這邊的世界，孤單一人。

剪刀手不管做什麼都會傷人，也是孤零零的。

這故事在說那樣的兩個人透過「影子」產生羈絆。

「剪刀手用會弄傷人的剪刀做出『剪紙』。映照在繪本上的剪紙影子也能夠反映在平面世界裡……束縛著兩個人的剪刀和繪本成了聯繫他們的道具。」

「後來兩個人就在一起了吧。」

菊池同學緩緩地點點頭。

「對公主而言，不是剪刀手就不行。剪刀手也一定要配公主才行……我想男女交往就是要締結這樣的關係。」

「啊──……原來如此。」

這樣確實會讓人覺得很浪漫，有著特別的意涵。

「也就是，雙方對彼此而言都是無可取代的。」

「……是的。」

換句話說，都不可能找到替代品。彼此互相需要，猶如受到命運牽引一般，形成互補的關係。

「不是那個人就不行，兩人可以創造他人無可取代的特別關係，這是一種理想的形式。我覺得『交往』就是要創造這樣的關係吧。」

「……一種理想的形式啊。」

「是的。」

話說昨天在聊劇本的時候，也有說過類似的話。

菊池同學說不知道該讓利普拉配誰才好，我要她順從自己的心意選出想要配給利普拉的人選。

然而她卻說在選擇利普拉的另一半時，不可以夾帶私情，應該要做出「對那個世界而言最理想的選擇」。

這就是菊池同學的戀愛觀吧。

是說雖然這個問題問得很突然，但菊池同學答得比想像中更加高尚，或者該說可以看出她私底下有認真想過，說真的令我很感佩。因為我從來沒想過這個問題。

……若是這樣的話，那我就懂了。

「看來我也必須慎重地想想看。」

我不經意呢喃出聲。

在深實實跟我告白後。我選出令自己在意的兩個人。

若想要往前再踏出一步，那我勢必要想想對自己而言「交往代表什麼意思」。

「友崎同學……你沒有這方面的看法嗎？」

「嗯，連想都沒想過。」

「……原來是這樣。」

只見菊池同學用客氣的表情看著我，像是在顧慮我的心情。

因此我努力擺出真誠又明亮的笑容。

決定誠實告知接下來自己真正想做的事情。

「所以我想，接下來只要找出自己心目中所想的『交往意義』為何就行了吧。」

一面說著，連我自己也被這份說辭說服了。

嗯，現在的我需要的就是這個吧。

在那之後菊池同學看似驚訝地睜大眼睛，最後露出安心的微笑。

「……這樣、很好。」

接著她用溫和的目光直率地望著我。即便我其實還有所迷惘，在擺出堅定的態度後，菊池同學也會感到安心。或許在這個部分，我還是必須假裝自己是個「厲害的角色」。

「那麼，假如你找到答案了，也請你告訴我。」

菊池同學邊說著這些，這次換上有點調皮的淡笑。跟平時的菊池同學比起來，這樣看起來更有人情味，是很平易近人的表情。

「嗯、嗯。好的。」

對這陣視線感到害羞的我做出回應，然後菊池同學突然變得慌亂起來，紅著臉補上這句話。

「啊！那個、是劇本！我想拿來當作劇本的參考，所以才……」

她將目光別開，那神情看起來莫名惹人憐愛，我努力假裝是強大角色，戴著假面具，底下的本體三兩下就中招了。

「這個——嗯，我、我知道了。」

「嗯、嗯嗯。」

「是、是要拿來當參考嘛。」

「是、是的。要、要當參考。」

疑似我們兩個人都對某種可能性視而不見，度過了這段令人焦急的時光。

「對了！時、時間是不是差不多了!?」

「啊，說、說得也是！」

「就、就是說啊！我、我們走吧！」

「嗯、嗯嗯！」

就這樣，讓人感到莫名燥熱卻完全不會覺得不自在的時光結束了，我們兩人一起前往接下來換教室要去的生物教室。呃——談戀愛真的很困難呢。

＊　＊　＊

之後換教室該上的課也上完了，目前正在上第四節課。

跟菊池同學一起解決最初的課題後，接下來讓我煩惱的無非就是那個。

今後．要如何面對深實實，問題就在這。

當然有部分是因為必須完成課題的關係，但更多的，單純是我個人的情感問題。若我就這樣跟深實實之間一直處於尷尬狀態，當然不是我樂見的，但我累積的經驗又沒有多到能夠讓我輕易找出答案。

照早上的情形看來，看樣子別說是交談了，就連彼此對望都很困難。該如何在這樣的狀態下補救，經驗值不夠的我實在找不出答案。

換教室分到同一班的我和深實實不管是在上課中還是下課後，之間的氣氛都莫名尷尬，會互相偷看對方，或是只做必要的最低限度交談，情況果然還是像早上那樣。

因此我想今天就算來到休息時間也不會跟深實實對談，彼此之間會一直瀰漫一股尷尬的氛圍——沒想到。

第四節課結束，進入午休時間。那件事情發生了。

「我們去學校餐廳吃飯吧──」

有人邊靠近邊用輕快的語氣搭話，他就是水澤。我朝那邊看過去，發現對面不遠處還有中村和竹井在。

最近跟班上地位崇高的中村一行人一起去學校餐廳吃飯已經不是什麼稀罕事了。再加上經歷 Instagram 的課題，以及我在文化祭準備過程中的表現，班上同學似乎已經不覺得我格格不入了，再也沒有人對這樣的組合投以異樣眼光。這樣的進步程度令人驚訝。

「喔，收到。」

我也輕快回應，走到水澤那邊。

來到他旁邊後，水澤挑起單邊眉毛，整張臉靠到我耳邊，用試探性語氣小聲說了這段話。

「你跟深實實之間發生什麼事情了？」

那語氣很謹慎，畢竟就只有這傢伙知曉一切。

「這、這個……」

我在回答的時候支支吾吾，結果水澤二話不說單刀直入地接上這句話。

「是不是有不錯的進展？」

「沒……不是很順利。」

「好吧，我想也是啦，照這樣子看來。就連在生物教室的時候，氣氛都那麼僵了。」

「既然知道就別問。」

這話一說完，水澤立即開心地呵呵笑。

「那好。就來下一劑猛藥好了。」

「……下猛藥？」

也不知我是不是在聽他說完前就有不祥預感，總之水澤這話已脫口而出。

「葵～今天可以去學校餐廳碰個面嗎？」

「水、水澤……!?」

意料之外的發展讓我慌了手腳，但我對外又找不到可以制止他的理由，這下就只能在一旁乾瞪眼。要跟日南碰面。換句話說，在同個團體中當然會包含深實實。

看水澤突然這麼做，中村一臉狐疑。

「要去那碰面？」

「啊，不好嗎？」

這時水澤帶著孩子氣的笑容回話。

「是沒什麼不好啦，但怎麼突然這樣？」

「啊——要說為什麼，算是臨時起意吧。」

「哦——？」

中村好像覺得水澤做這種事有點不自然，但是看他的表情和語氣，並非真的是老大不願意。因為這兩派人馬原本關係就不錯。

被人點名的日南正好要跟該群體的夥伴一起前往學校餐廳，早就已經一群人聚在一起聊天了。容我再說一遍，在這之中當然少不了深實實。她也在。

聽了水澤的提議，日南一臉錯愕，瞬間頓了一下，像是在思考些什麼。接著轉頭看向她們那幫人，似乎想做個確認，跟群體之中的夥伴交談幾句，然後再次轉頭看向這邊。

「可以喔～」

「ＯＫ，那我們走吧。」

事情很快定案，水澤來到日南身邊。

「怎麼這麼突然？」

「咦？就一時興起。」

「啊哈哈，什麼啊。」

決定得好自然，兩個男女團體將會一起吃飯。這是怎樣。就因為他一句「一時興起」，一切就這麼定了。這傢伙是王嗎？

焦急的我走到水澤旁邊，小聲說著。

「喂、喂喂，你想幹麼……!?」

「剛才不是說了？要下猛藥。」

我找水澤興師問罪，但他本人就只是一臉愉悅地呵呵笑，把我的話當耳邊風。

「你、你也真是……」

這、這傢伙。

之後我們男人幫成員共計四名跟日南等五個女孩子會合，將前往學校餐廳。

接、接下來到底會怎樣啊。

一方面是想要觀察情況，我偷偷看向深實實那邊。下一秒。

「……啊。」

「……啊。」

雙方的目光又不偏不倚對上，再次別具深意地轉開。啊啊果然不行。

「你們這邊看起來好熱鬧好開心喔!?」

而竹井果然還是平常那副德行，讓我開始覺得這下也只能硬著頭皮上了。

＊　＊　＊

場景換到學校餐廳。

來到靠近樓梯又靠窗，較裡面的寬闊座位，我們放下手邊東西占位子，男女共計九個人來到學校餐廳排隊。

包含我在內，成員共有中村集團的男子四人，加上日南她們那邊的成員五人。也就是日南、小玉玉、柏崎同學、瀨野同學——還有深實實。

如今場面都是疑似別有所圖的水澤一手造成，他這個始作俑者卻在我面前跟瀨野同學和柏崎同學談笑風生，完全沒有跟我做任何說明。這個臭花花公子。

我悄悄看向後方，發現深實實就在那邊。她在跟竹井一起鬧小玉玉，因此沒有跟我對上眼，可是看到那裡的她露出跟平常沒兩樣的笑容，卻莫名給人一種耀眼的感覺。咦？是我太過在意對方的關係？

我跟深實實從早上開始就一直處在微妙的狀態中，都還沒有像樣地聊過天。這樣的兩個人一旦同桌，究竟會發生什麼事情？這次情形可是有別於只要上課就好的換教室時間。

再說這情況若是被日南撞見，不曉得會怎樣，還有這個問題存在。感覺她已經察覺到什麼了，要是日南還推敲出真正的內容，接下來她會怎麼做呢？這部分也讓我有點害怕。

為諸多事情左思右想拿不定主意的我在櫃檯那接過麻婆套餐。

就在這個時候，發生了意想不到的事情。

「……喔喔——！軍師！那個看起來好好吃！」

背後傳來極度開朗又聒譟的聲音。只有某個人會用這種暱稱叫我，出聲搭話的人當然就是——

我順著聲音來處轉頭看去，結果發現深實實臉上的表情就跟平時一樣明亮，手上拿著南蠻雞套餐，正對著我笑。明明從早上開始一直到現在都籠罩在微妙的氛圍中，這之間究竟發生什麼了。

「喔、喔喔。」即便感到困惑，我依然盡量裝得跟平常一樣並做出回應。「看起來很好吃吧。」

「很好吃！可是好像很辣！我不擅長吃辣！這個我不行！」

「到底是好還是不好……」

「這個嘛，是好還是不好呢！」

嘴裡說著這些，深實實燦爛地笑著。這、這是怎麼一回事。樣子根本就像平常那樣，都沒變，對話的空洞程度也是一如往常。既開朗又歡快，還是那個笨蛋深實實。

但是該怎麼說。仔細觀察會發現好像有點在保持距離的感覺，同時又像是裝出來的那般。她不怎麼看我，單看距離感也顯得有點遙遠。不過也能反過來解釋，或許單純只是我不敢去看她，跟她保持了一段距離。

「……那個。」

「……嗯、嗯嗯。」

嗯。果然跟平常不一樣，氣氛感覺有點僵。

然而深實實彷彿是要破除這樣的氛圍，將南蠻雞套餐一臉得意地舉在我面前。

「你看！我明明在節食卻點了這個！」

語氣上聽起來是想填補這段尷尬的空白，顯得有點著急。我也很想設法去配合她，盡量像平常那樣對話，不過昨天那段話和那個場景在腦海中浮現，害我遲遲說不出話。糟糕糟糕。

「真、真是的！這、這上面放了好多美乃滋呢！」

「你、你在說什麼啊！這是塔塔醬！裡面好像還放了疑似蔬菜的塊狀物，實際上可是沙拉！」

像是要緩和氣氛，我們兩個人半是心不在焉地對話著。感覺對話本身是很流暢的，眼神卻沒對上，談話內容也漫無目的。像是僅僅為了填補空白才輪流說了那些話。能夠填補這段微妙的空白，我個人也很慶幸，但我們兩個都很拚命，而且醉翁之意不在酒。

不過此時我注意到一件事情。心想應該是那樣吧。

深實實大概是在用她的方式努力不讓關係變僵。

因此面對大談沙拉理論的深實實，我也盡可能吐出帶著戲弄之意的嘆息。

「我說。那塊脂肪……」

「快住手！別說——！」

「的卡路里……」

「哇——！」

對方發出滑稽的叫喊來打斷我。對這樣的深實實感到傻眼之餘，我不忘吐槽。

在走到座位上的這段過程中，我們經歷一段對話。

只看表面的話——一定會認為這就是平常的我和深實實。

這也讓我有點放心了。

原本還在想若一直都沒辦法對談該怎麼辦，但看樣子還是能夠像這樣，至少能夠裝作一如往常。

當然從某個角度來說，這只能先應急，我知道這治標不治本。

話雖如此，知道我們能夠如這般進行往常那令人熟悉、沒什麼內容又開朗開心的對話，光這樣就讓心情突然間放鬆了一些。

「對、對了！……友崎。」

這時深實實突然停下腳步，用依然有些緊張的語氣說了這句話，我聽完盡量用自然的語氣回話。

「……嗯？」

緊接著。

「就是——有關昨天的事情……」

我的心臟跳了一下。

「昨、昨天的……是在說昨天那個吧。」

「嗯、嗯嗯。就是昨天那個。」

我們的對話突然出現一段空白。

雙方明顯都在緊張，而這份緊張又讓彼此更加緊張。我偷偷朝著後方看去，確定都沒人聽見。

「就是、那個……」

「喔、喔喔。」

實在猜不到深實實接下來會說什麼，我不敢看她，渾身僵硬。

「就是──希望你不要太耿耿於懷……」

很少看到深實實這樣，她用小小的音量小聲說著。

「那件事情，你就忘掉吧！……這樣說也不對……」

她的臉頰紅到一看就知道的地步。不過我的臉似乎也越來越燙。

「我想說的是、希望能夠盡可能、像平常那樣互動。」

「喔、喔喔……我知道了。」

「嗯……對不起喔。突然說這種話。」

「不、不會。沒關係。」

要跟大家一起前往座位的路上，我們兩個偷偷進行這段祕密對話。而且內容還是那樣，害我的心臟跳到快得讓人受不了。

「深實實──！」

「小、小櫻妳怎麼了！」

半路上坐在前方的柏崎同學開口叫喚深實實，我們的對話因此中斷。

「那、那就先這樣！」

「喔、喔喔。」

深實實說完這些就靠到柏崎同學那邊，即便我跟大家待在一起，還是有種被丟下落單的感覺。

「想回歸平常啊……」

我獨自一人靜靜地複誦這句話。是不是只要努力去維持，就能夠達成呢？可是這樣好嗎？

略為低下頭，我咬著嘴唇，開始去想自己該做些什麼。

「所謂的回歸平常，是在說什麼呢？」

「唔哇！」

在這個絕妙的時間點上，水澤從視野之外出聲叫喚。看我嚇了一大跳，似乎就是他想要的效果，只見他樂得呵呵笑。

「別、別這樣啦……」

「哈哈。抱歉抱歉。」

雖然他說話的樣子完全不帶半點歉意，但這個男人此時的笑容莫名不帶半點惡念，就是讓人討厭不起來。這男人真夠狡猾的。

水澤手上拿著裝了大碗豬排蓋飯的碗公，我正在排隊裝冷飲，他則是一臉悠哉地站在我旁邊。沒想到這傢伙意外的能吃啊……
「哎呀，看來你似乎陷入困境了呢？」
「別說得這麼開心啦。」
水澤完全是一副事不關己的樣子，看上去頗開心，我惡狠狠地吐槽，接著他又再次笑開懷。這個臭小子。
不過話說回來，該怎麼說呢。
被水澤得知別人跟我告白的事情，半是出於意外，但身邊有這個值得仰賴又知曉一切的水澤在，總有種得救的感覺。說真的光我自己一個實在無法處理這種問題。
此時他臉上浮現平常那種老神在在的笑容，抬起單邊眉毛看著深實實那邊。
「對了。那你決定要怎麼做了嗎？」
他單刀直入地問了這個問題。步調上一時間讓人難以察覺那份突兀感，但事實上他已經介入了。那又是這傢伙另一個滑頭之處。
「……還沒。」
面對這個問題，我想要盡量答得誠懇一些。
「說真的該怎麼做，我完全沒概念。」
當我說完後，水澤「嗯──」了一聲，定睛望著我，像是在觀察我一般。
「那你就先像平常那樣對待她吧，這樣呢？」
「……這個嘛，應該會吧。」

看我用沒什麼自信的聲音回答，水澤得意地揚起嘴角。

「其實你是找不出答案，才走一步算一步吧？」

「嗚……」

「哈哈哈。出現了，這反應代表我猜對。」

這人是怎樣啊。竟然能夠把我的內心想法轉換成言語，還轉得比我本人更準確。

確實以現狀看來，與其說是想盡辦法去維持平常的方式來對待深實實，還不如說我只是概括承受深實實的一舉一動，接著才來應對。

這時水澤露出一個溫和的笑容。

「不過，看你這樣瞻前顧後，比起從前不敢正視自己的心情進而逃避，這樣算是好多了？」

他一針見血指出我不夠坦誠，正好跟昨日的對話相呼應。

「……說得也是。」

我有點難為情，帶著略為消極的心情接受了他的說辭。

水澤說話的時候，目光放在聚集於桌子那的大夥身上。包含深實實在內，七位成員早已就座了。

「這樣總比一對一好聊吧。有大家在的話。」

接著他順口說了這番話。咦，那這次水澤刻意營造這種機會其實是因為……

「水、水澤……難道說。」

在我對他投以憧憬的目光後，水澤大動作聳聳肩膀，對我點點頭。

「就是那樣——能夠在同一桌上觀賞你尷尬的樣子，感覺很有趣。而且我還知道內情，不能放過這個好機會。」

「喂。」

「哈哈哈。」

半開玩笑地笑完後，水澤伸出一隻手拍拍我的背。

「總之，你放輕鬆就對了。」

「受不了……但話說回來，還是要謝謝你。」

「哈哈哈。在謝什麼啊。」

水澤說這話的時候笑得很得意，臉上神情堆滿討人厭的壞心眼，以及一份可靠。可惡，就是讓人恨不起來。

＊＊＊

所有人都坐好後，大概過了十分鐘。

餐桌上的話題開始朝著意想不到的方向發展。

「是喔——那兩人之間有什麼的傳聞其實是假的——？」

當瀨野同學說完這話，日南就笑了。

可以說高中男女聚集在一起，自然而然就會聊到這些吧？在這幾分鐘內交錯的話題都圍繞著戀愛。

「那還用說～」

而目前成為話題核心的正是日南和水澤。幾個月前曾經有一陣子繪聲繪影在傳「日南跟水澤正在交往」，對這個傳聞有興趣的主要是瀨野同學跟柏崎同學。我某天已經在家庭式餐廳聽說真相了，這次決定乖乖當個旁聽者。

順便說一下，我坐在最靠近走道那邊的位置上，隔壁就是水澤。我們是採男女面對面的方式入座，因此正面是柏崎同學，隔壁還有瀨野同學跟深實實。日南跟我正好處在相反的方向上，坐在最靠近窗戶的位置上，意思就是除了水澤就在旁邊，其他關鍵人物都離我很遠。

「話說是誰呀？是誰去傳我跟孝弘在交往。」

日南皺起眉頭做出有趣的表情，同時說了這句話。

「這個嘛——是從誰那裡聽說的啊？好像是不知不覺間就有了吧？」

「因為你們很配嘛——」

在柏崎同學歪著頭回答完後，瀨野同學也跟著附和。

「嗯嗯，的確。畢竟我們真的很相配嘛。」

水澤這話說得流暢極了。這傢伙真的是——

「別自賣自誇啦！」

此時深實實無情吐槽，餐桌上頓時洋溢著笑聲。竹井嘎哈哈的笑聲聽起來好吵。嗯，不愧是深實實和水澤。替對話營造絕妙節奏感就跟在呼吸一樣簡單。我心裡好像覺得有點悶悶的，怎麼會有這樣的情感？

當他們像這樣聊起戀愛話題，光是要加入對話就很不容易了，我還有不得不去考慮的課題。該怎樣製造話題才好。這次的課題是「跟對方聊喜歡什麼類型、交往對象需具備怎樣的條件」。換句話說，只要讓在座所有人都來聊這個話題，我跟深實實也能夠一起參與，那課題就算達成。可是，嗯——現場有深實實在，由我主動將話題帶往那邊好像怪怪的……？

等大家笑完之後，水澤別有用心地揚起嘴角，目光放到瀨野同學跟柏崎同學身上，再次開口。

「是說。那妳們兩位怎樣？」

「嗯——？什麼怎樣？」

只見柏崎同學看似開心地注視水澤，還反問他。瀨野同學也帶著雀躍的淡笑。

「是在說有沒有交往對象，像這類的。結果有嗎——？」

當水澤臉不紅氣不喘地問完，柏崎同學跟瀨野同學就「咦——」了一聲，害羞地笑了起來。

「我們的事情不重要啦——」

「對對——！」

接著她們兩人互看，想要打哈哈帶過，但聽聲音分明不是這樣。我甚至都聽到她們的內心在說「拜託多問一點」。話說這就是那個吧。一講到戀愛話題，只要「跟戀愛扯上邊」，大家就會聊得很熱切。

看她們兩人這樣，中村壞壞地笑了。

「喔，看這反應。應該有鬼。」

「討厭啦——！」

「真的有什麼吧⁉」

「竹井同學你好煩喔。」

「好、好過分……」

情況大概就是這樣，午休時間男女共九個人興高采烈地聊著戀愛話題，形成一個令人喘不過氣的現充空間。雖然我有在一旁說些像是「咦～！好意外喔！」之類的，算是有一點參與感，但卻完全沒辦法加入對話核心。如果只是一般對談，那我還算是能用一般的方式搞定，可是大家一起談戀愛話題，對我來說就有點困難了。再說目前還有深實實在場。

才想到這邊——

「啊，那麼，友崎同學這邊呢？」

突然把話題丟到我身上的人就是日南，那乍看之下像是沒有任何用心的純真眼眸正在釋放濃濃壓力，說著「快點運用這個機會把課題了結」。日南的表情越是純真，就表示她花了越多功夫在裝純真，實在黑心到不行。

「我、我嗎？」

「對──對──」只見她露出純真的笑容。「感覺你好像有對象，又好像沒有。」

「不對吧，到底是有還是沒有。」

在我不給面子吐槽後，大家都笑了。喔？這次好像做得不錯喔。雖然最後看起來是我的吐槽把大家逗笑，但基本上都是因為有日南做球的關係，不過能像這樣一下子就取悅大家，我認為是不錯的傾向。

「但說來也對，感覺你最近就算交到一兩個女朋友也不奇怪。」

嘴裡吃著炸雞烏龍麵隨附的炸雞，柏崎同學如此說道。

「這個嘛……是那樣嗎？」

我有點不曉得該怎麼反應才好，在回答的時候也不忘避免讓自己變得太沒氣勢。不過有人說我「就算交到女朋友也不奇怪」。可能是因為柏崎同學跟瀨野同學稍微認可我了，有這件事情當前提，所以才不覺得對方用我在以往人生中受過的異樣眼光「反正友崎不可能交女朋友」來看待我吧。因為這樣，剛才才能輕鬆把大家逗笑。這就是特定領域加成魔法「中村集團」帶來的強化效果嗎？若是能夠順便提升我的基礎能力，那我會很開心的。

這時水澤喝著冷飲，嘴角向上勾。

「好吧的確，也不無可能。」

「為、為什麼是水澤來回答？」

有點提心吊膽的我回了這句話。他知道我跟深實實之間的事情，在這邊說出那種話讓人有點害怕。

「因為我們不是一起去過嗎？參加過德靜高中的文化祭。」

「喔喔……」

原來在說那個啊。這句話讓我放心了，但我再度小心起來，覺得他搞不好又要捉弄我。感到放心反而很危險吧。此時一旁的竹井說「在說什麼!?都沒有邀我去!?」結果被大家當成空氣。竹井就是竹井。

「當時他跟那邊的女孩子聊得很順，就算之後發生什麼也不奇怪。」

用意味深長的語氣說完後，水澤拍拍我的肩膀。

「我說……」

「原、原來是這樣嗎軍師！」

這個時候突然有人插嘴，那個人就是深實實。怎、怎麼突然插嘴。意料之外的一擊讓我心臟跳了一下。害我有點嚇到了，別這樣。

「沒有啦，就說沒什麼了！」

「是真的嗎～？話說我大概弄到三個喔。」

「孝弘，不要用『幾個』來稱呼女孩子。」

水澤的玩笑話被日南吐槽，大家聽完都笑了。

「哦、哦～……」

在這之中的深實實並沒有笑，有的時候看我這邊，有的時候又把目光轉開，出聲的時候看起來一臉尷尬。那種疑惑的目光是怎麼一回事。

「深深，妳還好吧？」

看到深實實的樣子有點奇怪，小玉玉出言關心。

「嗯⁉什麼事⁉」

「還問我……這是在問深深妳。」

「問、問什麼⁉」

「還問是什麼……就整體都怪怪的。」

「會、會嗎⁉是不是妳想太多⁉」

「嗯、嗯嗯。是這樣嗎？」

「就是那樣！」

她越說就越顯得情況不對勁，後半部完全都是靠氣勢帶過。幾乎都是小玉玉在遷就她。總覺得深實實臉越來越紅，而我好歹也算是當事人之一，都跟著內疚起來了。

此時我突然感覺到有人在看我，向隔壁一看就看見水澤挑起單邊眉毛望著我笑。這傢伙。於是我就瞪回去，藉此表達反抗之意。緊接著水澤邪惡地揚起嘴角，目光從我身上抽離。

就在這個時候。

「——話說深實實妳是不是遇到什麼事情了？」

「我、我嗎!?」

有人一針見血地問話，她就是日南。這一擊彷彿是用長槍直接貫穿正中心。那感覺就像在刺探什麼，她似乎在一瞬間朝我瞄了一眼，有如在說「你以為能夠逃出我的手掌心？」這下不妙了。

「感覺起來——好像在隱瞞些什麼呢？」

說話時帶著得意的笑容，日南目不轉睛地看著深實實的臉。糟糕。這下子只要稍微露出馬腳，她馬上就會發現。

假如日南懷著這股魄力逼迫我，我大概會說「這、這、這、這個嘛……什麼事情都沒有發生過！昨天放學後並沒有發生什麼！」然後全面破功吧。然而這次被逼迫的對象是深實實，應該還有希望。雖然直到剛才為止都沒能乾脆決勝負，但真正的關鍵點其實在這裡。深實實，妳要靠平常那種社交能力跨越難關！

我邊在心裡暗自祈禱，邊觀望事情進展。目前是努力和觀察力的惡鬼日南對上無心機社交能力強者深實實。不曉得日南是針對哪個部分做了怎樣的觀察才會看出徵兆。而深實實又是如何隱瞞她心中的慌亂。

緊接著要先來看令人矚目的初次攻擊。

似乎在思考，隔了一段時間後，深實實採取的行動是——

「那、那個～……」

她一臉不知所措的樣子，開始在偷看我這邊。給我等等這樣行不通吧。妳在做什麼啊。這樣未免太明顯了，我會很困擾。我是預想過一些攻防招式，但是用這招未免太差勁了吧，深實實。

「友崎同學？」

這下我跟她有所牽扯的事情一下子就被日南看穿了。都看見了吧。深實實同學妳的神經是不是比我更大條些啊。水澤則是面向斜下方狂笑，這個臭小子。別這樣啦。你那種行為也會給日南暗示。而且看到這副模樣，瀨野同學跟柏崎同學都已經在吵著說「發生什麼事啦——!?」。

最後日南那銳利的視線從深實實身上轉開，放到我身上。不行。被她這樣看，我根本無計可施。

「怎、怎麼了？」

在我半裝傻地說完這句話後，日南便一直看著我。

「……原來是這樣啊。」

看她說得一臉恍然大悟的樣子。怎麼了。我什麼都沒說卻穿幫了嗎？但想想也對，她好像今天早上就察覺了，看到這種反應就一目了然了吧。旁邊的水澤可能是憋笑憋過頭了，肩膀一直在抖動，等一下真想把他痛扁一頓。

「看樣子孝弘也心裡有數了吧？」

那個念頭才剛閃過，下一秒就連這點都被日南看穿。已經撐不住了。就在這短短幾十秒之內，所有的一切都攤在陽光下。

在那之後水澤一邊呵呵笑，一邊轉頭看日南。

「可以這麼說。只可惜要對你們保密～」

他說完就發出噓聲，動手做出趕人的樣子。

緊接著日南、柏崎同學、瀨野同學這三人就大聲抗議。

「咦——！」

「這算什麼——」

「未免太誇張了吧！」

這下水澤變成一對三了，但他韌性很強，依然不為所動。怎樣很厲害吧。

在這段時間中，小玉玉什麼都沒說，一直看著我。搞不好她的洞察力比日南更強。

「別急別急，等時機成熟就會告訴妳們，先等等吧。」

「哦——……」

雖然日南用不悅的眼神發動攻勢，水澤還是不介意，選擇將炸豬排放進口中。

話說原來是這樣啊。我懂了。

既然深實實都已經慌亂成那樣，「兩人之間有過什麼」這點已經穿幫了，那就乾脆大方承認這個部分是真的，搶回主導權，然後放話說「不告訴你們」，這樣更高竿。如此一來就不會被人旁敲側擊，一不小心又透露某些事情。

「咦——告訴我嘛——！」

這個時候柏崎同學開始展現纏人功力，然而水澤只是對她笑了一下，並沒有對此做出回應。好強。好有才。

這個時候遭到逼問的對象不再是深實實，換成水澤，這部分也算是幫助很大吧。假如深實實被大家質問，肯定接下來將會在某些地方露出馬腳。也許已經出現一些破綻也說不定。

「嗯——好吧，算了。」

似乎發現再逼問下去也沒用，日南的攻勢緩和下來。或許是她不打算在這個時候將一切都挖掘出來也說不定。反正這麼做對日南也沒什麼好處，在之前開會的時候，她有的是機會問我。拜託別拷問我啊。

緊接著日南三兩下就把話題帶開。

「啊，話說我有很多料可以爆喔。」

「妳說可以大爆料，是指戀愛方面？」

「嗯。」

「哦～!?」

這話一出，就讓柏崎同學跟瀨野同學把興致都放到日南說的話上面。動作快到嚇人。可能是她有所察覺才出手幫忙。為了課題和目標著想，那件事情也不適合公開給大家知道吧。

就這樣，以日南為中心，大家開始暢談誰誰誰曾經愛過誰——而我和深實實果然還是沒辦法去看彼此。

2 知道自己需要什麼道具自然會明白該往哪去

放學後。進入文化祭準備時間。

我在沒有其他人的圖書室中跟菊池同學面對面坐著。

只見她神情緊張，而我前方的桌子上則放著劇本。我用雙手將劇本捧起，用劇本邊緣敲敲桌面來把紙敲整齊。之前說過會在今天放學之前看完，我自然是全都看完了。

對。一個是負責編寫正式劇本的人，一個是輔助她的人，我們正要開會討論班上的話劇劇本。

「那個——……」

在我率先開口後，我看見菊池同學的喉頭「咕嚕」地動了一下。放在桌上的白皙小手用力握緊。

不知道該從哪裡談起才好，我先是花了一小段時間整理自己要說的話，之後慢條斯理地開口。

「……內容很有趣。」

聽我說完，菊池同學的表情頓時一亮，看樣子鬆了一口氣。

「真、真的嗎！」

我誠懇地點點頭。

「嗯。我利用今天的休息時間和上課空檔看的……」

「在、在上課的時候……」

菊池同學對我的話表現出有點介意的樣子，不過她再來就點點頭，一副船到橋頭自然直的樣子，重新扮演聆聽者的角色。

「說真的，確實非常有趣。我很期待後續。」

我老實發表感言。

寫劇本時特別著重是人在演戲，跟以前還是小說形式相比，基礎鋪陳的文字減少了，只剩下臺詞和簡潔的狀況說明。因此理所當然地，少了描寫這個要素，許多部分看起來又是另外一種風格。

只不過。

「我覺得感覺很接近在看小說。」

「是、是嗎……！太好了……」

這點不可思議，可能是菊池同學所寫的臺詞傳達出的溫度使然，又或是這個故事本身就很有個性。

雖然不曉得確切的理由，但總之看小說時體會到的「感覺」，巧妙體現在以臺詞為中心的書寫形式上。

「真的很厲害，明明刪掉這麼多臺詞。是怎麼做到的？」

「啊……關於這個。」話說到這邊，菊池同學害羞地笑了。「暑假去看過安迪作品改編的電影，我拿那個當參考。」

「啊！原來是這樣。」

這下我也明白了。

話說那個作品雖然也有更動過細部臺詞和劇情安排，但這部電影依然如實呈現看小說的那種「感覺」。我還記得看完電影後跟菊池同學去咖啡廳有聊過這點。

「是這樣啊，的確。聽妳那麼說，給人的感覺好像跟那時很類似。」

「嗯、嗯……！」

這讓菊池同學紅著臉點頭。她的嘴角弧度稍微變柔軟了，洋溢著喜悅。

對喔，想想也是。畢竟她會想要寫小說的契機就是出自安迪的作品，當我對她的小說發表感言，說「感覺起來很像安迪的作品」，她甚至還哭了。對菊池同學而言，「寫到有安迪作品的感覺」算是其中一個目標吧。

「那、那反過來說——」

菊池同學邊說邊擺出認真的表情，用真摯的目光看我。這又是菊池同學身為「作者」才會有的熱切神情。

「看到目前為止，有什麼令你比較在意的地方嗎？」

「這——……」

被她這麼一問，我開始思考起來。

要我擺高姿態發表高見實在彆扭，姑且不管這個，說真的若要將那部小說的故事透過話劇重現，我認為目前這樣已經是最合適的改編了。看得懂的人來看，或許會發現一些需要改善的地方，可是我只是一個門外漢，在我的所學範圍內難以做出建議。

話雖如此，要說我能夠在哪些地方給點建議——

「……應該是角色的部分吧。」

「角色？」

我點點頭。

「該怎麼說，就是——也許是因為臺詞刪減的關係……」

「是的。」

「角色好像變得有點普通……那種栩栩如生的感覺似乎變得有些淡薄？我是這麼想的……」

我盡量用比較柔和的方式表達，將自己的感想確實傳達出去。

「要說是否變得淺顯易懂了，確實是那樣沒錯，但感覺上變得有點怪怪的……」

對。菊池同學先是寫了小說版的「我所不知道的飛翔方式」。

第一次看的時候，特別令人印象深刻的是這個，就是角色們活靈活現，在情感表現上有點現實，卻又有些矛盾。

可是來到這個劇本版，是否該說角色流於形式化，讓人不太能感受得到一種類似生氣的東西。

「這樣啊……」當下菊池同學便有些認同地點點頭。「嗯，或許是吧。」

「或許是——哪個部分？」

在我反問後，菊池同學輕輕將桌面上的劇本拉向她那邊。

「那個，其實我有稍微更動些微的作品概念。」

「……作品概念？」

我重複那句話試著咀嚼，一時間還是不能明白這話代表的含意。

「之前有提到要配合選角來改變角色，對吧？」

「嗯，是有這回事。」

我點點頭。既然要從小說轉換成劇本形式，那就要特別去注意這是要拿來演戲的，看哪個角色是分配給誰演，就要去改變臺詞的調性。後來討論的結果是這樣。

「因此像是水澤同學和花火，為了讓他們兩個容易演出，才會將原本的角色稍微做些更動。」

話說到這邊，菊池同學略為垂下目光，語調也跟著降低。

「雖然變得淺顯易懂了……角色卻跟著混亂起來，或許特性就不是那麼明顯了吧。」

「……原來如此。是這樣啊。」

聽她那麼說，我似乎能夠明白。

在一開始看的小說版本中，舉凡像是角色的細微表現或思考習慣，以及不只單向發展，會在現實面上產生矛盾的情感也包含其中，這些都讓人覺得很有人情味，非常有魅力。

可是這個劇本版本——該怎麼說才好，從某種角度來說就像是「在演戲」。

「的確，給人感覺變成臺詞說出口，是很淺顯易懂的。」

「是的。不去描寫複雜的情感，我想要試著更著重最直接的想法。」

「嗯……我想我懂。」

用大動作和表情將一種情感詮釋得淺顯易懂。不去描述與之相反的現實面情感矛盾，改寫成重視連貫性的劇本。

「在舞臺上演出」會跟觀眾產生一段距離，而且這次話劇要讓不是專業演員的高中生來演出，就這點而言，那麼做八成是對的。這樣不容易出現情感破綻，也能確保話劇至少會有最低限度的質量表現。

「嗯——真令人苦惱……」

「就照這個步調直接推展到結局的部分合適嗎……？」

當我在等待這個劇本完成的空檔，又該如何取捨。

是要選擇我一開始感受過的活靈活現，那種具有人情味的表現？

還是該重視整齣話劇的完成度，考量到可行性？

這個問題是沒有正確答案的，並非一定要選擇哪一邊，因此我才會猶豫起來。我本身並沒有演戲和創作的「經驗」，找不出能夠拿來做選擇的「理由」。

想著想著，突然間——我注意到一件事情。

「奇怪？……剛才菊池同學說到『兩個人』？」

「這個……是的。」

只見她點點頭。

「嗯？這是什麼意思？」

會那樣問是因為這個話劇的主要人物有三人。

就是水澤扮演的鎖匠兒子，主角利普拉。

小玉玉扮演的飛龍養育者，孤兒克莉絲。

還有日南扮演的王族千金，利普拉的青梅竹馬艾爾希雅。

可是剛才菊池同學卻說——要讓「水澤跟花火」這兩個人方便表演。

「……那日南呢？」

在我直截了當地問完後，菊池同學靜靜地凝望我。表情上看起來像是感到困惑，又像是在思考一般，同時也給人一種只是靜靜待著、毫無雜念的感覺。

最後她輕輕地笑了出來。

「日南同學……她原本就很貼合艾爾希雅的形象，我就想應該不需要擔心這部分。」

菊池同學這句話說得很坦白，讓我不由得笑了。

「哈哈哈，原來是這樣。」

這下我恍然大悟。確實在選角的時候也一樣，就只有日南扮演的艾爾希雅幾乎讓所有人都投票支持，甚至到了多數決形同虛設的程度。會讓人覺得只要給她就沒問題，這點也確實很有日南的風範。不管她呈現出什麼樣的演技，本身都很具說服力。

「就算需要多少表現一些複雜的情感，她似乎也能照本演出。」

「就是這樣。」說完這句話，菊池同學露出調皮的笑容。「所以艾爾希雅的部分就沒有太多更動……」

聽她這麼說，我回想起在看劇本時得到的某種感覺。

「話說確實是那樣，讓人覺得艾爾希雅演起來很活靈活現。」

「啊，聽你這麼說很高興。」

在那之後菊池同學看似開心地笑了，在桌子上輕輕地將手指互握。

不過，我懂了。

這個話劇整體上要按照目前的步調進行，還是要更著重鮮活的表現？必須在兩者之間做出選擇。

「感覺我們時間上已經不太夠了。」

「是的……」

今天是星期二，下下禮拜六就要正式演出。若是下禮拜一開始就展開練習，那差不多會有整整兩個星期的練習時間。假如希望最少能有這麼長的時間，那就得在這個星期以內將劇本定稿到某個程度吧。

這裡要談到的作品概念形同劇本的骨幹，同時對安排結局而言也是很重要的。最好盡早決定。

「要在這個時候做出決斷……是嗎？」

「你覺得怎麼做比較好……？」

要從兩個選項中選出一個。

一旦做了就得承擔責任，但是不能逃避，那同時也是一個重要的職責。

既然如此，就只能做出決斷了。

「……我覺得，所有角色都要改成像艾爾希雅那樣比較好。」

「都要改成像艾爾希雅那樣？」

我跟著點點頭。

「就是像原本的小說那樣，讓角色活起來，呈現比較寫實的感覺。」

我努力用大方堅定的語氣訴說，那讓菊池同學驚訝地望著我。

「或許演出上會變得困難，對菊池同學而言，想要光靠臺詞就呈現出這部分可能也不容易……不過——」

我還是希望能夠看到這樣的話劇。

「——我覺得那樣一定會比較有趣。」

用熱切的語氣斷言後，我靜待對方的反應。

雖然菊池同學先是睜大眼睛愣了一會兒，但她最後還是用力點點頭。

「嗯，明白了……我試試看。」

在她的眼眸深處，那是我多心了嗎？彷彿看見裡頭出現一道炙熱的火焰。

＊　＊　＊

我們已經在某種程度上得出結論了，劇本的相關事項決定交給菊池同學去處理，我獨自一人回到教室。身為文化祭執行委員，在所難免。菊池同學暫時要待在圖書室改寫劇本。

途中經過走廊，每個班級都在為他們推出的活動做準備，進度不一。有些班級幾乎已經將整面牆的裝飾完成，有的班級則是牆壁光禿禿，難以判斷他們要辦什麼活動。這大概跟班上核心成員和執行委員的積極性成正比。

我來到二年二班這邊。在教室裡頭，十幾位學生已經分成幾個小圈圈，在做他們自己的工作。

「那這樣呢？」

「啊，再往上一點點！再一點點！還要再上去！……啊——上去太多了！」

在前面那邊，一些有工作在身的同學們正在討論，看本班推出的「漫畫咖啡廳」內部裝潢跟外部裝潢要怎麼安排，還實際上放了部分裝飾，似乎在做些嘗試性的組合。明明是漫畫咖啡廳，卻放上閃亮亮的派對用裝飾拉條來妝點，感覺很突兀，但這次畢竟是慶典，那也是沒辦法的事情。

「啊！那樣好可愛！我也要畫！」

「不行，這個不需要兩個吧？」

在教室中央，包含日南在內共有好幾個同學將桌子大幅度挪動，創造出一塊空地，正在為用來當看板、要貼在走廊上的海報畫上各式各樣的插圖。從幾天前就不時會看到這樣的光景，那些插圖越來越接近完成狀態。

接著我看向放在教室後方的置物櫃，發現邊邊上放著一個「班服T恤設計募集箱」。看看上頭寫的說明，好像是說大家可以自行投稿設計方案，之後所有人再來投票決定，大概下星期初就會去跟廠商下單。這麼說來一年級的時候也有過這個呢。基本上要不要買都是個人自由，而我當然是沒有去年的班服。

隨著日子一天天過去，眼看教室裡頭文化祭的色彩越來越濃厚。為了避免自己被排擠在這圈圈之外——該說這次能夠以有點算是核心人物的地位參與本活動，真的讓我很驚訝，但舉凡毛遂自薦當執行委員、提議要辦漫畫咖啡廳、想要演出有我們原創劇本的話劇，這些全部都是我積極主動參與的。

從後面眺望整個班級的我不經意聽見一個聲音從旁邊傳來。

「情況怎樣，總監？」

這個邊說話邊靠近我的人正是中村。不愧是一個現充，嘴角呈現微微上揚的姿態，但不曉得為什麼，那眼神和姿態以及語氣就是給人一種壓迫感。即便是已經能夠在某種程度上跟他用平常心交談的我都感受到壓迫感了，這應該算是一種才能吧。

「什麼怎樣？」

「沒什麼，在說劇本。」

你應該心裡有數知道我在問什麼吧——中村說話的調調像是在暗示這個。不對我怎麼會知道啊，想是這樣想，我還是怕到不敢講出口。像這種有權有勢的現充，很擅長光靠態度就表現出「我說的都是對的」。假如實際上直接脫口說「聽我的就對了」，那樣會很奇怪，所以應該會變成「不，你說的不對」，可是像這樣只透過態度來表達，對方就會覺得「啊是的對不起，你都是對的」。

話說回來，中村像這樣隨意跟我攀談，老實說還真罕見。

「呃——劇本的話——」

如此這般，我將自己跟菊池同學討論決定後的結果告知中村。例如目前才進展到一半，希望下星期初之前可以拿出完成品。這樣就能夠弄出整整兩個禮拜的練習時間，應該能夠如期趕上。

「……哦——是這樣啊。」

然而中村完全是一副興趣缺缺的樣子。什麼跟什麼。他邊玩手機邊聽我說明。在關鍵處還會給予回應，而且不時看向我這邊，我想他也不是完全沒在聽吧，但不是你自己先問的嗎？這種態度是怎樣。

「總之，聽起來都算順利吧。」

隨隨便便結束這個話題後，中村靠到我旁邊的牆壁上，然後又開始玩手機。這傢伙搞什麼？與其說他是在關心劇本的事情，倒不如說是想隨便找個話題來聊，感覺就像是這樣。

「……水澤跟竹井呢？」

因為覺得好奇就試著問問，這讓中村的眉毛跳了一下。

「不曉得。」

「……不曉得？」

他們總是混在一起，而且還有一個共通點，就是他們全為文化祭執行委員，你卻不知道他們跑去哪兒是嗎？這種情況更稀奇了。

「他們說要去買一點東西。」

「……是喔。」

這話透露的資訊少得可憐。我偷偷觀察中村的表情，發現他正一臉無趣地盯著智慧手機螢幕看，接著不經意將目光挪到畫面上，看見他一直把 Instagram 的畫面向下拉，讓畫面刷新好幾遍。這是那個——時間太多的人才會這麼幹。

想到這邊，我的嘴巴更早行動。

「你很閒嗎？」

「啊？」

「抱歉。」

平常的老毛病又犯了，我把心裡想的事情直接說出口，結果中村就用像是蛇一樣的眼神把我殺了。哎呀死翹翹了，我得反省反省。自從在暑假的集體外宿上調侃過中村的下體後，我就越來越不怕對中川說出心中真正的想法。根據日南所說，他們那幫人似乎覺得我這種反應也很有趣。

「那個——……中村不去嗎？」

「對啊，因為那傢伙在。」

「那、那傢伙？」

「沒什麼，就是在說優鈴啊。你應該知道吧。」

「喔、喔喔，抱歉。」

不對，你現在說這個不管我怎麼想都想不到吧……雖然內心是這樣想的，我卻已經被他的眼神抹殺，也只能乖乖認錯了。

話說到頭來我還是不懂他的意思啊。

「因為泉在才不過去……？這話什麼意思？」

在我毫不掩飾地詢問後，中村一邊嘆氣，邊厭煩地解釋剛才發生過的事情。

他說——除了中村、水澤跟竹井這三個人，還加上泉、柏崎同學和瀨野同學，共六個人一起作業，可是大捲膠帶跟釘書針不夠用，因此他們決定去採買。但在這個時間點上去採買，泉會來不及處理晚點待辦的文化祭執行委員長應做事務，就留下中村和泉。

「後來優鈴就去處理事務了，那些傢伙出去的時間都長到可以來回五次了，還不回來。」

「哈哈哈，原來是這樣。」

如今中村免不了面臨落單的命運，算他運氣差。

現充度和辦正事順便沿路遊玩的時間成正比，根據我的個人統計得出這份數據，而那四個人一起出去買東西，八成會耗費一大段長得要命的時間才回來。嗯。總覺得中村的處境很可憐。想著想著，我的嘴巴下意識動了。

「中村，你好可憐。」

「啊？」

「對不起。」

若是如實表現出憐憫的情緒，我又會被他再殺一次，於是我立刻乖乖道歉。玩謝罪競速遊戲我最擅長。

不過那讓我有點驚訝。

「這表示，你開始會去為泉設身處地著想？」

再怎麼說就只有泉需要去處理執行委員長應盡的事務，如果中村硬是要我行我素，那他也可以丟下泉，跟其他人一起五人行去買東西。應該這麼說，我想像中的中村肯定會選擇這麼做。

「啊？這也不算是設身處地吧，通常這種時候都會那麼做啊。」

總覺得這句話充滿暗示性用語。是因為他有點害羞嗎？因為講出來會覺得不好意思，才想避免直接明講，說話的感覺聽起來像是這樣。只不過中村依然在神情上沒有任何變化，還是在玩手機，讓我很難去坐實這個結論。話說他再次開始將Twitter的畫面向下拉。果然很閒啊。

是說真的很令人驚訝。

身為泉的男朋友，他是真心想溫柔待她。

「原來中村也會有『對人展現柔情』的一面。對不起我說錯話。」

除了將心中想法老實說出口，這次還想避免被中村用眼神殺掉，在這段話的最後就預先道歉了。攻擊完要著地的時候，可以透過防禦姿態來減少破綻，這就是AttaFami裡的取消著地動作。雖然不是最新一代才有的機制。

面對我這莫名其妙的道歉奉送，中村皺著眉頭用不怎麼正經的語氣抱怨「啊？你這是在幹麼？」然後隨意敲打我的肩膀。

「算了不管了，我們去吃冰淇淋吧。」

接著他若無其事地發出邀約。

「咦。喔、喔喔。」

中村在那時已經邁開步伐走人，我半推半就地跟在後頭。這種感覺是怎麼一回事，他理所當然地邀約，感覺像在順理成章說「我們走」，然後頭也不回走掉，令人陷入一種錯覺，覺得跟過去也是理所當然的，遵命。果然還是平常那個力量強大的現充。

於是我跟中村兩個人一起走到走廊上，要前往學校餐廳。

話說這種感覺還滿新鮮的。最近我雖然加入中村集團了，仔細想想卻覺得自己很少跟中村兩人獨處。要說頻率的話，大概就是我在AttaFami中將中村電得體無完膚之後都沒有過。

「話說這樣滿新鮮的。仔細回想才發現我在AttaFami裡將中村電得體無完膚後，這還是第一次跟中村兩人獨處呢。對不起我說錯話。」

「別以為有道歉就能夠隨便亂講話。」

這時中村邊說這句話邊抓住我的頸根，我被他用力量型現充才有的握力掐住了。好痛痛死人了對不起我錯了。

＊　＊　＊

之後我們來到學校餐廳。

我跟中村抵達空蕩蕩的學校餐廳，來到過分空曠的桌子前坐好，面對面聊各式各樣的話題。順便跟大家說一下，這額外空曠的位子是中村選的，像這種地方就隱約透露出那身王者風範。

「你要帶什麼樣的漫畫過來？」

「這個嘛，我有《獵人》全套，應該可以帶這個。」

「喔，不錯喔。貪婪之島篇不錯看。」

「會嗎～我比較喜歡嵌合蟻篇。」

話題都是圍繞在閒談上。說真的我們原本是屬於不對盤的組合，能夠像這樣尋常的一對一對談，我認為已經算是非常大的進步了。

話說在學校餐廳可以用相當於日幣百圓的冰淇淋餐券來買好幾種冰品，我選了餅乾夾心冰淇淋，中村選了ICEBOX果實冰。感覺現充比較會去選擇做成冰型態的冰品，但選那種算什麼。感覺很像大人現充在喝瓶裝酒。

「對了。」

此時中村不經意說了一句話。用他強而有力的下巴將葡萄柚口味冰塊咬個粉碎，同時看向我這邊。

「嗯？」

我漫不經心地回應，只見中村接著說了這番話。

「──你跟深實實之間發生過什麼吧。」

咳咳咳！——冰淇淋跑到氣管裡了，用來夾冰淇淋的餅乾碎片散落到我眼前那張桌子上。

「唔哇。好髒喔！」

中村說這話的時候臉都皺成一團了。

「不是啦，是因為你突然……！」

我說這話就像在找藉口，但中村卻說「啊——別提了別提了。」接著指向放了溼巾的櫃檯。照這個流程看來，他可能是擔心我才要我過去拿的吧，原本是如此期待，然而事實並非如此。他根本連這種跡象都沒顯示，像是在要求我快點過去拿。中村果然就是中村。

我乖乖去拿溼巾，路途中一面思考。

為、為什麼會穿幫……是中午跟日南那幫人的互動太明顯了？嗯，這部分先不去想。只不過就連對那種話題很遲鈍的中村都有所察覺，是否可以想成當時在場所有人都發現了。除了竹井。這樣是不是不妙？

那我該用什麼方法帶過才好……雖然有去想這個，但又覺得想也是白想。因為之前那段關於戀愛的閒聊已經順勢讓別人發現「事有蹊蹺」，而且還讓人看出是誰跟誰有一腿。既然如此，大家應該已經推敲過各種可能性了，要騙過發現端倪的所有人，實際上不可能辦到吧。

呃——這下好像無路可走了。

我用很緩慢的速度去拿溼巾，動作上勉強還算是自然，並回到座位上。那現在該怎麼辦，只能慢慢將話題帶到別的事情上吧。

懷著這份打算，我開始擦拭桌子。

「啊，話說——」

「所以呢？你跟深實實進展得怎樣。」

我那破爛的轉移話題戰術徹底被人用蠻力正面破壞。這也難怪。面對招式風格是這樣的對手，耍小伎倆是沒用的。

那這種時候該怎麼辦？話說中午在學校餐廳中，水澤有做過一樣的事情。那我就照抄吧。

「呃——這個嘛，那是祕密。」

對。就大方承認我們之間有什麼好了，可是不透露詳細情形，我改用這種招數。這樣就不會瞞到最後瞞不住，先把會露出馬腳的地方直接放出來，以防到時穿幫會連最關鍵的部分都一起露餡。

「喔是嗎？」

接著令人意外的是中村一下子就妥協了。

「反正不是其中一方告白，就是被人告白吧。而你沒有連這點都講白……」

話說到這邊，中村似乎為自己說出的話感到驚訝，一時間頓住。

「怎、怎麼了？」

我催促他繼續說下去，不料中村一臉難以置信地用手遮住嘴巴。

「這表示是深實實對你告白吧……」

接著他放下手，看起來很錯愕，嘴唇還在顫抖。拿在手裡的果實冰掉出一顆，宛如水晶一般掉在桌子上碎掉。

「喂，有這麼誇張啊。看你那反應，這件事情是有那麼離奇嗎？」

「哦——……那個深實實竟然這麼做。」

嘴裡一面說著，中村用一種觀察的目光看著我。

「話說大家在聊天的時候早就已經察覺這點了……」

我做出小小的反抗，然而中村視若無睹，將整個果實冰的容器傾斜置，把剩下的冰塊全都倒進嘴裡，就好像在捕魚的鱷魚把頭蓋骨咬碎一樣，用強韌的下巴粉碎那些冰塊。

將這些碎冰都吞進去後，中村再一次面向這邊。

「那你打算怎麼辦。要跟她交往嗎？」

「問、問得還真直接……」

這種切入方式正是中村特有的，我完全應付不來。

「那還用說。不過這種事情也用不著想那麼多吧。」

「……是這樣嗎？」

「不用想得太複雜，不用太複雜啦。」

嘴巴上說說很簡單，對我來說卻不太容易。畢竟只是要我選出在意的兩個人就花上整整一星期，而在我展開特訓後，到我開始產生「或許自己也能變成選擇他人的那一方」這種想法，期間可是花了半年以上。也算是想得夠多了。

「不用想得太複雜啊。」

不過話又說回來，回想起來會發現中村一下子就決定要跟泉交往，而且還順順地告白，直接來到交往階段，一直持續到現在都沒停。這種充滿力道的當機立斷表現，正好跟會不由得想太多的我成對比，可以這麼說吧。

既然這樣，我想到了。

有件事情讓我拿不定主意，也許可以從中村那裡得到答案。

「……問你喔，中村。」

「什麼事情。」

看我問得特別慎重，眼睛雪亮的中村早就察覺什麼了，看起來有點不耐煩。嗯，雖然老說他是都在靠蠻力硬幹的現充，卻不至於無法洞察細微的人心轉折。

我筆直望著中村的眼睛，即便心中感到害怕，還是試著問出這個問題。

「──中村你會想跟泉交往的契機是什麼？」

我老老實實地問了，問得很不好意思。不過我從剛才開始就陸陸續續講出內心真實想法，去冒犯到對方，跟那些相比，這算好的吧。頂多就是我會覺得不好意思而已。硬要說的話，就是在等對方回答的這段期間非常尷尬，希望他快點回答。

我一直在等他回應，中村則是皺起眉頭，露出非常不爽的表情。

「……好噁心。」

「喂！」

因為說了難為情的話讓我心情七上八下，完全處於無防備的狀態，這幾個字眼突然刺過來。正中要害效果絕大，害我同時陷入麻痺、發燙和中毒這三種狀態。

「不是啦，是你太莫名其妙。為什麼突然問這個。」

「一點都不突然吧，我們正好在聊這種話題不是嗎？」

沒去管我說話時想要打圓場的反應，中村「唉」了一聲，發出嘆息。

「你有的時候會像這樣突然跨越界線，這樣不太好呢。」

「會、會嗎……？」

但我對這種表現或許多少有點自覺。該說這或許就是我的本性吧，借用日南的說法來形容，就是我的「絕招」。

「那你想要問什麼？問我跟優鈴交往的契機是嗎？」

「沒、沒錯！」

真讓人意外，他願意回答問題啊。還以為他要顧左右而言地把話題帶開，這下可好了。

「……就算真的要問，說真的所謂契機也不是只有一個吧。」

中村開始用食指抓抓脖子。

「沒有什麼決定性的要因嗎？」

「算是吧。」

一方面覺得中村只是在說很稀鬆平常的事情，同時卻又覺得親耳聽同年的當事人分享，就會覺得現實中原來還存在名為戀愛的夢幻故事啊，有種奇妙的身歷其境感。

「不過中村也有遇到別的女孩子示好吧？」

「這個嘛，也不是完全沒有。」

他一下子就認了。嘖，這個臭強角。

「那同時身邊又有自己心儀的對象……啊！就好比是那個聽說被人甩掉的島野學姊——痛痛痛！」

當我明顯踩到地雷後，中村在桌子上抓住我的手，輕輕反折。

「然後？」

「啊、嗯，就是——」

這感覺就好像是中村硬要我當這件事情沒發生過，讓我很不服氣，但我也不喜歡被弄痛，就決定不去追問島野學姊的事情。

「呃——大概就是那樣，也就是除了泉，你身邊還有其他女孩子嘛。在這種情況下還是認為『對象不是泉就不行！』，我才想說是不是有什麼特別的理由。」

邊回想我跟菊池同學聊過的東西，我嘴裡一面問著，結果中村擺出異常認真的表情，用手撐住臉頰。

「特別的理由啊。沒這種理由就不行嗎？」

在他說完那句話之後，他的眉毛上揚，用強烈的目光看著我。我自認問了非常可恥的問題，但對方並沒有表現出太瞧不起我的樣子。總覺得水澤好像也是那樣，當現充兩人獨處的時候，他們都會對人比較好呢。

「也不是，並非一定要有什麼特別理由……其實也不是只有針對泉而已。在跟某人交往的時候，若沒有像是『對象不是某人就不行』這種理由存在，那其實找別的女孩子也可以嘛。」

「啊——……好吧，按照邏輯來講似乎是這樣。你也太難搞了吧。」

「果然真的是那樣啊。」

是說對戀愛這麼沒有具體想法的人也不是很多見。話說日南可是比我還要會機械性思考，超出我許多，那恐怕也算是玩家的特性吧。

「你說要特別的理由，舉個例子？」

這時在玩手機的中村一臉無趣地開口。感覺他不是很有興趣，比較像是聊勝於無找個話題來湊。不過中村現在也很可憐，被迫落單。應該會願意陪我閒聊打發時間才對。

「這個嘛——該怎麼說呢。舉例來說……就像是其中某一方在某個部分特別欠缺，而另一個人卻非常擅長這部分，反過來看也是一樣的感覺，好比這種狀態？」

這有一半是出自菊池同學曾經說過的「理想型態」，被我拿來現學現賣，拿來當作其中一個例子舉例，用於闡述所謂的「特殊理由」。

「啊——是這樣喔。其他的呢？」

「咦，其、其他的？」

我自認已經舉出很有決定性的代表案例了，也可以說是列舉了一種關係圖，但看樣子對方完全不買單。是不是該給予幾個具體的例子？一旦舉出一個代表性的案例，剩下的都會變成只是在套用這種關係圖，聽起來會很像一樣的事情講好幾次，但應該也可以吧。

「其他的就像是——彼此都有一個特點，正好可以解決對方心中的難題……雙方都有一些不起眼的嗜好，那嗜好又剛好完全相像，相像到不可思議的地步……大概是這樣。」

「是，要照這種感覺走是吧。」

我的擔憂是多餘的，中村頗感興趣地玩味我舉的具體例子。嗯。在對話的時候會覺得是局部上出現分歧，卻感覺得到我跟中村的想法有著根本的不同。

不過這樣一來，他已經明白我所謂的前提是什麼。再來就只要針對我想知道的部分詢問就行了。

「那有這些當基礎……對於中村而言，你覺得什麼才是『特殊理由』？」

我切入正題。若是能在這時有新發現，那現在讓我很煩惱的「交往背後含意」

或許能獲得解答。

我心懷期待等待答案，結果中村若無其事地說了這麼一句。

「沒，沒什麼特別的理由。」

「咦？」

對方說話的語氣像是在暗示這樣很正常吧，讓我一陣錯愕。

「就只是自然而然開始交往起來。」

「真、真的？」

「是真的。話說一般而言都是這樣吧。」

哎呀一般而言都是這樣發展，我是有點概念啦，但原來真的是這樣啊。

不過，若是這樣的話。

「那、那就是說其實對象不是泉也可以了……？」

被我這麼一問，中村的眉頭皺了起來。

「啊？這是什麼邏輯？」

他直接問到最根本的部分。這或許要歸咎於我實在太沒有現充涵養，會想太多，或是過分潔癖，但也因此認為一些觀點是現充才看得到的，而我能從中找到獲取解答的線索。

「這是因為，如果沒有『不是泉就不行的理由』，那就並非『非泉不可』了吧？那不就等於對象不是泉也沒關係嗎？」

感覺好像把同樣的話說三遍，但我也找不到更棒的解說方式了。

「這什麼鬼論調？」

中村果然不能理解。

我在想有沒有更合適的解釋，過了一會兒後，中村出聲了。

「啊──好吧，我好像稍微能夠理解你想說的……」

只見他面帶苦笑。看樣子是他想辦法意會，那想法終於傳達給他了。也對，中村只是比較單純罷了，並非像竹井是個笨蛋。像竹井那樣。

「那、那真是太好了。」

緊接著中村「嗯──」了一聲，同時抓抓鼻子。

「不過，按照這種邏輯來說的話，理由應該是類似回憶之類的東西吧？」

「回憶？」

我一時間沒聽懂那個字眼指的是什麼意思，讓我錯愕地回問。

「就是你剛才說的，為什麼非某個人不可的理由。」

「你說理由是回憶？」

「應該吧，一般而言都是。」

「咦？」

也，也就是說，這是什麼意思啊。果然我們連最根本的對話都搭不上線。理由就是所謂的回憶？

「不對吧，你怎麼會不懂啊。不是要找非某人不可的理由嗎？那一般來說都是這類的吧，例如在某個地方跟對方一起吃飯特別好吃，還是當時對方說了某句話令人很開心。」

「啊、啊啊～？」

好像懂又好像不懂，一種絕妙的情感找上我。

我是知道他想表達什麼……但如果只是這樣，那不就找任何人都能替代了。

中村站在他的立場，一副不懂我為何不能理解的樣子，看上去有點煩躁。嗯，現充對上非現充，根本特質不同的人互相對話就會變成這樣。

因此我盡力將感到古怪之處轉換成具體語言，努力想辦法確實傳達給對方。

「這是因為，如果要舉例的話……假如當時一起吃飯的人是其他人，那那個人不就會變成特別的存在嗎？」

我感到古怪的地方就是這裡。

我認為中村說的那番論調確實能夠構成交往「理由」。

但我不認為這能夠成為「特殊理由」。

「是沒錯。就為了這個？」

沒想到中村竟然說對。我們之間的代溝越來越大了。對話上遲遲沒有進展，中村講話也變得越來越不客氣。

「咦。因為如果是這樣的話，就不構成非某人不可的理由啦？不管一起吃飯的人是誰，要找代替品多得是……」

當要選擇一個人並且為他負責，我認為找這個來當理由未免分量不夠。

然而中村卻皺著眉頭否認我的說辭。

「啊？這種事情用假設的沒什麼意義吧。」

在那之後他用斬釘截鐵的語氣補上這句話。

「沒什麼好比喻的，跟我在『現實中』一起吃飯的人就是優鈴，所以她對我來說當然會變成特別的存在吧。」

接下來頓了一拍。

中村才察覺自己的失態。

「……」

「……嗯。」

我實在不曉得該怎麼反應才好，就在剛才，這個人用很猛的氣勢大肆放話說自己的女朋友是特別的。我一直都是用半假設的形式在問話，結果話題一口氣轉向，變成中村在熱情告白。

「總之……我想事情就是這樣。」

「這、這樣啊……」

緊接而來的是一陣尷尬。

中村裝作沒看見一般，目光挪到窗外。我知道他的思考很符合現實，但是在物理上對話題視而不見可就大錯特錯了。

最後中村迅速站了起來。

「我們走吧。」

他硬是讓對話結束，接著就背對我快步走掉。

「喔、喔喔。」

雖然他完全面無表情，但這個人肯定是急了。

不過幸虧如此，我有點明白了。他是那種類型的人。對於抽象的法則和構造完全沒興趣，思考模式上非常貼近現實，而且很具體。換句話說，思考方式跟我正好相反。

反過來說，要說我在戀愛上有什麼不足之處，或許是這部分也說不定。

因此我除了跟隨那道背影前進，嘴裡還小聲叨唸著。

「中村還真是把泉看成很特別的存在痛痛痛痛！」

這時中村大力回過頭，再一次把我的頸根抓住。或許看在外人眼裡會覺得我們感情不錯，但這單純只是一種暴力行為。

＊　＊　＊

後來我們跟水澤和竹井等人會合，組成中村幫四人組踏上回家的路途。

回到家裡後，我胡亂栽倒在床鋪上，回想今天一整天發生過的事情。

總覺得今天過了緊鑼密鼓到不能再緊鑼密鼓的一天。

親口說出自己在意哪些人，被日南下了超困難的課題。

從早上開始就沒辦法跟深實實正眼相對，午休時間還幾乎被大家看穿這點有古怪。

有幸拜讀菊池同學的劇本，開始去思考故事結尾和利普拉反映出的「跟人交往的意義何在」。

去問中村和泉會交往是基於什麼「特殊理由」，得到有關「交往意義」的線索。

嗯。雖然昨天才剛發生過深實實事件，但今天又遇到好多好多事情，感覺腦袋都快要負荷不了了。有了需要去做的事情，還遇到需要去思考的事情——不對，是遇到我想做的事情，還有想要去思考的事情。兩邊都多了好多。

所以我要用自己的方式整理思緒，才知道接下來自己應該去針對哪些事情思考，又該做些什麼。當我甩出右手，床鋪就發出「噗呼」的拍打聲。

我最想去思考的必定還是「跟人交往所代表的意義」。

不管是選擇深實實和菊池同學也好，話劇的結局也好，到頭來最關鍵的都是這個部分。若是沒把這件事情弄明白，那不管面對哪個問題都無法順利解決。照中村的話講，這種特性似乎很麻煩，但我認為這樣才能在最後拿出最棒的結果。

「……要知道交往代表什麼意義啊。」

跟菊池同學和中村同學對談過的內容又在腦海中復甦。

對我來說，「交往的意義」究竟是什麼呢？

假如我找到了答案，那我會想跟誰在一起。

深實實和菊池同學，會挑哪一個。

還是說——

這些事情想著想著，夜也深了。

3 雕刻在石板上的花紋連接世界之謎

隔天早上的晨會。

「我聽她本人說了。你被深實實告白對吧。」

「對。抱歉瞞著妳。」

全都穿幫了。

我把手放在膝蓋上，整個背都挺直了，做好萬全的接受說教準備，對此做出回應。

「雖然我想你可能是為了深實實著想才隱瞞不說……」

「喔、喔喔。」

接著日南一臉煩躁地抱著頭。

「這會關係到我要出怎樣的課題，希望你能夠老實來找我商量……反正事情早晚都是會穿幫的。」

「也、也對啦。抱歉。」

事實上就像看到的這樣，已經穿幫了，因為我沒有將這件事情告知日南，所以她才會出了「跟對方談喜歡的類型和想要跟什麼樣的異性交往」這種課題。假如我真的拿這個課題去問深實實，那就變成渣男了吧。

「話說原來深實實跟你告白了啊……」

「很、很讓人意外呢……」

「對。」日南說完又理所當然地接上一句。「讓我很意外。時間點比預料中更早。」

這句話讓我一頭霧水。

「聽、聽起來，妳好像對告白這件事本身並不訝異。」

當我說完，日南就錯愕地睜大眼睛。

「不是好像，而是事實上就是如此……深實實跟你接觸頻繁，而且你們兩個又有某種程度的契合度，事情發展並非預想不到。」

「契、契合度？」

日南點點頭。

「意思就是她容易喜歡上有你這種特質的人。」

「這、這是什麼意思……」

我搞不懂她話裡的意思。那麼開朗又樣樣在行的深實實，會跟我這樣的弱角契合度佳？

「……這個嘛，關於這點，你要自己去想。稍微想一下就明白了，會自己動腦筋去想這種事情，那你就懂得去想如何抓住女孩子的心。」

「喔、喔我知道了……」

既然日南都這麼說了，那恐怕她已經有得出這個答案的線索了吧……雖然我一點概念也沒有。

「只不過，她都主動說喜歡你了，那這次的課題套用在深實實上就一點意義都沒有了。」

「是、是這樣嗎……？」

只見日南點點頭。

「話說我還沒有詳細說明課題背後的意圖吧？但我想你應該能夠推測得出來。知道是什麼嗎？」

被日南這麼一問，我重新針對課題思考。

戀愛模擬遊戲需要觸發一些事件。出了三個課題。

嗯，我大概知道。

「……是想要縮短距離對吧。」

照目前對話的走向來看，恐怕是那樣。

「大致上猜對了。再說得稍微具體一點，是要讓對方對你產生好感，來提升告白的成功率。」

「嗯，原來如此。」

我已經憑直覺意會到了。因為這次出的課題跟之前相比，明顯更偏向戀愛方面。

但不知為何日南發出嘆息，同時繼續說著。

「那第二個問題……在戀愛模擬遊戲裡，假如某個角色的好感度達到規定的標準，再來只要觸發關鍵事件，就能夠進入該角色的路線對吧？」

「……對。」

聽到日南說話的語氣好像越來越有責備意味，我戰戰兢兢地附和。

「這種時候還把其他事件都跑完，你認為有什麼意義？」

這、這就是那個。日南私底下很生氣。

「呃……既然都達到規定標準了，那除了想要把事件都跑完或是鑽研徹底，應該就沒有其他意義了吧……」

「對吧？」

日南說完就一直瞪視著我。

「那這次不就害我出了效率很低的課題？」

「對、對不起……！」

我就只能整個人趴下來謝罪。關於這點我真的很抱歉。雖然是為了讓深實實好過才隱瞞的，但會讓好不容易想出來的課題付諸流水，實在不太好。

這時日南嘆了一口氣。

「總之你明白就好。」

緊接著她突然間放鬆下來，嘴角微微勾起。那種表情讓我徹底放心，心情也跟著輕快起來。總覺得她會做這種事也是故意的……

「那接下來，就根據這些來出新的課題……我是想這麼說。」

「啊，看來不是那樣。」

原本還想說日南是魔鬼教師，以為她會在這個時候出比之前更難的課題，笑我自作自受，要我下地獄。

「對。繼續進行這次的課題也沒關係。只不過觸發事件的重心要擺在菊池同學身上。」

「按照剛才的對話聽來，我想也是那樣。」

我乖乖接受。這次的課題是要提升好感度，或是讓對方開始對自己有意思，雖然很難下個妥當的定論，但我覺得事到如今不應該對深實實進行課題。

「不過，你去把深實實的路線跑完也沒關係。」

「咦？」

在我詫異地回問後，日南壞壞地笑了一下。

「因為這個課題可是要用來讓對方開始意識到你喔？」

「……就因為是這樣，去做才沒有任何意義不是嗎？」

如果是要用來讓對方開始對自己產生男女之情，那麼做不是很多餘嗎？深實實都已經來跟我告白了，現在哪裡還有需要去讓她萌生好感。

「這你就不懂了。課題是要讓對方開始注意到你，換句話說，就是……」

日南話說到這邊，用食指戳我的額頭中心。

「——不覺得這麼做，你也能開始意識到對方嗎？」

包含這額頭的觸感在內，對我都有一種當頭棒喝的作用。

「……原來如此。」

「你懂了？」

「對，完全會意過來了。」

聽她這麼一說，確實是那樣沒錯，該說日南的課題基本上對我來說也都是主動進擊的成分居多，搞不好我更有可能對對方產生強烈的男女意識也說不定。可是已經知道會有這種結果發生還去做，感覺就怪怪的了。

「所以說，基本上我希望你把菊池同學的路線跑完，假如有合適的機會，你自己也想試著做做看，那就順便去挑戰深實實路線。照這種感覺進行下去就對了。」

「……也就是說我有一半的自由決定權是嗎？」

看到我點頭，日南露出揶揄的笑容，嘴裡說著「沒錯」。

「畢竟你似乎很喜歡去挑戰『自己想做的事情』，不是嗎？」

「算、算是吧……」

緊接著日南就抬起一邊的眉毛笑了。怎麼有種被人擺弄的感覺。明明是在挑戰自己想做的事情，卻覺得連這部分都彷彿受人操控。

「……我明白了。」

「嗯，那你就繼續努力吧。」

於是我帶著莫名無法釋懷的心情，開始去挑戰第二天的觸發事件課題。

＊　＊　＊

我來到教室，從書包拿出各種用品為今天做準備，結果很罕見的，某人出聲呼喚我。

「……友崎同學。」

我轉頭一看，發現——菊池同學就在那兒。用客氣的目光看著這邊。

「嗯？」

話說這是怎麼了。像這樣兩人單獨對話的機會並不少，可是在早晨的教室中主動來跟我攀談，這種情況卻不多見。

「那個……早安。」

「啊，嗯。早安。」

平常我們兩人都固定會跟彼此打招呼說「你好」，現在換成早上就變成「早安」。

「呃——怎麼了？」

當我問完，菊池同學就從左手提的紙袋中拿出一疊紙。

「咦。」

照這樣子看來就是——

「……已經弄好了？」

「是、是的……」

昨天我們有討論到修改劇本的事情。拿來當成話劇演出的時候，不要太重視簡明扼要的表現，而是要更看重鮮活度。艾爾希雅的靈活角色形象維持不變，我們討論後決定要讓利普拉跟克莉絲也變得更活潑一些——這些部分都已經修改好了啊？

「妳好厲害喔。這樣不是要改很多臺詞嗎？」

「啊，這個……確實是這樣。還有很多細部要修改，我想臺詞的部分應該全都改過了……」

「全部、全部都改了!?」

那讓我不由得發出驚呼。

「這、這樣不好嗎？」

「不不不，可以可以。只是在想妳竟然趕得上呢？才昨天的事情。」

雖然只是二十分鐘的短劇，分量上還是滿多的。至少跟我從前寫過的作文比起來會多出好幾十倍。這些才一個晚上就改好了？

只見菊池同學臉上浮現害羞的笑容。

「……因為不知不覺就越改越開心。當我集中精神修改，恍惚之間時間也過完了。」

說話的語氣很平靜，卻帶著熱切之情。至今為止的菊池同學都不太會用這樣的語氣說話。

她再度開口時看著手上拿的原稿封面。

「一想到必須將當下在腦海中活起來的角色們趁機轉換成具體言語，我就變得欲罷不能……」

「是喔……這樣啊。」

她的表情很明亮，就像筆直射下的朝陽一般，我看了內心也不禁跟著溫暖起來。然而不知道為什麼，菊池同學不安地看著我的臉。

「這、這樣……會不會很奇怪？」

她的眼睛變得有點溼潤，那表情就好像害怕被人類排擠的妖精。

看到菊池同學這樣，我怎麼可能回說「妳很怪」。

「沒這回事。我反而覺得妳很厲害，該說這就是妳的才華。」

「……才、才華。」

這句話讓菊池同學呆呆地望著自己的手，接著她不知所措地露出靦腆笑容。

「沒、沒你說的、那麼厲害！」

她臉上神情看起來有點畏縮，但同時又透著喜悅，手胡亂擺動。我總覺得這樣很有趣，想要進一步表達自己的想法。

「不，我是真的那麼認為。一些困難的道理我並不是很懂，只是單純站在讀者的立場，覺得很有趣罷了。」

「是、是這樣嗎……？」

「嗯，沒錯。」

「嗯、嗯……」

在我些許的鼓勵下，菊池同學也開始能夠接受這些積極的意見了。很好，就照這個步調繼續鼓勵她吧。平常她總是很客氣，像這樣開始幫助她產生一些自信是好事。

「我覺得能夠改成這麼有趣就已經很厲害了，這麼多的臺詞能夠在一天之內改完也很厲害。這不是一般人能夠辦到的。」

「謝謝、謝謝誇獎……」

我看菊池同學受寵若驚到好像都能聽見冒煙的「噗嘶噗嘶」聲了，就先在這邊打住吧。感覺她臉也越來越紅，反而連帶的害我這個看的人也跟著害羞起來。我並沒有在說謊，卻有一種幹壞事的錯覺。

「那、那好。我也在今天把這個看完吧。」

在我說完這句話後，菊池同學的表情頓時一亮。

「嗯！」

回話的語氣非常明亮開朗。

她發出的聲音宛如琴音，讓人感應到這個世界上所有美好的一切，統統傳進我耳中。

「……嗯？」

這時我突然感受到一些目光，轉頭張望才發現好幾個待在周圍的人正一臉驚訝地望著這邊。啊，話說也是。雖然菊池同學回應的音量並沒有大到很誇張，但她實在很少回答得這麼開朗。平常就很少看到菊池同學說話說得這麼外放了，第一次看到都會很驚訝吧。在我身旁半徑幾公尺內，飄蕩著一種像在說「發生什麼事了」的氛圍。

之前是我提議要用菊池同學的劇本，我想大家應該不難猜想在此的這兩個人感情不錯……但剛才菊池同學那種反應肯定讓他們受到不小的衝擊。

我邊想邊看向斜後方，碰巧就在這個時候。

「……啊。」

「……啊。」

這都已經是第幾次了啊。跟深實實用很奇怪的方式對上眼，而我又再次反射性別開目光。總覺得在這瞬間似乎也被人目睹到自己害羞的一面。

然後再一次，現場只剩下尷尬的氣氛，我跟深實實今天也這麼錯過了——原本以為是這樣。

「軍、軍師——！」

這時深實實用比平常還要僵硬的聲音叫住我。

接著她邊揮手邊靠近，來到我和菊池同學的眼前。喔、喔喔。從昨天開始深實實就試著想要恢復以往的互動狀態，但沒想到她會挑這個時候過來。

我號稱很在意的兩個人如今就這樣同時出現在眼前。這空間是怎樣？害我不曉得該看哪一個人才好，唯獨心跳越來越快。

深實實先是在菊池同學跟我之間來回張望，接著就用力舉起手。這突如其來的情況讓菊池同學不知所措。

「軍師！話說我們也要來討論一下，不然會趕不上的！」

「妳說討論……」這話說到一半我才察覺。「啊，對喔……要跟妳表演搞笑雙簧。」

對了，我們之前有說好要做這個。因為要應付日南給的課題，還要跟菊池同學開劇本會議，再加上跟深實實相處尷尬，一下子發生太多事情，讓我完全沒餘力去關心搞笑相聲──也就是搞笑雙簧。話說用力回想起來，會發現再拖下去好像會非常不妙。時間只剩下兩個禮拜多一點。

「就是那個，軍師！你忘記了嗎～？這傢伙～！」

嘴裡一面說著，深實實用食指瘋狂戳我的肩膀。咦，怎麼了。拜託先別這樣。雖然只是平常打鬧的延續，但目前我開始對深實實產生奇怪的意識，在這種情況下發動那種攻擊，威力太強了。所有的注意力都集中在肩膀上，沒辦法去思考其他事情。

「也、也不是我忘記啦，就最近有點忙。」

「啊～好吧你好像要做很多事情！真是的真是的～！」

「都、都說了……」

怎麼辦，在這種精神狀態下，無論如何我都沒辦法不去注意「深實實在碰我」這件事情。畢竟她可是跟我告白過喜歡我的女孩子，而且昨天——該說直到剛才為止，我們就連正眼互看彼此都辦不到，現在她還莫名戳我的肩膀。我的資訊處理能力快要瀕臨極限，只知道再過幾秒鐘身上所有的血液都會集中到肩膀上，然後整個爆掉。話說深實實這種變化能力是怎樣，這就是所謂現充特有的適應能力嗎？

「呃——那要什麼時候開會討論？」

我逼自己盡量不要去注意肩膀上的觸感，努力讓對話自然進行。但還是會很在意肩膀跟手指。

「嗯——那就～」

此時深實實邊說這句話邊朝這裡更進一步靠近。這下不只是戳肩膀而已，就連從前那種近距離接觸都復活了。說真的是怎麼啦，怎麼突然這樣。那對大大的圓眼睛就在我眼前咫尺之處，還有那高挺的鼻梁。從脖子到下巴的線條美麗得就像人偶一樣，即便在這種近距離下觀看依然很姣好，又可愛，除了這些再也沒有其他的感想了。正確來說還有另一個感想，就是我因此心跳飛快。

「啊～可是軍師還要當導演吧？」

「呃——在說幫忙處理話劇劇本的事情？」

「嗯，就是這個。」

感覺深實實私底下已經理所當然將我當成「導演」了，這樣沒問題嗎？再怎麼說我也只是打算當個輔佐人而已。

「這個嘛——說真的還有很多工作要做……劇本也還沒有完成。」

「嗯——那就很難空出時間呢～好吧，反正大不了就是找個人來代替，你放心吧！」

深實實說完給了一個燦爛笑容，對我豎起直挺挺的大拇指。

「……這麼說也是啦。」

人家都這麼說了，聽完就會想要設法解決，我想人類就是這麼一回事……但事實上問題在於我很難擠出這麼多時間。目前還好，可是之後還要去參與話劇的練習，身為文化祭執行委員的工作未來還會逐漸增加。咦，這樣想想會發現我的時間表排得很緊？

一面想著，我試著找出折衷方案。

「雖然是這樣，我還是以會參與為前提，來討論一下吧。那肩膀……不對，如果我到時候真的沒空，再讓接手的人一起想表演點子就行了。」

「嗯，那麼說也對。了解——！」

即便注意力都被肩膀吸引過去，對話本身依然流暢進行。總覺得在跟她說話之前都很緊張，但似乎等到對話上軌道了，之後就能夠順利對談。

「但不管怎麼說，今天放學後還是要針對劇本開會……」

「……這樣啊。」

「明天要不要一起討論一次？」

「嗯！了解！」

情況就像這樣，我們讓對話快速進行下去，在我旁邊的菊池同學則是不知所措地說著「那個……」，同時眺望著我們。

哎呀，有點冷落過頭了。我已經習慣了，但其實深實實的對話步調在現充之中也算是快的。突然被帶進這個漩渦之中，也難怪菊池同學差點溺水。

才想到這邊——深實實突然就對菊池同學露出笑容。

「那菊池同學妳那邊也沒問題嗎？妳好像也要處理話劇的事情。」

「咦！是、是的！」

突如其來被人點名的菊池同學嚇了一跳，在回應時語無倫次。

「哈哈哈。不用這麼驚嚇啦。」

「啊，對、對不起。多謝關心……」

只見菊池同學看看我又看看深實實，一臉困惑的樣子，眼睛眨啊眨。那種像是小動物的感覺已經遠遠跳脫人世間的常理，假如我手邊有向日葵種子，早就全部賞給她了吧。

「嘿！」

就在這個時候。

沒頭沒腦地，深實實用食指戳戳菊池同學那宛若新雪的白皙臉頰。

「……唔耶？」

嘴巴被戳到變形，菊池同學口中發出奇怪的聲音。後來她發現自己這樣，臉就跟著變紅。深實實妳這是在幹麼。

「怎、怎、怎、怎麼……」

這毫無預警的肢體碰觸對菊池同學而言肯定很超乎常理，怪不得她會那麼驚訝。畢竟她平常不會遇到這種事情，都怪深實實太奇怪。

然而當事人一點都不在意，面對這紅到都快變成赤紅色的雪白斜面，深實實的白皙手指依然不斷戳刮著。

「呵呵呵呵呵。」

「哇哇哇哇哇!?」

「妳夠了喔。」

深實實開始發出很噁心的笑聲，我立刻介入阻止。看菊池同學嚇得不清，繼續弄下去可能會害她很害怕，而我已經開始有點怕了。

「……啊！我真是的，都怪菊池同學太可愛，一不小心就失去理智……」

「我倒覺得妳常常在失去理智……」

我邊說邊發出嘆息聲。

猜想起來大概是那樣。深實實似乎很喜歡逗弄像小玉玉這種小動物系的女孩子，菊池同學大概正合她的胃口。所以菊池同學妳快逃。

至於菊池同學本人，她則是用手指觸碰被深實實摸過的臉頰，嘴巴半開著，一句話都說不出來，眼睛也一直在眨。

「沒、沒事吧？」

「啊，那個，我想應該沒事，但被搞糊塗了……」

「嗯，我也會那樣，妳可以放心。」

「是、是這樣嗎？我原本還以為這有什麼特殊含意……」

「啊哈哈，我想應該沒有。」

「應、應該是那樣吧……？」

大概是這種感覺，我的說話速度比跟深實實對話時還慢，用沉著的語氣回應菊池同學。為什麼身為弱角的我還得分別去替她們兩個打圓場？要為兩個不同類型的女孩子搭橋牽線，對我來說負擔太重。

看到我跟菊池同學如此對談，深實實一臉詫異。臉上表情彷彿看到什麼不可思議的情景一般。

「……怎麼了？」

在我出聲詢問後，深實實這才回過神並睜大眼睛。

「……咦，啊，沒事沒什麼！」

「什麼、什麼？」

「那、那先這樣！我差不多該走了！之後見！」

「咦？啊，嗯再見……」

也不知道有沒有把我的回應聽完，深實實一下子就跑到教室後方去。這、這究竟是……

目送這樣的深實實離去，菊池同學一臉錯愕，看上去完全會意不過來。

「就像一陣風似的……」

一邊摸著被人碰過的臉頰，菊池同學愣愣地說著。

「其實呢，深實實平常就是那副德行……」

「是、是這樣啊？」

就這樣，天使族和深實實族的異文化交流就在深實實族突然逃亡下閉幕，負責擔任翻譯的我根本累到虛脫。

＊　＊　＊

這天午休時間。地點來到教室。

我獨自一人沉浸在深深的感動之中。

「改完變得很棒……」

我正在看今天早上菊池同學給的原稿。

已經將角色的方向性更動過，是最新版的劇本。

「喔喔，變成這樣啊……」

以最近來說算是很少見了，我這樣一個人吃麵包看原稿。當自己想要像這樣專心去做自己想做的事情，就能夠輕鬆選擇以這種形式進行，這算是原本就落單者的強項吧。就算我小聲碎碎念，音量也剛好不會吵到旁邊的人，這些動作都已經駕輕就熟了。怎麼樣很厲害吧。

「……話說回來，這樣看來不是只有角色的部分改變嘛。」

一面看著，我同時有種驚訝的感覺。

按照昨天討論的結果，利普拉和克莉絲的內心層面表現變得比較誇大，比小說版本更誇張，希望能把他們變回稍微更有寫實感的角色，這些就是主要需要變更的地方。

但我看完內容後發現其他部分也大幅度改變，從中間開始，劇情走向已經可以說是另外一篇不同的故事了。

「不過……克莉絲的話是會這麼做吧。」

即便大幅改寫，也沒有突兀的地方。

應該這麼說，因為調整了角色的內心層面，他們的行動也改變了，行動改變之後，接下來的發展就有如骨牌效應般發生變化，這樣講是比較貼切的吧。感覺像是角色配合演員做了更動，為人物形象注入嶄新的靈魂。

總之這個故事又多了一份美感。

鎖匠的兒子利普拉，還有他的青梅竹馬少女艾爾希雅。兩人在城堡中探險，結果發現為了養育飛龍而被隔離在庭園中的少女克莉絲，為了淨化這份「汙穢」，利普拉要被處刑。

因想避免他遭殃，利普拉跟艾爾希雅變成假姊弟，被任命為克莉絲的看護者和老師——到此為止都跟之前的原稿沒有出入。

然而接下來就不一樣了。

克莉絲這位少女是個孤兒，只是為了養育飛龍才被撿到王城中。究竟是農民的孩子還是騎士的孩子，又或是奴隸所生，這點無人知曉。從她懂事開始就跟飛龍一起在庭園中長大，不曾看過外面的世界，更別說是到外頭去。就是這樣一個可悲的少女。

可是——庭園裡面所有東西一應俱全。

有柔軟的床鋪、清潔的水源、溫暖的浴池，還有王城園丁選出來的昂貴漂亮花朵，以及從世界各地分別找來一種集中種植在此地、外型特殊的樹木。還能夠盡情閱讀神話或童話故事書，當然每天吃的餐點都跟王城貴族是相同等級的。

不過在庭園裡頭——不存在這之外的一切。

舉凡家人、朋友、學校、海洋、森林、地平線、飛龍以外的動物。

又像是讓人感到高興或悲傷的事物，其實也不存在。

即便心中總是感到寂寞，在不知寂寞為何物的情況下，甚至不曉得這是不是寂寞的感覺。

而最安全卻又扭曲的封閉世界——在利普拉他們到來之後發生變化。

劇本上第一個最大的變更是這個，當利普拉他們來到庭園時，克莉絲做出的反應。

在我第一次拿到的劇本中，大概是出現了一種預感，知道自己將不再孤獨，克莉絲很歡迎這兩個人。

『除了我以外……還有其他人？你們兩位！我叫做克莉絲！你們叫什麼名字？』

克莉絲大概是看書學習到的吧，知道有「第一次見面要互相報上名號」這種文化，雖然做起來還很生疏，但她依然拿出來運用。報上自己的名號，順便問另外那兩個人叫什麼名字。

這點彰顯出克莉絲對外界的好奇心，以及她率真的一面。

只不過來到最新版的原稿就變成——

看見來到庭園的那兩個人，克莉絲說的第一句話是這樣的。

『你、你們是誰？來這裡要做什麼……？』

她開始警戒，表現出害怕的樣子。

當然原始版本裡頭那種期待未來自己能不再孤獨的心情並非完全消失。

然而更多的是克莉絲對「變化」和「未知」感到恐懼。

一直以來都是孤獨度過的少女，內心在現實上自然會有這種脆弱表現。

菊池同學寫出「恐懼」和「好奇心」的對比，是一種現實又矛盾的情感呈現。

除此之外，利普拉的人物形象也有大幅度變化。

話雖如此，好奇心旺盛、容易跟人拉近距離這些基本形象並未更動。比較大的差別在於其形象的展露方式。

原始劇本裡頭的利普拉就是所謂的英雄型男孩，容易跟人打成一片，大致上說來也形同是容易跟人親近，單純是社交能力很強。

由於好奇心旺盛，什麼都會想嘗試一下，這種容易跟人打成一片的特質會使他交到朋友，幫助他解決事情。或許可以說是一種典型的主角形象也說不定。

不過在最新版本的原稿中，利普拉就不是這樣了。

還是一樣會在王城中擅自跑來跑去探險，很有好奇心，也很容易跟人拉近距離——只是用的方法有點不一樣。

別說是能夠巧妙跟人交朋友了，他反而還因為笨拙時常壞事。然而他越挫越勇，將這番行為模式理直氣壯貫徹到底，朋友自然而然就多了。變成就算有這種缺點依然能受人喜愛的直率角色。

要說這兩個人在變更方向上有何共通點，那就是都會特別強調他們兩個有「弱點」、有「笨拙之處」吧。例如克莉絲害怕改變，以及利普拉心思不夠靈巧。

這一定就是菊池同學特有的人性寫實表現。

不過，艾爾希雅的部分稍微有些出入。

會更進一步搶先描寫她的「強勢」。

在原始版本中的艾爾希雅，才剛跟利普拉一起來到庭園就想到利普拉在王城裡頭會被當成「汙穢」來處置，還瞬間想到飛龍在生態習性上討厭「汙穢」，已經有利普拉會被處刑的預感。因此打算「當作什麼事都沒發生先逃再說」，可是警衛已經過來了，要把他們抓起來。以上就是故事安排。

可是在最新版本中有點改變。

想到利普拉帶來的「汙穢」會跟飛龍生態發生衝突，預料到他會被處刑，到這邊還是一樣的。只不過——

當下艾爾希雅立刻採取的行動是——「折斷飛龍的翅膀」，變成這樣。

假如因為「汙穢」害飛龍無法飛翔，王城這邊就會想要藉著處刑造成「汙穢」的元凶來趨吉避凶。因此利普拉會被殺掉。

那麼——只要弄成不管有沒有遇到「汙穢」都不能飛翔的狀態，就沒有理由處刑了。

那使得她搬出這套看似正確實則有所偏差的理論。

去傷害飛龍當然是重罪。但這如果是王城千金艾爾希雅「不小心」造成的呢？那恐怕不至於變成死罪。

她在轉眼間動了歪腦筋，為了拯救利普拉才要去折斷飛龍翅膀。

就在那個時候，可能是看破艾爾希雅的企圖了，或是單純透過她的表情萌生一種不祥的預感？利普拉抓住正要衝過去的艾爾希雅手腕，阻止了她。

『妳想做什麼？』

『放手，利普拉你可能不明白，如果我不這麼做，你會被殺掉。所以算我拜託你了，讓我去做吧。』

雖然如此，利普拉並沒有讓步。

『不行。』

『好了快放開我。我必須在這裡折斷那隻龍的翅膀。』

『妳果然打算這麼做。絕對不行。若是讓艾爾希雅在這種地方做了那種事，妳會死掉的！』

『放心吧，我不會死，因為接下來要發生的事情只是一場意外。而且我是王族之後，只要沒有犯下太大的錯誤就不會被處刑。』

『就算是那樣也不行。』

『為什麼。』

『這是因為，就算不會真的死掉好了。「艾爾希雅」妳依然沒有活路！』

當他們在爭論的時候，警衛抵達了，這兩個闖入者被人帶走了。

接下來的一小段發展，大致上來說都跟最初版本一樣。

在艾爾希雅半是語帶威脅的老練交涉下，利普拉免於被處刑的命運，兩個人變成「姊弟」，利普拉被指派去照顧克莉絲，三人之間的奇妙關係就此展開——

一面吃著包炸肉餅的麵包，我沉浸在故事之中。

會去描寫人性的弱點，在童話風格的故事中參雜一些毒素。在某部分的安迪作品中也能夠看到這種安排手法，粉絲之間都把這現象稱作「黑暗安迪」，菊池同學的就有雷同處。

搞不好比起一般安迪作品中的柔性氛圍，菊池同學在人物描寫上更貼近不時會反映出現實殘酷的「黑暗安迪」。成品豈止是比最初原稿更棒，在人物描寫上甚至比最初看過的小說版本更加銳利，令人不由得深陷其中。

最後故事主軸拿庭園當媒介，開始轉換到三人的關係上。

利普拉會為克莉絲送來食物，拿她想要看的書過來，負責照料她。

克莉絲不能去上學，艾爾希雅負責教導她，因此跟克莉絲產生關聯。

當然這兩個人都不只是安於職責而已，利普拉有的時候會跟克莉絲針對看過的書分享感言，有時艾爾希雅會教克莉絲製作花朵飾品，除了讀書以外還教導她許多事物。

像是朋友又像家人，同時也是名副其實的照料者和教師。

形成一言難盡的關係。

克莉絲很喜歡看書。

但或許該說在庭園裡頭也沒有其他東西可以拿來打發時間。要說除了這個還有哪些娛樂，那就是活用跟艾爾希雅學來的花朵飾品製作方式，用庭園裡的花朵做出好幾個花冠來取樂，除了這些，剩下的消磨時間方式就只有去看從王城書庫拿來的書。

只不過克莉絲一天最多可以讀完好幾本，要不了幾個月就會把書庫裡的神話故事和童話故事看完。

因此克莉絲接下來「要讀」的就是——利普拉帶來的外在世界的故事。

『其實在所有的龍之中，速度最快的就是巨龍。身體很大而且長得又笨笨的，容易讓人誤會動作遲緩，但是巨龍每一步都很巨大，所以能夠重重地踩在地面上，卻又飛快前進。』

『咦！還有呢？』

『聽說最近還有使用那種動力來產生魔法力量的設施。利用力學原理來產生魔力是一大發明，魔導士大人曾這麼說過。』

『好厲害！原來是這樣！那利普拉會用魔法嗎？』

『哪有可能！我可是鎖匠的兒子……會用的頂多就是解鎖。』

『啊哈哈！利普拉，你說的那個該不會是……要靠所謂的力學？』

『對對！妳真內行！』

『別把我當傻瓜！這點小常識我還是有的！』

『不過呢……只要會這一招就可以去很多地方，能夠看到很多東西。所以我覺得會這個就夠了。』

『是嗎……』

『啊，妳該不會不相信吧？』

『沒這回事！這樣啊，我覺得利普拉的開鎖能力是一個非常……』

『非常？』

『是一個非常棒的「魔法」！』

克莉絲從利普拉那邊聽說現實世界人們的故事，那是神話故事和童話故事不會寫到的。

人的一生中有時會跟人吵架，同時也會彼此相愛。偶爾還會死去。

這對同樣活在現實世界中的克莉絲來說，是距離她最近卻又最遙遠的「故事」。

『克莉絲！艾爾希雅終於在魔法工藝大會上贏得優勝了！』

『咦！利普拉，這是真的!?』

『這種事情我怎麼可能說謊呢！那傢伙真的好厲害喔……』

『好棒喔！真的好厲害！對了利普拉，下次上課的時候，我們偷偷替她慶祝吧！』

『喔喔，聽起來不錯！就這麼辦！』

『說定了喔，我會做出至今為止最美麗的花朵飾品！』

『好，就交給妳了！那我就……因為什麼都不會做，總之先幫忙慶祝就好！』

『啊哈哈！……但搞不好這樣是最讓艾爾希雅高興的。』

『嗯？是這樣嗎？總覺得她會要我送紅寶石魔石之類的。』

『呵呵，可能口頭上會這麼說啦？』

『這話是……什麼意思？』

『……你真的不懂嗎？』

『嗯。』

『……唉。』

透過利普拉口中描述的艾爾希雅非常認真，是個努力到令人驚訝的人。只是給人的印象和直接替克莉絲上課時的感覺有點不一樣——

『那麼克莉絲，妳的作業都有做完嗎？』

『嗯。我有做完，但是太多了！艾爾希雅也太過分了吧!?』

『一點都不過分。這都是為妳好。』

『哦——是這樣啊。』

『怎麼了？……是有什麼不服氣的地方？』

『因為——若是妳真的為我著想，就不會要我念這些書，其實可以多跟我講講外面世界的事情啊。』

『嗯——……那麼克莉絲。』

『什麼事？』

『外面有一種叫做魔鳳蝶的蝴蝶，妳知道蝴蝶是什麼嗎？』

『呃！印象中蝴蝶好像是一種昆蟲吧！長這樣對不對？』

『別鬧，那個是潮蟲。別真的去抓。』

『好——』

『聽好了？就算一樣是昆蟲，種類不同就變得截然不同了。』

『咦——可是這裡就只有這一種啊。』

『沒錯。所以才需要學習。』

『是那樣嗎？』

『如果想要聽外頭的故事，就必須要有基礎知識吧？』

『也許妳說得對……』

『所以才要先學習。懂了嗎？』

『嗯——感覺我好像被人耍得團團轉呢……啊，只有潮蟲會團團轉滾成一顆球。』

『那妳先翻開第四十張羊皮紙。』

『無、無視我……？啊，只針對昆蟲！』（註1）

『第四十張羊皮紙～』

『是、是的——……』

艾爾希雅講究邏輯又充滿知性，沒有任何破綻。然而克莉絲知道艾爾希雅看似如此，真正的她卻面惡心善。

就這樣，負責「照顧」克莉絲的利普拉，跟負責「教育」她的艾爾希雅，除了履行王城賦予的職責，還逐漸加深跟人之間的羈絆。

話說回來——

我看著看著就不小心偷笑出來。裡面那句諧音笑話，是因為演克莉絲的人是小玉玉才加上這句臺詞吧。沒想到菊池同學還有這種服務觀眾的精神。

還有另一個讓我覺得有趣的不得了的事情。

這真的很湊巧。

就是日南來表演的艾爾希雅，利普拉的青梅竹馬。

這個角色簡直就是日南真實面貌的翻版。

註1　無視跟昆蟲日文剛好是諧音。

很強勢又一副高高在上的樣子，還很有自信，不管做什麼都很講究效率。而且會確實拿出成果。

在教人事情的時候都很講究道理，這點實在很像。雖然有點調皮，偶爾會顯露出疲憊或人情味的部分並不像，但那是因為日南強到超乎現實的關係，因此這不能怪劇本。為什麼實際上存在的人物還比較有幻想味道。

不過，也許菊池同學在寫的時候一邊想像日南的本性之類的。那傢伙表面上是楚楚可憐的完美女主角，背地裡卻暗藏玄機，這點如果是菊池同學應該想像得到吧。但我想會像成這樣應該只是碰巧罷了。

——而這個故事再次迎來轉機的契機則是出在飛龍身上。

長得比人還要快、活得比人還要久的飛龍大概到十歲左右就是成龍了。當然存在個體差異，但據說大約長到十三歲左右，幾乎所有的龍就會飛了；反過來說，到這個年紀還沒辦法飛，就是因為某種原因才無法成為飛龍。

對。例如是因為「汙穢」所導致。

克莉絲培育的飛龍——今年就長到十三歲了。

『唔——你為什麼就是不飛。』

一邊摸著飛龍的翅膀，克莉絲一邊說著這句話。

『翅膀的顏色也變得很漂亮了，身體也夠大了，照理說應該會飛啊～』

那語氣聽起來很不安，似乎就怕自己在哪個環節上弄錯。

一般認為飛龍要飛起來，條件有三個。

一、具有半重力作用的虹色鱗片長齊。

二、擁有不輸給這對翅膀——不輸給半重力作用，足以支撐起來的肌肉力量。

三、身上不帶有「汙穢」。

前兩個條件確實都滿足了，那麼飛龍還不會飛肯定是因為「汙穢」的關係吧，王城這邊的人都如此認為。

換句話說——果然還是只能去除汙穢，大家認為應該要把利普拉處刑。

這時利普拉的命運開始有了好幾段戲劇性的起伏，事態進展迎來一段高潮。

然而這只不過是一小段的危機而已，更令人印象深刻的是危機解除後。

克莉絲跟利普拉間有了這段對話。

『克莉絲，也許我知道「汙穢」的真面目是什麼。』

『咦！利普拉，那是什麼呢？假如你說的是真的，那可是一大發現！』

『的確是……』

『……為什麼你看起來悶悶不樂？』

『……克莉絲，飛龍的頭腦很好，這點妳應該曉得吧。』

『嗯。普通的龍就比人類還聰明了，更何況是在所有龍之中特別高貴的飛龍？』

『對。人類再怎麼說都只是跟龍共存，人類沒辦法單方面使喚那些龍。不僅如此，搞不好那些龍只是在巧妙使喚我們而已。』

『這跟不會飛的原因有什麼關係嗎？』

利普拉看向在水邊睡覺的飛龍。

『飛龍──可以讀懂人心。』

『……讀懂人心？』

『而且飛龍心地善良。不會忘記養育自己的人對自己有恩，會想要努力實現那個人的「心願」。』

『……嗯。』

『妳心裡是不是開始有點眉目了？』

『我也不知道……』

『克莉絲。』

『嗯。』

『克莉絲——妳並不想要展翅高飛對吧？』

這一句話讓克莉絲內心的弱點暴露出來。

庭園裡頭什麼都有。

可是——除此之外再也沒有別的。

因此克莉絲會感到無聊，會覺得好奇、覺得寂寞。一直很想出去外面。

然而。

遇到利普拉跟艾爾希雅之後。

跟他們說了很多的話，互相分享許許多多的情感。

——讓克莉絲觸碰到「庭園以外」的事物。

比起想要離開這個封閉庭園翱翔天際的心情。

前往未知世界帶來的恐懼感更加強烈。

所有懼怕踏出嶄新一步的人類肯定內心都藏著這份情感。

改變自己目前所處的舒適圈，或許未來會變得比現在更美好——但也有可能變得比現在更辛苦，而且一旦踏出去了，就有可能無法回到原地。要飛向這樣的彼端會令人恐懼。

對。

束縛著飛龍翅膀的不是別的，就是克莉絲的心——

在閱讀原稿的過程中，我真的很敬佩。

運用有如童話般的幻想世界當舞臺，描寫對世界一無所知的少女內心有多脆弱。

菊池同學的劇本在編排上就宛如「黑暗安迪」再現，替故事營造出幻想氛圍，再加上有一直專注於觀察人類的觀察力增色，正因為是菊池同學執筆，才能夠描寫這樣的主題。

「……」

也因為這樣。

看菊池同學將靈魂都灌注在這個劇本中，我希望能夠將之變成一齣成功的話劇。

我開始認真有這種想法了。

＊　＊　＊

那天放學後。

我跟菊池同學一起在學校餐廳會面。

「那就來說一下感想……」

看我說得欲言又止，菊池同學緊張得聳起肩膀。

「……內容非常有趣。我覺得比看小說時給人的感覺更棒了。」

「真、真的嗎！」

我點點頭。

「嗯，話說我嚇了一跳。艾爾希雅會想要去折斷飛龍的翅膀，真是無情到讓我想笑。」

這話讓菊池同學發出輕笑聲。

「是啊。當初我想到這一段的時候，自己也跟著笑了。想說有必要做到這個地步嗎？」

「哈哈哈，對啊。」

我跟菊池同學都笑了，互相看著彼此。

「還、還有，最擄獲人心的就是弄明白飛龍為什麼不飛這段。克莉絲會感到恐懼，感覺這部分很像真人……會讓人想到世間確實有這樣的情感表現呢。」

這話一出，就讓菊池同學露出有些別具含意的笑容。

「看了果然會有這種感覺？」

「……妳說果然是指？」

被我這麼回問，菊池同學嘴裡「嗯——」了一聲，像是在猶豫些什麼。

「沒什麼……那是祕密。」

她把食指放在嘴唇上。

「這、這是哪招？」

「呵呵。」

如此富有神祕感的菊池同學莫名有魅力，看到她表現出這樣的一面，我哪裡還有力氣去追問。

「啊，對了對了！知道飛龍為什麼不會飛之後的故事發展！那段我也很喜歡。」

當我這麼說完，菊池同學就拍了手一下。

「啊！我也很喜歡那個橋段。」

接著她用很雀躍的聲音開心回應。

透過利普拉的轉述得知克莉絲一直都不願意「展翅高飛」，利普拉做出了這個提議。

『那我們一起坐上飛龍，兩人一起去看外面的世界吧。』

對。克莉絲只是會感到害怕、感到寂寞，其實還是想看看外面。

然而她很怕一個人去做，怕孤單一人飛到從未見過的地方。

因此才一直不願意展翅高飛。

不過——

「克莉絲只是怕一個人去看外面的世界吧。」

當我直接將這句話說出口後，菊池同學瞬間驚訝地倒吸一口氣，接著就面帶溫和微笑點頭。

「是的。她對外面那個燦爛的世界很有興趣……但還是會怕飛到外面去。」

「可是，如果跟利普拉在一起——她就願意飛翔。」

在我道出這句話後，菊池同學看起來變得很開心。

「她很想飛出去看看，卻因為恐懼無法抵達這個世界。很想親眼看看那些景色，只有一個人卻很害怕。而將這樣的克莉絲——從舒適卻又孤單的封閉庭園帶出來的，就是利普拉。」

她說話時一直望著我，用很感性的聲音吐露著。

「那一幕彷彿真的出現在眼前，讓我好感動。」

克莉絲跟利普拉一起坐上飛龍，從天空中眺望外面的世界。

看著比平常還要親近又溫暖的太陽，還有至今不曾見過的熱鬧景色。

從未見過的世界原來是這般形形色色，那讓克莉絲感動到差點暈過去。

「所以在那個時候，克莉絲一定很感謝帶自己飛出去的利普拉。」

「這樣啊……」

接著菊池同學緩緩地點點頭。

「從那之後看見的景色，一定都將克莉絲之前所見的灰暗景色——全都吹散了。」

在說那些話的時候，菊池同學充滿感情，猶如一切是她親身所見一般。

「……咦。」

就在這個時候。

那個字眼讓我瞬間留意了一下——最後幾個點連成一條線。

這是因為、剛才菊池同學用了那個字。

在曾幾何時出現過的重要對話中，那個字眼也被提及過。

灰暗的景色。

這讓我注意到一件事情。

不，搞不好在看劇本的時候就隱約察覺了。

一位少女被關在孤單的世界中。

有個少年不經意闖入。

少年跟少女講述外在世界的種種，讓少女對外在世界產生興趣。

可是她很害怕，遲遲無法向前邁出那一大步。

是刻意安排，或者只是自然而然演變成這樣，我不得而知。

然而在這個故事裡頭，那名叫做克莉絲的少女。

——宛如在經歷菊池同學先前經歷過的。

菊池同學的經驗。她的想法。她的思考。

我不禁覺得她是直接拿這些要素當參考來描繪出這樣的角色。

在這樣的想法下，我試著回顧這篇故事，一個個片段逐漸串聯在一起。

克莉絲會待在庭園中，不斷地看書。

菊池同學則是在圖書室中，不停一個人看安迪的作品。

當然在菊池同學的人生中，還有其他許許多多的事物存在，我想在我沒有注意到的部分也包含這些要素。

但還是覺得克莉絲這個角色有著菊池同學濃濃的影子。

再者，如果真的是這樣。

那突然踏進克莉絲獨自一人看書的庭園。

跟她說許多外界的事情。

總有一天會帶克莉絲來到外面的世界，這個叫做利普拉的角色其實就是——

「啊……」

我突然有所驚覺，並為之屏息。

「怎麼了？」

這時菊池同學擔憂地望著我的臉。

「沒、沒什麼……」

我不知道該說些什麼才好。我想自己的直覺八成沒錯，但又覺得說出來好像哪裡怪怪的。

「——關於利普拉。」

因此我才想確認一下。

「嗯？」

那讓菊池同學不解地歪頭。

「妳說利普拉最擅長的……是什麼？」

這話讓菊池同學稍微想了一下。

「他很擅長開鎖，還會許多事情，但最厲害的還是……」

最後她清楚道出這句話。

「——我想應該是能夠坦率表達內心想法吧。」

聽到這個答案，我幾乎可以肯定了。

「……原來如此。」

假如我的直覺正確。

那這個劇本肯定不只是單純的虛構故事，完全憑空想像。

必定是將自己融入去塑造角色，過濾過去的種種經驗，才得出這個心血結晶，創造了如此珍貴的故事。

也就是說。

——「我所不知道的飛翔方式」。

這個故事一定是在描述菊池同學自己。

4 女主角比勇者還強令人心情複雜

隔天。在那之後早晨會議也一如既往地結束了，時間來到放學後。

我現在非常緊張。

「……那、那麼，我們該做些什麼呢？」

「對……對耶友崎！究竟要表演什麼呢！」

我就坐在二年二班教室旁邊的階梯上。跟正門那邊的玄關呈現相反方向，這個階梯通往另一個地方，通過的人不多，瀰漫一股蕭瑟的氛圍。

而坐在我身邊的——不是別人，正是深實實。

「我、我們之前說要表演搞笑雙簧對吧。」

「沒、沒錯！」

這裡吹不到空調，是冰冷的階梯邊緣。在準備文化祭的學生有時會通過，但他們不會特意去注意我們，而是直接走過去，我跟深實實在這樣的空間中「討論」。

「你、你有想到什麼點子嗎？」

「啊，這個嘛……是有想到一些。」

「嗯？」

「但重新想了一遍，又覺得不是很好……」

「這、這樣啊。」

我們沒有去看彼此的臉，對談之間很僵硬。好奇怪喔，昨天午休明明能夠進行某種程度的正常對話，不知道為什麼現在卻進展不順。是因為就算曾經能夠順利對話，過了一個晚上依然會回到原點嗎？

「那、那軍師有沒有什麼好點子？」

「是、是沒有……我也只是受人邀約來表演而已。」

「是、是嗎？說得也是啦。」

這段對話莫名尷尬，出現一些停頓。去意識到這份尷尬反而會讓人更加尷尬，陷入無限的尷尬循環。光顧著要去填補這些對話空白，沒辦法用很平常的語氣對話。

雖然是在學校裡面，但畢竟是在人煙稀少的階梯上，一男一女坐在一起。在這種情況下不管對手是誰，感覺都會很緊張，而對方還是平常就讓人無法忽視的深實實，怪不得講起話來會卡成這樣。

教室裡頭因為在準備各種內部裝潢和外部裝潢等等，空地都被占了，很難跟人討論，然而特地兩人一起去學校餐廳討論又令人覺得坐立難安，最後才會選擇在教室附近找個可以坐的地方——不過如此一來又產生了奇妙的超現實感。

話雖如此，兩個禮拜之後就要正式舉辦文化祭，若是要在大家面前表演搞笑雙簧，說真的也差不多快來不及了吧。

「呃──那我先了解一下，妳想到的點子是……？」

「啊──那個──……要聽嗎？」

感覺深實實好像欲言又止。

「好、好啊，就拜託妳了。」

反正一定是比從無到有開始想更好。話說我對搞笑雙簧根本一竅不通，沒人起個頭就想不出什麼點子。

接著深實實就用手摸摸脖子，有點尷尬地開口。

「那個──其實我平常就常常在講了，我想到的是表演夫妻搞笑雙簧，例如這類的……」

聽她那麼說，我又不禁在意起來。

「夫、夫妻……」

先等一下。深實實平常確實都開玩笑說要演這個，然而套用到眼下情況，難免會覺得代表的含意不一樣吧。

只見深實實紅著臉露出像是要掩飾的笑容。

「可、可是，演這個好像還是不太對。啊哈哈……」

「喔、喔喔……這樣啊。」

緊接著又是一段莫名尷尬的沉默降臨。

該說些什麼才好？可以碰觸哪些話題，哪些話題又是不能提及的。

宛如在試探一般的微妙氣氛於兩人之間流淌。

下一秒——

「……對了。」

深實實沒有看我，而是一直直視前方，嘴裡發出呢喃。

彷彿是想要改變眼下氣氛，聲音中帶著試探意味。

「怎、怎麼了？」

感覺她好像有點苦於開口，我便跟著認真回應。

「那個……我之前、不是說過嗎？」

這句話令我心頭狂跳。

她說「之前說過」，我是不是可以想成在指「那件事情」。

「呃——妳說之前是指……」

我細微斟酌兩人之間該保持的距離，接著反問。深實實的呼吸在瞬間凝滯，接著就彷彿泡泡破裂一般——

「——我說過喜歡你。」

她別開目光，音量放低。

「嗯、嗯嗯。」

再一次聽到這句話，我的情緒跟著高昂起來，像是被點燃。

深實實那帶著熱度的聲音逐漸多了幾分情感。

「友崎你是怎麼想的？」

「……怎麼想是指？」

「聽到有人跟你……這麼說。」

膝蓋從裙子下方露出來，深實實用手指抓著那對膝蓋。

「這──……」

我不曉得該如何回答這個問題才好，只覺得必須老實說出內心想法。因為這時的我就只會這個了。

「我很開心……非常高興。」

「嗯。」

深實實還是看著前方，聽我說話。

「可是說真的……接下來該怎麼做，就連我自己也不是很清楚……」

「……嗯──這樣啊。」

她的脖子垂了下去。在頭髮縫隙間若隱若現的側臉真的很美，看不出她現在在想些什麼。

「可是，軍師你……」

深實實原本想說些什麼，說到一半卻沒了。怎、怎麼了。

結果她又突然整個人面向這邊，然後蹦出這一句。

「話說這樣真的可以嗎!?不會覺得我很麻煩!?」

除了用半開玩笑的語氣那麼說，深實實還從正面看著我。她臉頰有點紅紅的，就我皮表上的體感來看，恐怕我的臉也很紅。因為感覺很熱。

可是我這個戀愛菜鳥不是很明白，她說的麻煩是指什麼啊。我還覺得她這樣直接問我比較不麻煩呢。

「麻煩……？怎麼會？」

因此我就把自己沒聽懂的部分提出。

結果這話讓深實實看似安心地低下頭。

「這、這樣啊？……那就好。」

「喔、喔喔。」

接著我們再次沉默。

是因為說到告白的話題嗎？除了感覺跟剛才一樣尷尬，兩人之間還籠罩一股令人無所適從的氛圍。

不經意通過的人朝我們這邊稍微看一下，但卻沒有特別去留意，就這樣走過去。我想他根本沒想到我們在談這種話題吧，每次被人家看見就會緊張到嚇一跳，背跟著挺起來。

不過，她問我是怎麼想的啊。

這個嘛。

總不能一直處於這種模稜兩可的狀態。

「有件事情想問妳。」

「……？」

我盡量叮嚀自己用沉穩的語氣說話，深實實遲了一會兒才有反應。

接著我下定決心，看著深實實的側臉。

「深實實——妳對男女生交、交往這件事情怎麼看？」

在發音的時候果然還是有點卡卡的，但我依然確實將那句話說出口了。

問這個問題或許正好切合課題「去跟對方聊喜歡的類型、想要跟什麼樣的異性交往」。但比起這個，更多的是我單純只是想問深實實這個問題。

一方面是我想要藉此找出答案，一方面也是想看看她的回答跟我有沒有默契。

「原、原來如此！男、男、男！男女是吧！」

「沒、沒錯。想探討其中的含意之類的……」

深實實感覺就好像平常的我，在那結巴重複別人的話，開始思考答案。

「嗯、嗯——是什麼呢，要想含意呀……」

接著她困惑地搔搔鼻子，朝著我這邊看了一眼。

「可以說些正經話嗎？」

「……嗯。」

一句話就讓氣氛改變。深實實那對眼睛彷彿要被掩蓋在長長的睫毛深處，眼珠子正眺望著遠方，而不是在看這裡。高挺的下巴曲線真的很美。

「就是──我對友崎說了那句話嘛。」

「……嗯。」

深實實在說話時沒有明確點出是哪句話。但只是把話題帶向那邊，我的心就輕易動搖了。讓我再也沒有餘裕去看深實實的表情，只是一直專心聆聽那悅耳的聲音。

「其實那個時候我是一時衝動才說的，有部分是這樣沒錯。」

「咦？」

這句話打在我的心臟上。她是想說當時一時衝動說的，希望能當作沒發生過嗎？這個念頭在我腦袋中閃過。我也覺得有這種想法很沒用，但那不是靠自身意志就能簡單克制的。

「可是在我左思右想之後……發現心意還是沒有改變。事情就是這樣。你、你懂吧!?」

「算、算是吧，嗯。我懂。」

在大逆轉後，我聽了深實實的那句話覺得非常安心。這樣的自己有點難堪。明明都跟對方挑明不明白自己的心意所以沒辦法給出答覆，卻又下意識對對方的心情抱持期待。

深實實不知道我為此搖擺不定，斷斷續續地對我道出想法。

「你看我……該怎麼說才好，感覺不是很突出對吧。」
「呃——這件事情……之前好像有提過？」
「嗯，我說過若是沒有爬上第一名的位子，就什麼都沒有了。」
「……嗯。」
之前跟日南發生了那件事情時。
深實實不時會提到這點。
說自己不夠特別。沒辦法變成主人公。
因此才想要變成第一名。
像是要讓我看透她的內心，跟平常的她很不一樣，緩慢又細膩地訴說著。
「我也知道去想這種事情不對，可是心中有這種根深柢固的想法，實在很難改變。」
狀似在回想些什麼，深實實看向天空。
「有人替我帶來改變這種自我的契機——就是友崎你。」
「……是因為選舉？」
當我問完，深實實點點頭。
「還有，發生繪里香事件的時候也是……總之帶來了許多契機。」
「嗯……？」
選舉這部分我是知道，但印象中在遇到小玉玉跟紺野事件的時候，我並沒有替深實實做過什麼。甚至還跟小玉玉一起瞞著深實實，怕她擔心。只不過她後來還是發現了。

看到我露出一頭霧水的表情，深實實輕輕地笑了出來。

「反正是我自顧自對你感佩啦！」

「感、感佩？」

彷彿想到什麼似的，深實實臉上浮現溫和的微笑。

「我明明什麼都沒能做到，你卻像是改變世界一樣，把事情都解決了。」

「……喔喔。」

一邊回想小玉玉當時的模樣，我點點頭。

當時事情的確是以最棒的方式收場。但那是因為小玉玉夠強才辦得到……而且——

「我覺得是因為有深實實在支持小玉玉，事情才能圓滿落幕。」

這話讓深實實開心地搔搔鼻子。

「搞不好喔。多謝誇獎。」說完她又謙虛地搖搖頭。「但我能做的也只有這些了吧。」

「別這麼說……」

「我只能爭取時間或是暗中給予支持，只會像那樣埋頭苦幹做些不起眼的事……沒辦法像軍師或小玉玉那樣扭轉一切！」

跟這段話相反，深實實開朗地露出燦笑。

「所以我覺得你很厲害。」

「是、是這樣嗎？」

「嗯。」深實實點點頭。「讓我覺得……我也想變成像你們那樣。」

這個時候我找回一些記憶片段。深實實好像說了很多次。

說我跟小玉玉很相像。

「你們兩個都是我很想變成的那種人……但我又沒辦法變成那樣。」

「……嗯。」

是不是真的無法成為那樣，我不清楚，但我明白她話裡的意思。

我擅長的事情，深實實必定不擅長；反過來說，我不擅長的事情，她就很擅長。

對彼此而言，彼此都有難以學習的部分吧。

一字一句，深實實將心情和話語細細串聯。

「就算剛開始只是一時衝動好了，但事後仔細想想……還是發現想法都沒改變。」

「……都沒改變？」

這讓深實實「嗯」了一聲並點點頭，這次用筆直的目光看著我。

「——不管是小玉還是友崎，我真的都很喜歡。」

說完之後，她看起來並不焦急，可是又害羞地露出淺笑。

「……謝謝。」

「嗯、嗯。」

在我跟她道謝後，深實實似乎這才回過神，突然露出很著急的表情，視線挪到斜上方。

之後她又轉向這邊，這次裝得很搞笑，用一種責備的語氣對我這麼說。

「還有軍師你呀，只要我一不注意，你好像就會跑到別的地方去！」

「咦？」

我一臉摸不著頭緒地反問，那讓深實實有點不滿。

「因為！你轉變的速度實在太快了嘛！不管是給人的感覺還是行動，全部都變很快！」

「喔喔……」

好吧這我能理解。我穿衣服的方式、說話方式和交友關係都變了，甚至還跟水澤一起去參加女子高中的文化祭，就這點來看簡直判若兩人，跟半年前的我截然不同。連我自己都很驚訝，看在從一開始就認識我的深實實眼中，這變化有些非比尋常吧。

「所以我只是不想為這種事情感到不安！……就是這樣！」

「嗯、嗯……這樣啊。」

我完全不知道該怎麼反應才好，只做出微妙的回應。而這似乎又讓深實實著急起來。

「咦!?是不是又開始覺得我麻煩了!?」

「不、不是，一點都不麻煩，不過……」

「不過!?不過什麼!?」

深實實急著要我把話說下去，用很熱切的語氣催促，滿臉通紅。我的臉大概也很紅，可是她的臉紅到讓我猜想深實實的臉應該更紅。

「不是啦，一點都不麻煩，而且還會把想法都說出來，我覺得這樣對我來說真是幫了大忙……」

聽我這麼說，深實實的臉更紅了。

「真、真的嗎!?我會不會爆料太多反而害到自己!?沒問題嗎!?」

「嗯、嗯。沒問題……」

「說得不是很有把握！你要說得更堅定才對！」

「咦咦……」

說到這種謎樣的要求令我困惑。

「那——嗯。沒問題。真的。」

「好！我相信你。」

這段對話實在太莫名其妙了，但是這種隨興的對談才像深實實會有的。

緊接著她突然用力站起來，大力轉頭看這邊。

「所以說，因為實在太丟人了，希望在這邊說過的話可以忘掉一半！」

「啊……？我、我知道了。」

困惑的我點點頭後，深實實急得補上這句話。

「但、但是！全部忘記的話，我會很寂寞，所以不行！」

「到底在說什麼啊……」

「少女心是很複雜的！」

「是……」

感覺聽起來很蠢，但又覺得很開心，到現在緊張的感覺終於沒了。

「那就先這樣，軍師！要睡得暖和一點喔！」

「哈哈哈，什麼啊。深實實妳也是。」

「包在我身上！」

說完之後，深實實就頓時消失得無影無縱。

而我則被留在這個直到剛才還很熱鬧的空間裡，獨自一人。

總覺得我們剛才還真是掏心掏肺啊，那種悸動之情還留在心口。

搞笑雙簧表演完全沒有任何進展，還有一大堆東西等著我們去想。

在沒有空調加溫的冰冷階梯邊緣。

有件事情，我有點概念了。

就是日南說的「很有默契」。

之前我都在納悶像深實實這麼開朗、受歡迎又可愛——帥氣的女孩怎麼會喜歡上自己，不過——

剛才那段對話讓我有點明白了。

明明會很多事情，深實實卻不覺得自己是特別的。

跟她形成對比，我跟小玉玉不夠機靈，會的就只有「心中想什麼就說什麼」，可是不知為何卻能在毫無根據的情況下，去相信自己認為是對的事情。

也許這感覺比較像是硬要將事情扭轉過來。

然而這副模樣看在深實實眼中一定很耀眼。

而假如——

深實實會選擇我，若是基於某種理由。

那對她而言，應該就是所謂的「特殊理由」吧。

「……這還真難。」

對。

如果是那樣——

那我的「特殊理由」又在哪呢？

＊　＊　＊

隔天晨會。

我跟日南說自己還有和深實實聊到類似「討論喜歡哪種類型、喜歡跟哪種異性交往」的話題，結果讓日南一臉訝異地睜大眼睛。

「是喔。我還以為你只有在解風香那邊的事件。」

「這個嘛，當下算是順應局勢……」

只見日南「哦」了一聲，不帶什麼情感。

「順應局勢啊。」

接著她用狐疑的眼神看我，我也直接回看她。

「說我是特地去完成課題不怎麼貼切，我只是因為想問才問的。」

我說這話像是在跟某種東西抗衡似的，日南聽完點點頭。

「是嗎？好吧，只要你能夠維持動機，那就沒問題。」

緊接著她試探性地挑起單邊眉毛，嘴裡繼續說著。

「那結果如何？」

「什麼如何？」

「當然是那個啊。」日南指著我的胸口處。「要選哪一個，決定好了？」

那目光看似柔和實則強烈，不只是刺人而已，更像是在對我施壓。

「……還沒。」

我用模糊的語氣否認，結果日南用視線給人的壓力又多了幾分。

「你打算一直猶豫下去？」

「不是那樣……」

我如今就快要被那股壓力壓垮。

「你不是說要根據自己的感情來決定？」

「不，話是這麼說沒錯……」我這句話說到最後不禁越來越含糊。「就連這部分，我都開始弄不明白了。」

這話讓日南緩緩點頭，一臉了然於心的樣子。

「哦。也對，我想也是。」

「什麼啊……針對這部分，就沒有什麼解決的辦法嗎？」

我求人生的大前輩教教我，日南卻有些為難地抿起嘴唇。

「解決的辦法？」

「就是要怎麼做才能明白自己的感情。還有有效率面對自我的方法等等，有嗎？」

在我具體詢問後，日南猶豫地嘟起嘴唇。

對。為了看清「自己的情感」，需要「有效率的方法」。這傢伙是連感情層面都能按照邏輯思考的專家，我認為這個時候去問日南是最快的。

接著日南像是要幫助思考般，說了這些話。

「你是說連自己都不明白自己的情感。」

「……對。」

她又將手指輕輕放在下巴下方。

「也是……不過，這部分……」

日南「呼」地吐了一口氣。表情變得比剛才更認真幾分，她再次垂下眼眸，沉默了一會兒。

「……這部分？」

我做出回應，希望她趕快給出答案。最後日南終於抬起低垂的視線，目光一動也不動地定在我身上。

不過，這是為什麼呢？那對雙眸似乎透著一抹近似無奈的色彩。

「關於這部分——我也毫無頭緒。」

與其說不帶任何情感，倒不如說那音色更像是給人一種巨大的空洞感。深不見底的虛無魄力令我言語盡失。

「這、這樣啊。」

雖然這傢伙說話總是很有魄力，但我覺得現在這股魄力跟平常有點不同。平常感受到的彷彿一個巨大岩石，那種魄力很有壓迫感，但這次的卻好像來自巨大洞穴的引力。那股魄力感覺會讓人失足摔落後再也爬不起來。

然而下一瞬間，日南又回復平常那種只看著前方邁進的眼神。

「就是這樣。所以你也要確實朝向『目標』邁進，確實前進。」

「喔、喔喔。好吧，我就知道會這樣……」

事情就是這樣，即便還是覺得不對勁，我依然乖乖照著日南的話做——今天也要開啟新的一天。

＊　＊　＊

菊池同學提出讓人意想不到的提議，事情就發生在這天放學後。

「妳想要了解……日南？」

我跟她目前正在圖書室中面對面坐著。

「是的……日南同學是什麼樣的人，有什麼樣的想法。我想知道這些。」

菊池同學慢條斯理地點頭，帶著認真的語氣說了這番話。露出平常在面對創作時會有的熱切目光。

「這都是……為了劇本啊。」

對。菊池同學說了。

為了練習進度著想，她覺得也差不多該弄出一個能夠讓大家看的成品。可是為了替這份劇本編寫結局，她覺得還少了一些東西——因此想要詳細了解負責演出艾爾希雅的日南。

「我想要把艾爾希雅的人格再描寫得更深入一點。」

「說得也對……照目前的故事看來，艾爾希雅跟利普拉和克莉絲相比，給人的印象好像沒有那麼突出。」

「嗯，就是這樣。」

艾爾希雅是利普拉的青梅竹馬，負責教導克莉絲的人。她確實算得上是主角級人物之一。偷跑進庭園的事情穿幫時，她有活躍表現。或是發現飛龍沒辦法飛翔的原因果然還是出在利普拉帶來的「汙穢」上，在這段劇情中占有很重的戲分，在故事劇情中負責大力推動劇情發展。

不過，感覺起來就像是具備這個「功能」而已。

「像是直率又笨拙的利普拉有所成長，克莉絲害怕外在世界的心情……這類型的設定都不太能夠從艾爾希雅身上看到。但是這對結局來說是必要的。」

菊池同學用纖細的手指觸碰嘴脣。眼睛看向斜下方，那目光就像在尋找某物般銳利。

「我懂了。目前的艾爾希雅感覺太強勢對吧。」

「是的。」

艾爾希雅出生在王城中，接受菁英教育。

不只是環境得天獨厚，還天生才華洋溢，別人教的東西都能夠全數吸收。

那份能幹有時甚至還超越親生父母，為了救助利普拉以免他被處刑，還用花言巧語說服了親生父親，也就是國王。這樣的例子不勝枚舉，任誰看了都知道她是狠角色。

「利普拉不夠機靈，克莉絲太膽怯……可是艾爾希雅就只有強大的一面，沒有任何『弱點』。」

「嗯，我懂。」

聽完菊池同學的說明，我也感到認同。

「我一開始也想要強調她的強大，特意描寫成這樣的角色，不過……」

「特意描寫成這樣的角色？」

「是的。應該說我在寫的時候特別去強調這點。」

「……啊，原來如此。」

這時我想起一件事情。

「做修正的時候也一樣，反而只有艾爾希雅變得更強勢。」

對。要從劇本初稿進行最初修正時，利普拉和克莉絲都重新改寫過，賦予他們人性弱點，相對的——反而只有艾爾希雅被極端強調「強大之處」。

應該是菊池同學也想要突顯「強勢」這個主題吧。

「不過寫著寫著，我開始產生疑問……」

「疑問？」

在我回問後，菊池同學用一種洞悉某事的目光和語氣震盪著空氣。

「——就是艾爾希雅為什麼能夠一直這麼強？」

那通透的音色有如驅邪鐘聲一般，充斥整個室內空間。

感覺像要引出某種隱藏起來的根本問題，言語中透著堅定。

關於這個問題，想必沒人知道答案，還是一個黑盒子吧。

「所以妳才想去了解日南？」

在我用慎重的語氣詢問後，菊池同學一臉複雜地點點頭。

「是的。我想知道強者都在想些什麼……而就我所知，最厲害的人就是日南同學。」

「我懂了，原來是這樣……」

這的確使人認同到想笑的地步。在我目前人生中遇過的人裡，強大程度最像艾爾希雅的人莫過於日南。

「所以為了當參考，我才想多了解日南同學。」

「嗯，明白了……不過啊。」

這下我明白菊池同學為何希望那樣，也能理解其中的必要性。

但我碰到一個問題。

「說真的，就連我也對日南不是很了解……」

就是這樣。

我是知道那傢伙身為 NO NAME 的一面，也知道她異常工於心計，為了往上爬會嚴以律己。這種另一面貌確實跟身為完美女主角的那傢伙有段落差。

不過我認為這也是有別於表面形象的「另一個假面具日南」。

若要更深入探尋內在，也就是關於那傢伙如此強大的「理由」——我就完全不曉得了。

「我跟日南應該算是交情比較好的，或許還知道一些不為人知的事情，但是……」

「但是？」

「日南為什麼那麼努力，那些動力都是從哪來的……這些我就一無所知了。」

「……原來就算是友崎同學也不曉得。」

菊池同學擺出一種像在凝視深淵的表情。那傢伙的內心深處確實是座深淵，一定都還沒被任何人照亮過。

「嗯——所以我能夠告訴妳的……應該也不多。」

「原來是這樣……」

事情就是這個樣子，菊池同學有瞬間表現出像是要放棄的樣子，但不知道為什麼，她的目光立刻看向前方，帶著一股熱度，綻放光芒。

那是菊池同學在創作時才會散發的耀眼光芒。

「友崎同學。」

「……嗯？」

除了被她的視線鎮住，我甚至還開始覺得那股熱意正一點一滴傳染給我。回想起來才發現我被這股寧靜的熱意和作品力量推動，才走到如今這一步。

「既然這樣——」

接著稀奇的是，菊池同學臉上浮現有些興奮的笑容，帶著挑戰意味。

她說了這麼一句話，像把我整個人撞了一下。

「要不要直接去問她本人？」

＊　＊　＊

後來地點換到教室前的走廊。

如今我正跟菊池同學一起站在日南面前。

「這是——要叫我出來單挑!?」

只見日南用半開玩笑的語氣說話，還誇張地擺出像是在警戒的姿勢。

「不是不是，是想要訪談。」

「嗯？是關友高中小姐候選人的訪談？」

「不是啦。話說日南妳會去參加那個喔？」

面對每句話，日南都用搞笑的方式回應，但又操縱言語來掌控對話流向。

「啊哈哈。若是我不參加的話，到時候就對不起冠軍吧？」

「口、口氣還真大……」

意思就是，就算有人獲勝了，還是會有人質疑「日南又沒有參加？」。這個人說的話還真恐怖。可能是因為她臉不紅氣不喘委婉說出那番話，聽起來卻完全沒有挖苦意味才更是恐怖。

「開玩笑的！那要訪談什麼呢？」

她讓對話節奏加快。

「這、這個——」

聽她那麼說，我頓時腦中一片空白，跟著語無倫次起來。

跟不是平常那個露出真面目的日南對峙，果然主導權都被拿走了，好累啊。這傢伙的作戰方式還真多元。

「不對，是為了做個參考來編寫班上話劇的劇本，才想要訪談一下……可以嗎？」

在我開口後，菊池同學也跟著看向日南那邊。她一臉從容，正面迎擊菊池同學的目光。

「請問、方便訪談嗎……？」

菊池同學說話時顯得很客氣，那讓日南「呵呵」地笑了一下。

「原來是這樣啊。好啊──！雖然等一下還有學生會的工作要處理，但我想應該可以空出三十分鐘！」

她一方面不著痕跡提出時間限制，同時用開朗的語氣爽快答應菊池同學的提議。

「謝、謝謝妳！」

於是菊池同學就開始訪問日南。

──只不過。

「那首先……」

「嗯。」

簡單講，這次訪談的方向並不符合我的期待。

這是因為。

「日南同學對許多事情都很努力，理由是什麼呢？」

「嗯——因為大家對我有所期待，我想還是這個原因占大宗吧——最近都是這樣。一開始是想說既然要做了，那就不要輸給別人，所以才那麼努力。但自從大家知道我是這樣子的，這一切變得理所當然，我就開始覺得必須回應大家的期待，才去努力！」

舉例來說就像這樣。

「對日南同學來說，所謂的努力代表什麼？」

「這個嘛。我是覺得已經變成一種習慣了吧——不是有人說要努力的話，重要的是打造相應環境和養成習慣嗎？所以要養成訂一段日程來努力的習慣，創造出不努力就會被周遭人罵的環境，不知不覺間這些都會變得理所當然，大概是這樣。因此仔細回想起來，或許我不是那麼喜歡努力的人。這樣說會不會太坦白？是說可以的話好想偷懶！說笑的啦。啊哈哈。」

諸如此類云云。

「那妳的最終目標是什麼？」

「目標啊——其實還真不少。像是馬上就要面臨的考試，會想要取得好成績！會訂定這樣的目標，或是沒什麼特別原因，只是想過得更幸福！也會有這樣的目標對吧？所以妳問我有什麼目標，我很難回答，不過會這麼努力還是為了讓自己有更多選擇吧。因為就算目前找不到想做的事情好了，假如未來有一天發現了，卻發現當下情況已經不容許自己去追尋，那樣不是會很痛苦嗎？所以說為了避免這種事情發生，我認為盡自己目前最大的努力做到最好才是最明智的。哎呀？這樣好像太自以為是了……？」

她說的都是這些。

換句話說——就是那麼一回事。

一直在討好人、討好人，連續討好他人。

說一堆好聽的話，不過裡頭混雜聽起來像真心話的少許毒藥，打造出「實際上聽起來」很動聽的意見。

不過說真的，我知道這傢伙的本性，所以明白那些話完全沒有半點真心。不對，正確來說是到頭來還是有部分意見是真心話，然而這些聽在世人耳裡很舒服的部分意見，只是剛好很像日南的真心話，並非出自她的本意。

當然這些話拿來當成「付出的努力多到異於常人的學園完美女主角」所做回

應，聽起來都很合理，行動方針、過程和實際拿出的結果並沒有矛盾。其他人聽了會想「原來她是基於這樣的想法才那麼努力呀」，就算像這樣沒想太多，直接被那種回答說服也不奇怪。該說一般而言都會如此被說服吧。

「……那麼，訪談就到這邊。謝謝妳！」

「我也要跟妳說聲謝謝！」

就因為情況是這樣，我才有點後悔。

這次菊池同學為了描寫「強大力量的化身」艾爾希雅的內在——要拿日南捏造出來的答案當參考——也就是沐浴在「謊言」之中，恐怕對於增強那部作品的強度反而會有負面影響。

因為那些畢竟都是捏造出來的，為了讓很多人接受已經先修飾過，用人為的方式將一些地方強調得恰到好處，捏造完聽起來很舒服，因此可以說聽起來不會讓人覺得她在努力到像怪物這部分和動機的說明上「特別用力」。

日南那樣的回答確實存在某種說服力。不過——

那肯定跟要用到的故事所需要素——有點出入。

但我也沒辦法把這個真相偷偷告知菊池同學，就只能在旁邊聽著訪談乾著急。

＊＊＊

地點更換，來到平常待的圖書室。

「哎呀——沒想到竟然直接去問她。」

這話我是用半開玩笑的語氣說的。我盡量去忽視只有自己知道的真相，用跟訪談內容八竿子打不著邊的言語來填補對話空白。因為也找不到辦法解釋了。

而菊池同學把劇本放在桌子上，用認真的表情注視著。

「……說得也是。」

是不是在寫下剛才訪談聽到的內容啊，她拿著筆寫些東西，同時回應我。

「如、如何？有可以拿來當作參考的東西嗎？」

帶著一股微妙的罪惡感，我盡量用尋常的語氣詢問。

菊池同學在寫了一會兒後——最後把這些都用雙線劃掉，面對面看著我。

「我想日南同學應該是在撒謊。」

她的目光和言語都很銳利。

表情充滿自信，沒有轉圜的餘地，看起來強硬又凝重。

「……咦？」

那讓我為之動搖。

在黑暗的彼方，真相就只有微微地露出尾巴，菊池同學卻一下子就看出來了，像是在確認什麼，一直盯著劇本上的文字。

「……妳說、那是謊言？」

半是被那股氣勢震懾住的我反問。

她怎麼會發現？覺得哪個部分是假的？根據又是什麼？

這些都讓我好奇的不得了。因為那傢伙的回答幾乎可以說是堪稱完美。照理說在邏輯上看來不會有能夠讓人發現的破綻。

菊池同學在劇本角落另外寫上一些文字，把這些文字畫圈圈起來，再跟別的圈圈相連。接著輕輕點頭，轉頭看向我這邊。

「最核心的部分——我什麼都沒看見。」

「最核心的部分？」

菊池同學點點頭。

「就是最根本的動機。」

「動機……」

之前菊池同學說過這句話。

說她很在意日南做到這個地步的「動機」是什麼。

「不管她說得多麼天花亂墜，我都看不見最核心的部分……如果真的是這樣，那她想必是在隱瞞什麼，在對某些事情撒謊。不過，她卻把所有東西毫無保留說出來……因此我想裡頭可能有參雜謊言。」

菊池同學說這些話有一半以上是憑感覺。

照理說詳細詢問的話，應該能夠得知比較核心的部分，這次卻沒看見。

因此必定有所隱瞞，或是在撒謊。這一套說辭乍看之下毫無根據。

是因為相信自己的感覺，才會強烈假設，然而這確實戳中核心。

「只不過……也許我更加了解艾爾希雅了。」

「咦？是這樣嗎？」

只見菊池同學點點頭。

「是的。艾爾希雅並不是順應時勢，因為有使命感才努力……」

接著她放下手上的筆，抬起臉龐看我。

「會這麼做的背後——必定有不尋常原因。」

菊池同學的話語聽得出充滿信心。

我心中似乎將「艾爾希雅」這個字眼代換成別的了，同時也很佩服菊池同學的洞察力。

「這部分……或許是吧。我也那麼認為。」

緊接著一種直覺找上我。菊池同學只要像這樣稍微對話一下就能夠察覺細微之處，這是她身為妖精的能力——不對，應該說那肯定是她身為創作者的才能。

搞不好這種才能能夠解開經歷小玉玉事件後，湧上我心頭的疑問——應該說是「我想知道的那部分」，也許能對此給予一份助力。

「……菊池同學。」

因此我呼喚了那個名字。

在菊池同學轉過來看我之後，我下定決心，有點類似使命感的感覺油然而生，跟菊池同學四目相對。

「要不要繼續一起做點打探？——關於日南的事情。」

5 魔王也有魔王的苦衷

採訪日南後，過了幾十分鐘。地點來到學校餐廳。

在四人坐的座位上，我跟菊池同學面對面坐著，對面則是坐著深實實，還有同班男同學橘。

感覺是很特殊的成員組合，但這當然是有理由的。

「話說……橘你跟日南是同一所中學的同學吧。」

我把筆和筆記本放到桌子上攤開，一邊說著。

對。我跟菊池同學一起在找知道日南過往的人，首先要來訪問深實實。之後深實實就說印象中橘以前好像跟日南參加同一所中學的籃球社，就把他介紹給我們了。

「是啊——」只見橘用輕鬆的語氣回應。「那現在呢？要採訪嗎？」

他說完就在我跟菊池同學之間來回張望。

我偷偷看了菊池同學一眼。但她似乎在為眼下狀況緊張，不太敢正面看對方。尤其是為了正眼看橘而陷入苦戰。好吧，畢竟對方是充滿現充氣息的男孩子。

所以我就代替菊池同學點頭。這是因為跟中村那群人一起度過午休時間的機會變多了，跟橘相處的時機也隨之增加。如果只是一般的閒談，我有辦法讓自己放空待著。

「對對。為了當話劇上日南演出的角色參考，我們想要了解日南的過往。」

「是喔。」

橘曖昧地點點頭。好吧的確，這理由有點微妙。因為該對象有在某個話劇中出演角色，要拿來當話劇中的參考，才想來打聽那個人的過往。雖然聽起來並不是很自然，但也不是完全無法讓人接受。我想橘就算會覺得怪怪的，大致上還是會接受。

「說真的我也很好奇呢～！以前就只有在大賽上看過！」

「之前深實實有在籃球大賽上奮戰過嘛。」

這時我跳出來替深實實的話做個補充。

「沒錯沒錯！不愧是軍師！記得真清楚！」

「喔，多謝誇獎。」

我輕鬆回應深實實那一如往常的接梗回話。總覺得若現場還有除了我們兩個以外的人，或許就不會出現怪怪的感覺，可以平常對話，不管是我或深實實都一樣。

對了，為了像這樣打聽日南的過往，原本還有拜託她本人也一起出席，可是她說接下來有要事在身，就跑去別的地方了。這是在對外表示她沒什麼好隱瞞的，大家可以隨意訪談。不愧是完美女主角。

「嗯——總之最讓人印象深刻的應該就是……」

橘的嘴巴翹了起來，稍微想了一下，然後馬上說出很具衝擊性的話。

「她以前曾經跟男子籃球社——非常受歡迎的學長交往。」

這話出乎我的意料之外。

「咦⁉是這樣喔⁉」

而且我還發出比在座所有人都還要大的音量。

「軍師你好吵喔！」

「是對不起。」

深實實用得到小玉玉真傳的直接口吻提醒我，讓我當場沒了氣勢。話說是怎樣，沒想到第一句話就說出如此具有衝擊性的過往片段。但也是啦，如果橘說日南那麼正卻到現在都沒交過男朋友，這樣問題還比較大吧，日南葵這個女人背後果然很有料。

「是很受歡迎的籃球社副社長，一個很帥的學長。」

「是、是喔……是學長。」

總覺得「中學生跟學長交往」，給人感覺像是在那個年級中地位數一數二的人才會有的特權。啊，也就是說日南當時是這樣的啊。

接下來橘的話匣子就關不起來了。

「而且她馬上就把那個學長甩掉。」

「甩、甩掉了……？」

越聽越覺得難以理解，有種像在聽遙遠世界故事的心情。什麼，原來那傢伙從中學時代就是這麼強的女人了？

「原來日南從以前開始就一直是那樣啊……」

在我困惑地說了這句話後，令人意外的是橘稍微歪過頭。

「不……這就不一定了。」

「咦。」這話讓我反射性上鉤。「……意思是？」

只見橘嘴裡發出「嗯——」的聲音，在回想過去。

「這個嘛，我以前跟她也不是特別熟……不過一年級的時候跟她同班就是了。」

「嗯。」

我專心聽橘說話。因為我總覺得在他的話中，出現了有別於我認識的那傢伙——不是身為 NO NAME 的日南，還有身為完美女主角的她，能夠聽到曾經還很青澀的她是什麼樣子。

「可是一年級的時候……我覺得她還沒有那麼引人注目。」

「……哦。」

我不由得發出聲音。深實實和菊池同學也入神地望著橘。

這都是一些很新奇的事情。也對，從小學生變成中學生，突然成為中學一年級生。能夠在那種白紙狀態下突然變得醒目不只是要天生麗質，還有一些運氣成分在裡頭，有的時候按錯按鍵是有可能反過來導致失敗。

接著運氣成分慢慢會越來越少，會根據每個人原本有的才華資質來決定他們真正的地位。我想班上的勢力圖分布就是這樣來的。

只不過，我可以想像得到。

「二年級的時候……是嗎？」

如果是那傢伙，在一開始欠缺那種天生資質——也就是要成為現充的必須要素，就會親手一樣一樣取得的吧。

因為那傢伙並不是只會靠巧合和機運的人，而是會用樸實的方式一步一腳印往上爬，屬於努力型的人。

「但差不多是一年級讀到一半，還是二年級的時候吧。大家慢慢在傳有個可愛的女孩子，讓她開始變得有名起來，不知不覺間就跟那個副社長開始交往。而且聽說馬上就把人家甩掉了，讓她逐漸變得更有名氣……到了三年級甚至還開始出現她的跟班。很受學弟學妹歡迎。」

「跟、跟班……」

在我苦笑著說了這句話後，橘露出爽朗的笑容。

「都會有這樣的人吧。就是有個很受歡迎的學長姊在，學弟妹都很崇拜他，會學他用一樣的東西，或是一樣的洗髮精，諸如此類的。」

「啊——！確實是有耶！」

我邊模糊回想中學時代邊聽他說話，結果深實實對橘的話很有同感。

「好懷念喔——我也有過這種經驗呢！有一年級的學生會揮手跟我說『七海學

姊——！』，在我跟他揮手之後，對方就會尖叫，看起來很開心。但我其實就只是七海深奈實而已，諸如此類的。」

「啊——……」

聽他們這麼一說，我的腦子裡就浮現類似回憶。有個類似迷妹的奇怪女孩子，把特別醒目又可愛的同性學姊當成偶像看待，諸如此類的。我悄悄看向旁邊，發現菊池同學也在小幅度點頭，我想她大概也能理解。那就表示不管哪個學校都有吧。

這時橘附和說「對——對——」

「這種偶像的超強版本就是葵，大概是這樣。後來她實在變得太強了，還變成像是免費素材的東西。」

「什、什麼免費素材。」

聽我這麼說，橘似乎想到什麼，臉上浮現一種很受不了的笑容。

「有什麼呢，總之『果葵』這個字眼就流行起來了。」

「果葵……？」

我有聽沒有懂地重複那句話。

「就是『果然葵真厲害』。有人要稱讚葵的時候，或是她做了很厲害的事情，人們就會說這句，當時很流行。若是大家遇到麻煩，葵過來幫忙解決，我們大家就會很有默契的說『果葵耶』、『真的是果葵』，諸如此類的。」

「原、原來如此……」

我腦中好像浮現畫面了喔。在現充團體之中，假如一個字眼突然流行起來，感覺他們就特別喜歡在各種場合瘋狂使用。

只要現充集團開始使用某個字眼，就會出現一種氛圍，變成使用那個字眼的人就好像是現充集團的一分子一樣。然後使用的人就會變多，最後擴散開來，情況就像是這樣。中學時代的時候，周遭印象中有這樣的例子，在中村集團裡面也不時會看到這樣的景象。

也就是說前提是「日南葵好厲害」這件事情已經深入人心，深入到足以被大家拿來當成梗來用。

「嘩──葵果然很厲害呢……」

深實實說話的時候一副徹底拜倒的樣子，我也認同。

「……是啊。才聽一下下就聽到這麼多例子。」

若沒有在同一所中學就讀，就不會知道日南有這樣的一面。

能夠聽到這些，我的心已經滿足一半了，同時看看菊池同學。

結果發現她把那又白又長的手指放在嘴脣上，好像在深入思考些什麼，視線對著斜下方。

大概是發現我在看她做這些舉動吧，菊池同學突然跟我對上眼，別具深意地點點頭。咦，為什麼點頭。

接著她就直接把目光轉到橘身上。

「那個……有個問題想請教。」

「嗯？」

只見橘用柔和的表情做出回應。

在那之後，菊池同學帶著堅定的目光，清楚說了這麼一句話。

「對於日南同學剛成為一年級生的最初模樣，你有沒有什麼印象？」

這話讓我突然驚覺。

聽了好幾個我們不會知道，關於那傢伙的厲害事蹟，開始感到滿足了，但這不對。這個時候該問的不是「日南在中學時代不曉得也是多厲害的人」——而是「在她變超強之前，日南是什麼樣的人？」才對。

果然菊池同學總是會一直注意某個很深入的點，去審視每句話。

「在她剛開始讀一年級的時候啊……」

這時橘用有些困擾的表情說了這番話。也是，一旦問到還不顯眼的日南有過些什麼，在記憶上就沒有日南變成偶像後鮮明，這也無可厚非。

還不夠完美的日南葵。

當時這個準完美女主角究竟在想些什麼。

我稍微將視線轉到一旁，發現深實實似乎也滿有興趣的，一直看著橘。

「啊，話說有件事情讓我印象深刻。」

「哦。」

此時我馬上整個人向前傾，對這句話起反應。菊池同學也靜靜地擺出認真表情，目光就定在橘身上。

「以前會做一種事情吧。在畫有奇怪角色的彩色小紙片上寫下一些問題，像是『喜歡的食物是什麼？』『對我的印象如何？』『有沒有喜歡的人？』之類的，然後交給跟自己要好的人，互相作答，像是這樣。」

「……那是什麼？」

「啊——！好像有喔！」

「印象中有……」

我完全沒概念，但是深實實跟菊池同學好像很了解。

「原、原來有啊。嗯，那就沒問題了。有有有。」

我想他們一定在說孤僻鬼無法了解的另一個世界之事，就當這件事情真的發生過，讓對話繼續進行下去吧。因為除了我，另外那兩個人好像都知道。感覺橘除了說「好、好喔。」，似乎還用一種覺得我很悲哀的目光看我，但我不介意，所以沒關係。

「然後呢……葵就突然拿那個給我。我們當時還沒有那麼要好，她卻突然這樣。害我想說『咦，怎麼了，這個女生是不是喜歡我啊。』，而且我們參加同一個社團，我原本還以為是真的。」

「還以為？」

這時深實實用興奮的目光看著橘，我也很在意他接下來會說什麼。

最後橘稍微皺起眉頭，用有點困擾的表情說了這句話。

「聽說——不只是我，她好像還發給班上大部分的人。男生女生都有。」

橘用手撐著臉頰，在我跟菊池同學之間來回張望。

「覺得很莫名其妙對吧？」

「是的……的確。」

接著菊池同學就若有所思地皺著眉頭，並點點頭。

「嗯——這樣有什麼用意呢！」

深實實看來似乎也一時間無法理解日南為何這麼做。

「就是啊。因為來得很突然，讓我嚇一跳，所以印象深刻。反過來說，在這之外就是個可有可無的普通女孩，因此關於其他部分都沒什麼印象。現在想想會覺得她明明那麼可愛，我怎麼就沒注意到——」

「是這樣啊……」

「原來如此。」

緊接著大家就出於疑問歪起頭。

只有我一個人明白其中奧妙。

這種行為乍看之下確實很莫名其妙，但如果是我——知道那傢伙身為 NO NAME，有什麼樣的思考邏輯和戰鬥方式，就能預料到她有何意圖。

來看日南的行動。

根據橘所說，那些紙上寫了「喜歡的食物是什麼？」，還有「對我的印象如何？」、「有沒有喜歡的人？」這類問題。就算當時她寫的文字並不完全跟這些吻合好了，她寫下的問題大概也相去不遠，先考量到這些，再去看那傢伙發送紙片的理由。

我想恐怕就是——要蒐集資料。

以下只是我的猜測，然而在這之中，日南重視的問題應該是第二個「對我的印象如何？」。

那傢伙給我的特訓最初目標是「被自己以外的其他人看出改變」，由此可見日南很重視變化的「客觀性」。

那麼，換成當時還不夠完美的日南。若想要從那個時候開始改變自我，那傢伙首先要針對「周圍的人如何看我？」來蒐集客觀資料，然後拿來跟自己的看法對照，協助進行自我改革吧。

為了實現這點，需要的就是做個清楚的問卷調查。也就是市場調查。

換句話說，假如我的臆測正確，即便當時日南還不完美，卻從中學一年級開始就萌芽了，造就「如今的日南」。想想還真可怕。

「啊，對了！還有一個。還有一個讓人印象非常深刻的事情。」

「喔，是什麼？」

可能是像連鎖反應一般，記憶逐漸湧現吧，橘提高音量，用手指指著我。

「也沒什麼，現在回想起來好像滿詭異的，甚至也不知道其他人是不是還記得。」

「詭異」這個字眼讓我繃緊神經，等待橘說出後續的話。

「是換教室的時候，還是打菜的時候，不太記得是什麼時候了。總之詳細情形我已經忘記了……反正當時班上的男生女生都在閒聊。」

「嗯。」

「不曉得為什麼，大家開始聊起自己的名字是怎麼被取的。班上每一個人輪流說，其他人聽了會說是喔——原來如此。總之就是在閒聊就對了。」

「是喔——！話說我的名字『深奈實』意思好像是『希望我成為一個溫暖的人』！這很重要喔！」

「是嗎？那好，橘，接下來呢？」

「喔。後來輪到葵，不過……」

「好過分!?」

我把深實實的玩笑話略過，繼續聽橘說下去。果然和大家在一起的時候，就能夠跟深實實像這樣對話呢。菊池同學則是在旁邊偷笑，似乎覺得很有趣，看起來很高興的樣子。看得我有種被治癒的感覺。

「印象中她好像說父母親希望她如同向日葵一樣，可以向著太陽長成一個堂堂正正的人，好像是這樣。印象中她還說向日葵會向著太陽生長，當下補充這個小知識，所以我想應該沒記錯。」

「啊──也是啦，好像是那樣。」

這在取名字上很常見。

「就是啊。不過呢，在那之後，葵就像在說什麼很平常的事一樣，突然喃喃自語說了這句。」

「……她說？」

這句話吸引我的注意力。菊池同學似乎也覺得那很重要，整個人都湊上前，專心聽著。

緊接著橘就一副百思不得其解的樣子，開口了。

「──不過，那跟我無關就是了……她這麼說。」

這句話聽起來很不自然。

「跟我無關」。

這句話指出的意思很抽象，在說完「自己名字的由來」之後補上這句話，是怪怪的……然而又看不出日南的本意。

「這是什麼意思？的確……我也覺得聽起來很詭異啦。」

「對吧？」

聽我那麼說，橘抬起眉毛。一旁的菊池同學慢慢歪過頭。

「……這是什麼意思呢？」

只見橘聳聳肩膀。

「不曉得。不過就只是短短的一句話，大家也都無從接起，話題就轉開了。畢竟那句話在那之後也沒什麼讓人挑毛病的空間。但總覺得，有種讓人難以釋懷的詭異感，所以我印象深刻。」

「嗯——……」

感覺這好像會是一個線索，又好像不是。若要拿來當成思考的素材，還需要跟其他的情報結合，或是用自己的方式解讀吧。至少沒辦法單靠這個就將一切弄明白。

話說到一個段落後，橘用手掌摸摸脖子。

「大概就這樣吧。關於葵的事情。」

「……感謝協助。很有參考價值。」

這時菊池同學發出緊張又僵硬的聲音，很有禮貌地對著橘一鞠躬。接著橘就顯露出高興的模樣，突然靈機一動說了這句話。

「啊，對了。順便問一下。」

他說完就看著菊池同學，露出有點害羞的笑容。嗯？怎麼了？

「問一下，菊池同學——有在用 LINE 嗎？」

這段發言讓我的耳朵動了一下。

咦？這明顯是要那個吧，準備問那個吧。咦，搞什麼先等等。是像這樣面對面後才發現菊池同學意外的可愛？可以拜託你住手嗎？這樣人家會很困擾，雖然我這麼想，但又想不到能夠拿來阻止的理由，要說我能夠做些什麼，就只有一直偷看菊池同學而已。

「L、LINE 是嗎……？」

她也一副困擾的樣子，三不五時偷看我這邊，然而身為第三者的我沒立場去阻止……怎麼辦，還在想這個的時候，橘又開口了。

「嗯——如果我還有想起其他關於葵的事情，想說可以告訴妳。」

糟糕，沒理由阻止，卻有了跟人交換 LINE 的理由。情況實在太不利了。

「啊——……好、好的。」

緊接著菊池同學就恍然大悟地點點頭。咦，這樣好嗎？這樣可以嗎？菊池同學。既然她都點頭了，那我也已經無計可施，就只能呆呆地看著那兩人在我眼前交換 LINE。唔，但我總覺得必須要阻止才行！可是光靠我一個人沒用！深實實呢！深實實妳在幹麼！

在那之後不知道是不是我的期待得到回應，此時深實實插嘴說「啊，打擾一下！」。幹得好深實實！就是這樣，上啊上啊！

我把所有的希望都寄託在她身上，在一旁觀望，結果深實實拿出智慧手機，嘴裡這麼說。

「菊池同學，也可以跟我交換嗎！」

然後她就像在求對方跟自己交往一樣，低下頭將握著智慧手機的右手伸向前方。咦？跟想的不一樣喔。還有妳為什麼在說的時候比橘還要不好意思。就算菊池同學是相當於小玉玉的小動物系女孩好了，這種反應也太奇怪。

「啊，好的……那我們交換。」

之後菊池同學就依序和橘、深實實這兩個人交換LINE。沒能阻止……

「奇怪？話說不是已經加在班上的群組了嗎？」

我突然想到這個最根本的問題，才剛說完，橘就回「總之先交換比較重要」這段莫名其妙的話。不曉得是基於什麼樣的理論，但既然現充都這麼說了，就那樣吧。

「好——OK——那就請妳多多指教了。」

「菊池同學！請多指教！」

「那、那個。好、好的……」

只見菊池同學帶著恍惚的表情回應那兩人。什麼！這種情感表現是怎樣！

雖然被這股胸口的苦悶感折磨，我還是對接受訪談的橘道謝。

「呃——感謝協助……」

「好。不用客氣了。」

雖然我得知幾樣讓人非常感興趣的事情，但最後好像還是被人捅了一刀。原來敵人在這啊。

＊　＊　＊

時間來到隔天。星期六。

我跟菊池同學在假日碰面。來到大宮車站的「豆之木」會合，接著再前往目的地。像這樣跟菊池同學特地在假日會合已經不曉得是第幾次了，但說緊張還是很緊張。

「你好。」

「妳好。」

就跟平常一樣，我們不約而同打了平常會打的招呼，我想要盡快扮演領導的角色，就先主動跟菊池同學說話。

「好，那我們走吧。」

今天來集合的理由不為別的。

就是為了繼續採訪。

大宮。地點是以前「LOFT」坐落的大樓，這裡有間「Saizeriya」。

「呃——……我是友崎。請多指教。」

我對坐在眼前、初次見面的女高中生打招呼。

這個女高中生將黑色頭髮綁成兩束，身上穿著大露肩黑色衣服。脖子上戴的不叫做項鍊，那種好像叫做頸環吧。身上戴著有黑色蓬鬆短毛的十字架，看起來像裝飾品的東西。

在她旁邊的是——橘。我不是很能接受，但就算了吧。畢竟我們最近常常講話嘛。

我們這邊則是有我，旁邊坐著菊池同學，形成二對二面對面的狀態。

「我是前橋——請多指教！」

自稱是前橋的女高中生面無表情地點了一下頭。雖然很有禮貌，卻沒什麼感情表現，散發一股奇妙的氛圍。

「那個、我是菊池。請多多指教。」

接著是菊池同學，也跟著自我介紹，並且低頭鞠躬。

就這樣，我們在這個空間中跟第一次見面的女高中生互相做自我介紹。要說我們為什麼會進入這種狀態——

我用透過執行委員的工作、跟菊池同學的劇本會議逐漸開始習慣的領導語氣說話。

「那麼——我們這就開始吧……妳跟日南小學的時候讀同一所學校對吧？」

對。眼前這個女高中生以前跟日南讀同一所小學。

簡單講就是延續昨天的採訪，橘把跟日南讀同一個小學的同學前橋介紹給我們。橘好像有透過 LINE 問菊池同學「明天有空嗎？」，所以我就來支援一下，並不是要監控，頂多只是來支援。

話說今天還是有拜託日南一起過來，但她說她很忙，要我們自己隨興處理就行了，所以我們就隨自己的意思做。不愧是完美女主角。

「話說我們同年，用平常的語氣說話就行了吧。」

這時一旁的橘插嘴補上這一句。好吧說起來那個女高中生跟日南曾經是同學，那當然也是相同年紀了，但不知道為什麼，總覺得要跟在學校之外遇到的人第一次見面就突然不用敬語交談，難度有點高。明明是同年級生。而且總覺得這次是帶著採訪的心情過來的，要那麼做就更彆扭了。

那種東西是不是叫做彩色隱形眼鏡啊，前橋同學瞇起有著不可思議色彩的眼眸，同時開口。

「啊——說得也是。」接著她朝著我跟菊池同學看了一眼。「那講話的時候就別太拘謹了吧。」

說話語氣很平坦，表情沒什麼變化。看起來就像洋娃娃，有著不可思議的氣質。就連我看了都知道她眼睛周圍化著又濃又黑的妝，我是不知道正式名稱叫什麼，塗在臉上的紅色物體也有點偏濃。口紅也是很紅的，整體給人一種對比度很高的感覺。

「了解。那就不用敬語。」

我也同意這個提案。要我自然而然那麼做是不可能的，但若刻意為之應該不會太難。

「那、那個……」

這個時候菊池同學明顯表現出困惑的樣子，這也不能怪她。

「啊，菊池同學不用勉強沒關係。話說就算對我們說話也很有禮貌呢。哈哈哈。」

結果跳出來面不改色護航的人不是我，而是橘。先給我等一下，我原本也想說類似的話，怎麼像這樣被人超前了，有種不甘心的感覺。下次我會拿出真本事認真應對，覺悟吧。

「我、我明白了。謝謝你。」

看到菊池同學對橘表達感謝，我就只能咬著手指乾瞪眼。總覺得不能這樣就算了，雖然橘並沒有做什麼壞事。

「那、那麼！接下來想做個訪談……」

我開這個口是想轉變話題，並且翻開桌子上的筆記本。

「小學時代的日南大概是什麼樣子？」

被我這麼一問，前橋同學再次用平坦的語氣回應。

「這個嘛——就是一個認真開朗的女孩吧——」

「嗯，認真開朗……是嗎？」

照目前這樣聽來，感覺跟現在身為完美女主角的日南沒有太大差異。只有一點，就是「認真」這個字眼令人有點在意。

緊接著八成是被同一個地方吸引，菊池同學跟著插話。

「所謂的認真……是指？」

「我想想──」

這時前橋同學用有紅色指甲妝點的食指指尖碰觸下巴，最後才懶洋洋地開口。

「就覺得是一個很聽大人話的孩子吧──」

「……原來如此。」

「像是不會耍任性之類的，大概這樣──」

雖然聽起來並不會覺得有什麼太蹊蹺的地方，但也不會讓人覺得有多吻合。目前的日南的確也不會隨便去忤逆大人，不過……若是問「她是不是會乖乖聽大人的話」，又讓人拿不出確切答案。

就好比在選舉演講上，她會正面跟老師們碰撞，同時具備正面跟大人們硬碰硬的膽量。就好像是跟國王正面對質的艾爾希雅一樣。

至少在問到她有什麼特徵時，對照那個性不會讓人立刻說「她很乖巧」。

「原來是這樣啊……」

菊池同學一直看著前橋同學，若有所思地說道。

「還有就是——她很為家人著想，非常喜歡妹妹們，大概還給人這種印象吧——」

「對喔，這麼說來好像是那樣沒錯。」

「……是喔。」

橘對前橋同學的話表示認同，我則是有點驚訝。姑且不論日南為家人著想這點令人吃驚，我還是第一次聽說她下面還有妹妹。而且橘也認同前橋同學的說法，是上了高中性格大變嗎？

「再來還有什麼啊——我當時是一個話很多的女生，讀小學的時候就跟日南很少有交集——」

因為話多所以跟她沒交集啊。

這話聽起來有點殘酷。

現在的日南不會受到這種待遇吧，但那句話顯然會套用在校園地位不夠高的人身上。日南果然不是天生條件就得天獨厚。

「嗯——不管是她說過的話還是給人的印象，什麼都好，若是能說給我們聽……」

「嗯——既然這樣——……」

於是前橋同學就跟我們說了一些事情，舉凡像是日南常跟哪個類型的朋友玩，有在學習什麼事物，她疼愛家人，那家人又是什麼樣子等等。

約略整理之後發現日南算不上很文靜，但似乎也不是特別活潑的類型，好像是比較中庸的。

除此之外她聽說有在練習鋼琴，也有去上一些比較基本的補習班。原來那傢伙會彈鋼琴啊。聽說鋼琴教室還跟前橋同學同一間。

此外根據前橋同學所說，他們一家人感情非常要好，這件事情似乎讓她印象深刻。日南的雙親有著光明的性格，感覺能夠包容任何人，在教學觀摩等場合上也是有點顯眼的存在。當時大家的父母親來了好幾十個人，她還會特別有印象，想必真的夠顯眼。

即便前橋同學跟日南並不是特別要好，還是有跟人成群結隊去日南家玩過幾次，據說每次都會受到盛情款待，總是有手工烤餅乾和果汁。該怎麼說呢，這就像是溫暖的模範富裕家庭。那個魔王是在那種家庭中誕生，人類還真是說不準。照剛才的話聽來，那傢伙會變得那麼像魔王，並不是出自家庭環境，而是從其他地方衍生的吧。

「……大概就是這些吧——」

把這些話說完一遍後，前橋同學露出一種說了很多話心滿意足的表情。偶爾也會有這種人，不管說什麼都沒關係能說話就行。

「感謝幫忙。很有參考價值。」

菊池同學率先跟對方道謝，我跟橘也隨之表示謝意。

「那麼——看起來，大概到這就差不多了吧？」

為了掌握主導權，我接著說了這句話，三人也對這句話起反應，跟著站了起來。很、很好。看來我成功主持大局了。橘，我可不會輸給你。

接著我們四人結束採訪就地解散——還以為是這樣。

在大宮車站的檢票口前。

「你們大家搭什麼線？」

只見前橋同學對我們三人這麼說。我最近已經有過好幾次跟大家遊玩的經驗了，這句話我明白。她是想要跟搭同一路線的人一起回去。

不料橘說出令人意想不到的話。

「啊，不用了，我們三個人等一下還要開會。」

那讓我狼狽地發出一聲「咦」。咦，剛才這是不是我失誤了。

然而前橋同學並沒有特別介意，而是接受橘這番說辭。

「咦——是這樣喔——」

「對對。所以今天就到這邊。再見。」

「知道了——再見啦——」

雖然不是很懂，但橘應該有他自己的考量吧。再說我們也沒理由挽留前橋同學，因此我決定安分配合。

「那、那就、先再見。」

「好、好的……？那麼就此別過。」

菊池同學也很困惑，看到我附和，她才跟著附和，目送前橋同學離開。前橋同學對著我們這邊揮揮手，接著就通過檢票口走掉了。

——再來。

「那麼——？」

我轉頭看向橘，發現他正笑著說「哈哈哈——」。這笑臉是怎樣。如果你敢說還想跟菊池同學一起相處久一點的話，我會把你揍飛。爸爸我是不會允許的。

「怎麼了……？」

這時菊池同學用直率的目光看著橘。怎樣，被人這麼看就沒辦法撒謊了吧。這眼神總是照亮我內心的黑暗角落，讓我看清真相。結果橘彷彿看到某種眩目的光芒般瞇起眼睛。

「沒什麼，就是，我剛剛才稍微注意到，覺得有點在意。」

「在意……？」

菊池同學靜靜地回話，橘則是點點頭。

「那件事情我也知道。就是葵跟妹妹感情要好這點。」

「啊，所以剛剛才是那種反應啊。」

也就是說在中學時代，那件事情果然廣為人知啊。雖然現在沒什麼人知道就是了，話說現在會沒太多人知道，應該是她經過計算覺得都上高中了，也不知道扮演這樣的角色人家會怎麼看待。如果是那傢伙有可能這樣想。

「不過，話說回來。有件事情有點奇怪。」

「……有件事情、很奇怪嗎？」

橘點點頭。

「剛才前橋……她說妹妹們對吧？」

我在此同時一面回想。

「……對。她說過。」

「確實說過。」

聽我們兩個這麼說，橘用一種狐疑的表情點點頭。

「既然是這樣，那果然就很奇怪了……」

「咦？」

緊接著他不明所以地皺起眉頭，說了這番話。

「因為我記得葵的妹妹——應該只有一個人。」

這句話就讓人有很大的想像空間了。

「你說的是真的？」

被我這麼一問，橘曖昧地歪過頭。

「這個嘛……應該是吧。我並沒有真的去跟她確認，問『真的是一個人而已？』，但我想應該沒錯。印象中她下面也沒有弟弟。」

「是這樣啊。可是……那就表示？」

被搞糊塗的我開口道。這確實令人費解，卻不曉得該如何定義。

讀小學的時候有「好幾個」妹妹。然而升上高中卻剩下一個。

這就表示——

「這會讓人有很大的想像空間……但可能性就只有幾個。」

「……的確。」橘也這麼認為。

那幾個可能性。

我也想像得到。

其中一個就是橘記錯了，上中學的時候日南也至少有兩個以上的妹妹。

另一個就是因為某些家庭因素，他們被拆散了。

最後則是——其中有個妹妹過世了。

「不過……不管怎麼說，這都不是我們該去觸及的事情。畢竟日南什麼都沒說。」

當我說完這句話，那兩人便點點頭。

「是啊。」

「這件事情……就當作沒聽過吧。」

只見菊池同學說話時露出大義凜然的表情。

接著稍微想了一下，繼續說了這番話。

「或許繼續調查……諸如此類的，也不是很好。」

她說話時的語氣參雜後悔，也有懺悔之意。雖然獲得當事人許可，卻不小心碰觸意料之外的話題，那樣或許太莽撞。

我跟橘也同意這麼做，像是要緩和現場的氣氛，菊池同學吐了一口氣。

「那就先到這邊……之後見。」

很罕見的，我們三個人在菊池同學一聲令下解散，我想大家搭電車的時候一定都帶著複雜的心情。

我目前還不曉得該如何去接受這件事情。

＊　＊　＊

這天晚上。

我的智慧手機因為 LINE 訊息通知震動起來，還想說是誰，一看完通知才發現這下稀奇了，上面寫著菊池同學的名字。

「……怎麼了。」

我打開交談畫面，確認裡頭的文字。聽說厲害的人會只在通知畫面看內容，以免留下已讀記號，但我來到這種奸詐狡猾的戰場上反而會處於不利位置，所以想要正面對決，實施「對方才剛發現我就已讀」大作戰，只靠這招打遍天下。

畫面上出現這樣的一段訊息。

『今天謝謝你。

或許我們擅自調查，調查過頭了……

但其他資訊也很有參考價值。

多虧這些，我稍微能夠掌握艾爾希雅的形象，知道她是怎樣的女孩子。

那麼星期一再見。晚安。』

前半段的文章令我感到安心，最後那幾個文字卻把我秒殺。

「竟、竟然說晚安……」

總覺得彷彿是我們一起分享睡覺的那瞬間，這句話聽起來莫名令人心癢。要說唯一的難處在哪，就是目前時間才九點半，要高中生在這個時間睡覺明顯太早，但除去這點，那句話還是有很大的破壞力。菊池同學還真早睡。

因此我想辦法讓被秒殺的心情恢復，開始打回信。

『那太好了。

期待看到原稿。

那麼先晚安了！』

我也對打上「晚安」這個字眼感到難以招架，乾脆就這樣早早去睡覺好了，雖然有很想跟菊池同學一起去睡覺的打算，但我還沒洗澡也還沒刷牙，只好忍住了。我真厲害。

就這樣，即便對日南的事情有諸多想法，還是多虧了菊池同學，這天夜裡可以帶著暖洋洋的心情入睡。

＊　＊　＊

新的一週到來，星期一早晨。我們來到第二服裝教室開早上的會議。

這天我神情上比平常更加躁動不安。

一部分是因為課題完全沒有進展，令我覺得心虛，然而更讓我在意的是星期六那場採訪。當然那些還是在臆測範圍內，還沒證明其中哪些推測是真的。只不過，我還是得知許多日南沒有跟我說過的事情。

在日南不在的時候得知這些，莫名讓人無所適從。

「那麼，來談談星期六的事情。」

這句話讓我的肩膀抖了一下，被眼尖的日南發現。

可是她做出的推測跟真相有些誤差。

「……照這個樣子看來，課題八成沒有進展？」

「呃──算是吧……」

我稍微鬆了一口氣，曖昧地點點頭後，只見日南就像平常那樣發出嘆息。

「不過你有跟菊池同學一起去採訪，我想在距離上應該已經拉近了，但你不能因此掉以輕心，還是要把課題放在心上。」

「喔、喔……」

聽著日南的話，我一方面對採訪這個字眼膽顫心驚。

「當然每一個關卡都有難處，但你最近在課題上似乎應對得更得心應手了。」

「確、確實是。」

跟我的心境形成對比，日南完全沒有去觸及我做過的「採訪」內容。假如她追問下去，我可能沒辦法隱瞞到底，再說也不曉得怎麼去觸碰這個話題才是妥當的，日南沒有主動來問算我走運，然而──

日南還真的對自己的過去毫無興趣呢。

「……話說。」

在我下定決心開口後，日南果然還是有所察覺，她皺起眉頭。

「你又想說什麼不乾不脆的話了？」

她說完擺出一副很厭煩的樣子，嘴裡發出嘆息。

就跟平常的日南沒兩樣。

我想我還沒有去探究她真實內在的覺悟。

「……不，其實也沒什麼事。」

該說我根本問不出口。

因為——去問那種事情未免太不知好歹。

——去問她能不能說說妹妹的事情，之類的。

＊　＊　＊

地點換到早上開班會之前的教室。

「友崎同學。」

為這已經聽到很熟悉的聲音轉頭，出現在視線前方的是菊池同學。跟平常一樣拿著裝了劇本的紙袋，就站在我前方。要說有哪裡不同，就是那個紙袋比平常還要厚吧。

「早安。」

「早上好。」

一邊互相問候，菊池同學拿出手裡那個紙袋裝的東西。

那裡有大概十份左右的原稿。

「……這麼看來。」

「是的。」

她點點頭。

「因為你說希望能夠從今天開始練習。」

這話讓我臉上浮現笑意。她為了我趕上期限。

「好厲害。都弄好了？」

大概是採訪奏效了吧，還是隔了一個星期六有時間？總之菊池同學完成了要交給大家的練習用劇本。那這樣就可以從今天開始練習。

可是她臉上的表情有點黯淡。

「那個……其實並沒有全部弄完。」

「是這樣啊？」

菊池同學歉疚地點點頭。

「是的。是這樣的，從序幕到中間為止都已經修正完了……不過，跟飛龍一起飛翔之後的部分還沒有完成。」

「嗯。」

照這情況來看，是她不知道該怎麼安排結局才好。

我沒有催促她，而是慢慢聽她說話。

「不過……那部分算是這個故事的一個新段落。我想這之前的部分都弄好的話，應該還是能先拿來練習。因為這樣想才先印刷出來。」

「啊，原來如此。」

聽她那麼一說，確實是那樣。那一段算是一個高潮。這是一個少女養育飛龍的故事，一說到飛龍起飛的畫面，可以說是最後壓軸。拿來當作一個段落算是最合適的。

「說得對……假如時間不夠，也可以在那邊做結束。」

「是的。但我還是想整個弄完！」

菊池同學這句話是帶著堅定的意志說的。

「嗯，我很期待。」

「好的……一定要打造成很有趣的作品。」

聽到菊池同學說出「一定要」如此強烈的字眼，聽了總覺得很開心，我接過她交給我的原稿。

「……要打造得很有趣。」

接著像是在確認自己的決心，我重複菊池同學的話。

距離正式演出不到兩個星期。

總算要從今天開始練習。

＊　＊　＊

放學後。

要進行文化祭準備工作之前，需要跟大家打一下招呼，因此執行委員來到教室前方站好，我也是其中之一。身為執行委員長的泉站在中央，要來討論今天該做的事情。

「那接下來……要來講一下關於話劇的事情。友崎！」

被泉點名，大家的視線都聚集在我身上。嗚，好、好難受。

我讓自己面向前方抬頭挺胸，盡量用強而有力的語氣說話。

「就、就是！話劇的劇本好像已經弄好了，有參與演出的人、呃——就從今天開始練習吧！」

雖然一看就知道我很緊張，但大概是音量還算大的關係，各處針對我的號令回傳「喔～」。很好。大家好像都有聽到，太好了。

「那——接下來就先去練習吧！……然後是、這個——」

早上的時候已經先跟泉分工合作，把劇本發給演員們，不過現在想來，不知道該去哪邊練習比較好。這個念頭才剛浮現，泉就接著說下去。

「啊！我們有借到空教室，演出這部話劇的人請跟我們過來～其他人就繼續像上禮拜那樣，麻煩大家著手準備班上要推出的東西！」

「就是這個樣子。」

我這完全就在示意「以下同上」，那讓泉苦笑著看我。這眼神是怎麼一回事？我就不知道該怎麼辦嘛，沒辦法。

於是日南、水澤、小玉玉這三個主角，加上紺野繪里香等演出配角的學生，還有一些演出路人角色的人，加起來大概十個，在泉的帶領下前往別間教室。當然我跟菊池同學因為負責劇本的關係，也會一起過去。

話說一想到接下來兩個人一起創作的這部劇本會變成話劇就覺得好興奮啊。不過正確說來，我只是扮演輔助角色而已。

「我、我也好想參加……」

竹井在這時用悲哀的眼神目送我們離去。竹井別在意。但我想你應該很不會背臺詞，一緊張可能就會亂唸臺詞，所以找你是不行的竹井。

＊　＊　＊

我們來到某個空教室。

接下來要展開第一輪練習。話說這是第一天。能夠做的練習有限。

「呃——……接下來該怎麼辦？」

帶領我們到這邊的泉，此時一臉不安地窺視我的臉。

「啊——……這個嘛。」

像這種時候，該從哪邊開始才好？我們的學校沒有話劇社，照理說不可能剛好找到有這方面經驗的人，做起來有點困難。

但我好歹還是有在星期六上 YouTube 搜索「話劇 練習」，看了不少資料，知道練習的流程大致上怎樣，但卻不是很懂該怎麼開始。師父救救我，我用類似這樣的眼神偷看日南，然而她光顧著看劇本，還跟小玉玉大肆聊天。嗯。

好吧……那就只能順著現場氣氛，看著辦了吧。賭上那四成的成功率。

「那、那麼——接下來，各位我們要開始練習了……」

我下定決心出聲，大家都在看我這邊。快住手別看了，把我當成空氣，我是不可能說出這種話的。他們反倒是不看我還不行。

吐了一口氣之後，我鼓足勁看看大家，再次開口。

「大家都把劇本看完了嗎？」

「看完了——」

用乖巧語氣說這句話的人是日南。唔喔喔得救了。像這樣要讓某個人跟大家喊話的時候，若是無人回應，那跟大家喊話的人會很不安呢。光是她如此這般打頭陣回應，我就覺得心情上輕鬆許多。

像這樣會立刻回應的人，之前站在第三者的角度觀看，只會覺得「對自己有自信的人才敢那麼做」，不過現在看在喊話的人眼中，真的會覺得非常感謝。真是「果葵」啊。

「有、有人沒看的嗎？如果有的話就暫時……呃——可以找一段時間來給大家看一下之類的。」

我說話的時候一點一滴壓抑心中那股緊張情緒。緊接著就有人說「還沒看——」「才看一半——」，包含紺野繪里香在內，有一半的成員都這麼說。好吧，畢竟是今天早上才給大家的，這也不能怪他們。

「那我們會空出一段時間，請大家大概看一下。還有就是——接著……」

「已經看完的人，如果對自己的角色有疑問，要不要去問問風香？」

看我說話支支吾吾，日南插嘴提議。

「嗯，就這樣。」

「知道了！謝謝——」

只是提點一下，就受人感謝。這就是身為完美女主角時，日南的為人處事能耐嗎？如果對象是我明明就只會說ＹＥＳ。

「啊！菊池同學——」

這時日南邊說邊靠近菊池同學。

「問妳喔。關於這一幕艾爾希雅的情感表現……」

接著她就開始提問。她是不管碰到什麼事都會率先去做的類型。由於日南提出問題，大家也跟著靠近菊池同學，在旁邊聽那些問題的答案，自己也會去找要問問題的地方。這氛圍不錯。這才是坐而言不如起而行的領袖風範。不過不管做什麼，當第一個或做第一次總是難度比較高。

「嗯，謝謝。那就是說……大概這種感覺？」

大概是從菊池同學那邊大致上都得到滿意答案了吧，只見日南深深地吸了一口氣——

『若是我不採取行動，利普拉會被殺掉的。』

說話時附帶細小的肢體語言和表情變化。

她在試著演出第一次來到庭園時，立刻就企圖折斷飛龍翅膀的那一幕。

演技不至於太誇張，聲音也聽得清楚，而且身上也展現出當下艾爾希雅散發的迫切感。

『所以——讓我動手吧。』

之後她輕輕放下劇本，對菊池同學露出微笑。

「大概是這個樣子，如何？」

「很、很完美……」

這話菊池同學是帶著感嘆語氣說的。這是她理想中的表演，應該這麼說，已經遠遠超過她的理想，感覺上給出了更好的解答。剛才日南洋洋灑灑地現場示範，看上去那股魄力大概只增加幾成，但還是有一種很完美的感覺。不過她平常就一天到晚在演戲了，我想基礎體力ＨＰ還是有別於常人吧。

「太好了！是說不好意思，大概再過二十分鐘，我就要去處理學生會的事情，可以偷跑去那邊嗎？話劇這邊就照剛才那樣進行，我會想辦法搞定的！」

沒想到日南接著說了這番話。我聽了靈光一閃，原來她是那種用意呀。

「這個嘛……照剛才的樣子看來，應該沒什麼問題。」

「應該吧！菊池同學覺得呢？」

「是、是的。沒問題。」

「多謝！抱歉囉！」

日南把手立在臉面前，用一種很逗趣的方式說著。簡單講她是為了減少雙頭並進的話劇練習參加量，要找到冠冕堂皇的理由，因此在第一次表演就使勁渾身解數，來增添說服力，是這樣說的吧。只是這樣短短一瞬間，也顯現出她已經在放長線釣大魚，真可怕。

就這樣，在我們的短暫對話之後，紺野繪里香等人跟我們說已經把劇本讀完，要開始進行練習。

「那麼——我們也差不多該開始練習了——」

「好——」

我再次努力主持大局，接下來很快就會走人的日南做出回應，真是救苦救難。

嗯。果「南」啊。

＊　＊　＊

「辛苦了～」

「大、大家辛苦了。」

於是十個人湊在一起突如其來的練習就這麼結束了。練習本身就是要大家手上拿著劇本，大概把臺詞對過一遍，頂多只到這個階段，因此沒鬧什麼風波就結束了，但要當主持人真的好累人。

此時菊池同學蹲在牆壁旁邊，我坐到她隔壁。

「順利結束了呢。」

這話讓菊池同學抬起頭，嘴角微微上揚。

「……是啊。」

她臉上神情看來疲憊，卻顯得有些滿足。

自己想出來的臺詞，就在眼前被其他人演出來。想必感觸良深吧。

大家各自在教室裡隨便找角落聚集，跟要好的人組成一個個團體，有說有笑。好像還聽見有人說「演這個還滿有趣呢」，就連我聽了都跟著開心起來。

「……大家明明就是很平常的在對臺詞，每唸一句話卻讓我跟著緊張起來……心情七上八下。」

她說完像是要自行排解這份疲憊，露出笑容。

「不過……我真的很高興。」

「這樣啊。」

看到那洋溢著充實感的笑容，我跟著安心起來。自己的作品透過班上同學演出變成一齣話劇。我想她必定承受了之前從未有過的巨大壓力。

但最後能夠像這樣，覺得開心，我想對菊池同學而言一定是很有價值的一件事情。

「……那個。」

此時菊池同學正在窺視著我。

「嗯？」

「謝謝你，給了我許多幫助。」

那語氣聽起來有點害羞，卻是真心實意。

「別客氣，這沒什麼……我也是因為自己想做才做的。」

雖然我這麼說，菊池同學還是一直望著我。

「是那樣沒錯……但我想不能一直繼續這樣下去。」

「……妳是說？」

被我追問，菊池同學立刻換上認真的表情。

「就是你跟七海同學的事情。」

「……搞笑雙簧？」

「是的。」她說完點點頭。「友崎同學……你不是也得去做那邊的練習嗎？」

「這個嘛，是那樣沒錯啦……」

除了想起這件事情，我還在煩惱該怎麼辦。我一不小心就把注意力都放在這邊，若是不同時進行搞笑雙簧的準備，那差不多——該說時間上都已經快要來不及了。

「那個……」這時菊池同學突然抬起頭來看我。「請友崎同學明天過去那邊。」

那對雙眼有著不容許他人拒絕的強勢。

「呃……那這邊的練習呢？」

「這個部分就……我會——」

「……菊池同學會？」

被我反問之後，她似乎下了什麼決心。

「我會主持的，沒問題。」

「唔、嗯～？」

看她說得這麼堅定有力，我是很想予以尊重，然而看今天的練習、一直以來的事態發展，就覺得這對她來說會很吃力。畢竟菊池同學光只是要用一般的方式表達意見就很吃力了……

「……不是那樣的。」

即便如此，菊池同學還是用強而有力的目光看著我。

「不是？」

這句話聽在我耳裡沒頭沒腦。

「從不久之前，我就在想……友崎同學變了，花火也有所改變。是不是就只有我沒有跟上。」

菊池同學說的話和眼神都搖曳著不安，還有恐懼之情。

她將劇本抱在胸前，然而視線卻是堅定又強烈地看向前方。

「所以我也……是時候該改變了。之前就有這樣的想法。」

「……原來是這樣。」

那句話中確實透露著想要往前邁進的意志。

菊池同學的意志，先前都只肯待在她自己的世界裡。

「這次……一定能成為讓我改變的良性契機。你不這麼認為嗎？」

的確，如今菊池同學正要逐漸飛往外面的世界。這很明顯是先前從未有過的好機會。

既然她都那麼說了，我不可能去阻止她。

「我明白了。」

因為那是菊池同學自己做出的選擇，要踏向外面世界的第一步。

沒理由妨礙她。

「我想這麼做肯定才是最理想的。」

「……這樣啊。」

不過，這是為什麼呢？

聽到「理想」這個字眼，我卻覺得有點不對勁。

只不過我忽略了這種不對勁的感覺，並點點頭。畢竟菊池同學出於自己的意志，想要往前進。最重要的就是予以尊重。

「謝謝你……我會努力的。」

她笑著說了這段話，聲音裡明顯混雜了不安，但是那對雙眼卻牢牢地看著前方。

＊　＊　＊

隔天放學後。

「好了軍師——！時間快不夠囉——！」

「是啊，怎麼辦呢。」

「噢噢，好冷靜!?」

為了跟深實實討論，我們兩人一起來到學校餐廳。對了，從上次開始就改變地點的原因很簡單。是因為在樓梯間討論的話，來往的人實在太少，我發現反而會特別去意識到深實實。

可能是後來變更地點奏效了吧，雖然還是我們兩個人獨處，但我跟深實實比較能夠用之前那樣的步調對話了。果然旁邊有沒有人，對心情會產生很大的影響。

「不過話說回來……時間確實是不夠了，也沒空從現在開始想新點子吧，大概。」

「就是說啊。那麼！」

「就只能表演之前說過的那個……夫、夫妻搞笑雙簧了吧。」

雖然已經可以像平常那樣對話，但一說到這個字眼還是會覺得有點別具用意，讓人不禁跟著在意起來。呵呵，好擔心接下來的發展。

「嗯——原來如此。那就表示軍師其實也想表演這個吧！」

「不對在說什麼，竟然說我自己想表演……」

「夫妻搞笑雙簧！你想表演這個對吧!?」

「我、我說……」

那句話也別有用意吧……該說妳根本是故意說這種話吧。深實實有點太老神在在了，反而是我被她耍弄。

「好——那我們就先試試看吧——！」

嘴裡這麼說者，深實實拍拍手，同時彎起身體，接著突然快速站起來。

「大家好——！」

「等等先等一下！」

看深實實立刻就開始表演相聲，我用力吐槽。

「突然要人表演，誰做得到啊！」

「咦!?為什麼!?」

「不先想好要講什麼，肯定沒辦法表演的吧。」

「我跟軍師都什麼關係了!?」

「我們的關係就那樣。」

「明明每天晚上都在被爐裡面互相溫暖身體!?」

「……不對，這單純是因為被爐起作用吧。」

深實實胡言亂語的症狀比平常更嚴重了，而且說的又是那種內容，感覺聽著聽著越來越害羞。

「軍師你是不是忘了，我們拿『小強』當下酒菜的那些日子……」

「啊——真是夠了，認真想啦。」

我不屑地當耳邊風，還加上吐槽——不知為何深實實用亮晶晶的眼神看我。

「你看，答起來果然很有感覺！」

「啊？」

接著她整個人湊過來。怎麼了好近要幹麼。

「就是剛才那個啊！」

「剛才的？」

我的頭跟著一歪，深實實到底在講些什麼啊。

「就是明明像平常那樣聊天，聽起來卻很像搞笑雙簧不是嗎！有人耍笨，有人負責吐槽！」

「嗯——？啊——」

聽她這麼一說，好像有那麼一點道理。是說深實實一天到晚都在耍笨，在對話的時候吐槽理當會變成這樣。不是可以拿來表演的等級。

「也就是說，這是純天然的夫妻搞笑雙簧！」

「是、是這樣嗎……？」

既然深實實都這麼說了……不對，真的是那樣？

不過的確，我為了進行人生攻略做過一些特訓，都有特別在注意「吐槽」這檔事，那部分的訓練就在這時派上用場，這樣想是不是就說得過去了？但可以的話希望不是活用在搞笑雙簧上，而是用在人生上。

「這樣很不錯啊！照這個步調進行下去應該可以喔！」

「我個人是不認為有這麼容易啦。」

嘴巴上這麼說，我們還是聊出一段很有節奏感的對話，連我自己都感到驚訝，並沒有覺得這麼做非常吃力。感覺上是在深實實的話語帶領下，話就自己接二連三跑出來。

不過仔細回想起來，從我們展開人生攻略的特訓開始，跟我說最多話的或許就是深實實了吧。因為我們去的車站是同一個，都會一起回去，或許因此配合深實實調整，讓那自然而然變成對自己來說最輕鬆的談話步調。

「很好，照這個樣子下去應該行得通！用這個劇本也沒問題！」

「……劇本？」

那個字眼讓我感到驚訝。

「喔~？看來你太大意了呢！沒想到——我已經弄好了！」

「咦，真的？」

我還想說再不趕快弄出來就完蛋了，這真是個好消息。話說邀人家一起表演搞笑雙簧卻完全沒準備的話，那樣問題還比較大吧。

「……那劇本在哪？」

深實實剛才將書包放置在教室裡，手上完全是空的。看起來不像是有拿劇本的樣子。

「呵、呵、呵，太天真了！」

只見她邊說邊拿出智慧手機。看到這個東西，我也心裡有數了。

「啊——我懂了。是文字檔啊。」

「答對了！那我傳給你囉～？」

於是深實實就透過 LINE 把檔案傳送給我。名字叫做「動物園.txt」的檔案送了過來，我把這個檔案存在智慧手機裡。

「噢，來了來了。」

「感、感覺好緊張喔！」

「哈哈哈，是這樣嗎？」

我們一邊談話，同時我看起劇本——

看完最後一段文字後，說真的我很佩服。

「咦，感覺有模有樣呢。」

聽說這個搞笑雙簧的劇本是深實實寫的，比想像中更有模有樣。

「真、真的!?」

「嗯，很有內容。」

這讓深實實一下子就得意忘形起來，嘴裡「哼哼」著挺起胸膛，從鼻孔發出很大的噴氣聲。

「看吧！」

「少得意了。」

「嘿嘿！」

嘴巴上雖然在吐槽，我還是再次將這個劇本看過一次。

內容就如同深實實所說，是「夫妻搞笑雙簧」。當妻子的深實實說假日想去一些地方，而扮演丈夫的我則是用很扯的理由拒絕；我們的拌嘴越來越脫離常軌，朝向很亂來的方向發展，大意上就是這樣。

深實實會說想去動物園，我回她「如果獅子從籠子裡逃出來會很危險吧」。然後深實實就說「那帶麻醉槍去就可以了」，我再回「那一定會在入口就被沒收吧」，跟她東扯西扯。

深實實還進一步硬拗，說「那把自己鍛鍊到可以戰勝獅子就行了。花三年認真起來鍛鍊，應該就可以打贏！」，我則用合情合理的論述「誰會從現在就開始安排三年後要去動物園啊」回嘴。

接下來就開始瞎扯，「最重要的是。就算我真的打贏獅子好了，也不可能毫髮無傷。一定會少掉一隻手還是兩隻手。變成殘缺不全的男人，妳還會愛嗎？」，說完再對這全部的話吐槽「都在鬼扯些什麼啊!?」。大致上是這樣。

從形式上來看，我認為寫得很好。我是知道深實實很愛搞笑，但沒想到能夠把完成度弄得這麼高。雖然對話時要說些情啊愛呀，這種時候會有點害羞，但劇本完成度如此高，我想就不會太在意那部分了。

「這是妳自己想的嗎？」

被我這麼問，深實實支支吾吾地「嗯——」了一聲。

「耍笨的部分是我自己想的，不過形式上是模仿『黑色美乃滋』！」

「模仿黑色美乃滋……？」

「你不知道黑色美乃滋嗎⁉他們的搞笑雙簧大概就是這種感覺！」

「啊——……」

聽她這麼說，我才想起來。搞不好我有看過。就像這樣為了一些細節持續議論不休，是那種很像在辯論的搞笑雙簧吧，應該是。我不太看電視，所以不是很清楚。

「你看，黑色美乃滋不是男子組合嗎？所以我想說套用那種形式，改編成男女之間的夫婦搞笑雙簧，用吵架的方式表現，看會不會比較有新意！」

「……原來如此。」

也就是說要對一些小細節抱怨，然後吵得天花亂墜，這種形式依然保留，只有外觀上改變成夫婦搞笑雙簧，就能保有某種程度的原創性。嗯。為了成為電玩遊戲達人，最先開始會採取一些行動，這種想法就很類似那樣。

換句話說。

「我想這個應該可行吧？」

如果用玩遊戲的角度來看是正確的，那就表示有未來性。

「真的⁉你覺得看起來夠有趣⁉」

被人這麼一問，我不知該如何回應。這是因為，基本上……

「我是覺得寫得有模有樣，但至於好不好笑……」

「咦——!?」

那讓深實實震驚地看著我。

「不是啦……是因為這樣的搞笑雙簧，我只看過對話的形式，光唸稿子就想讓人發笑，那樣不容易吧。」

「是、是這樣啊……」

接著她重新審視自己寫的搞笑雙簧。

「被、被你這麼一說，看起來好像一點都不有趣了……」

「喂、喂喂。」

我也跟著看——不可思議的是，跟剛才相比，看起來變得好無趣。我彷彿可以預見場面會很冷。

「奇、奇怪？真的耶。」

「什、什麼真的!?」

「看起來變得一點都不有趣了……」

「咦!?怎、怎麼會……」

之後我們兩人再次從頭看起。奇怪的事情發生了，這次變得有點有趣了。

然而深實實依然無力地趴在桌子上。

「不、不行。完全不有趣……」

「咦？這次我覺得看起來算有趣啊……」

「是、是那樣嗎⁉」

內容上的文字明明就沒有任何更動，有趣程度卻反覆一消一長。這是怎麼一回事。

「再、再看一次！」

緊接著深實實用著急語氣說完這句話，從頭開始把文字檔看過一遍。

嗯──這樣下去沒完沒了。

「我說。」

有鑒於此，我試著做出一個提議。

「嗯？」

「先不管那麼多，做做看再說吧？」

「咦？」

覺得迷惘就立刻執行。在這個名叫人生的遊戲中，我在特訓過程中找到黃金定律，這是其中之一。

「看劇本試著唸出來，可以的話就錄音起來。」

「……喔喔～，原來如此！」

深實實的表情頓時一亮。

我在名為人生的遊戲中，有件事情幾乎每天都會做，就是錄音起來再確認，從客觀的角度觀察。

這方式套用在能夠直接娛樂他人的搞笑雙簧技藝上，我想也是有用的。

「好——！那就趕快來試試看！」

於是我跟深實實就試著把文字唸出來，先錄音起來看看——

結果。

「感覺好像還不錯？……應該吧。」

聽著用智慧手機轉錄起來的聲音，我說這話時沒什麼自信。

雖然提議先錄音起來看看，結論卻是我無法判斷。畢竟我平常不太會主動去看搞笑節目。

「……軍師，這個。」

我看向深實實那邊，發現她再次播放聲音檔，臉上表情很認真，在思考些什麼。

「深實實……咦，怎麼了？」

「嗯？」

猶豫了一會兒之後，深實實立刻把視線轉到我身上。

「或許不要太硬背臺詞會比較好。」

她說的話讓我有聽沒有懂。

「為、為什麼？就是因為不習慣，不好好把臺詞記起來就不行吧……」

「話是這樣沒錯……那個——該怎麼說比較好呢。」

「嗯？」

深實實似乎在挑比較妥當的用詞。

「不覺得平常我跟軍師的對話還比較好笑？」

「咦？」

「這個錄音檔聽起來，某些地方也說得很有節奏感嘛。」

「是沒錯。」

「但總覺得，我想第一次進行可能也是原因之一，聽起來很像在唸稿的感覺……」

「啊——……原來如此。」

我明白她的意思了。的確是，那比較不像是在進行對話，聲音語氣上更像是依序唸出寫好的臺詞。

「我覺得——懂得搞笑的人在表演搞笑雙簧時，當下看起來會很像是即興對話。」

「這個嘛，我是懂妳的意思。」

開發出這種表演形式的鼻祖，表演起來大概就是那個樣子吧。

「所以我們要盡量把流程記住，但要避免只是在讀臺詞，不要完全按照劇本寫的臺詞走可能會比較好。」

「不、不要完全照著唸？」

在我問完這句話後，深實實開始點擊智慧手機畫面。

「我看看。例如軍師在這邊的臺詞是『那才是最重要的』，可是換成『不，這還比較重要吧！』，或是『那是最重要的吧……』也可以！」

「啊——……我懂了。」

我也跟著看文字檔，去想像要怎樣彈性調整臺詞。為了避免只是在唸背起來的臺詞，不要去更動想說的內容，而是要當場即興轉化。

嗯，這樣的確會有在對話的感覺。不過。

「那樣真的……很恐怖。」

換算起來大概有三成都會是經常性的即興演出。對初學者來說好像很難。

「是啊……可是。」

接著深實實笑了一下，用有點開心、像是要讓我放心的語氣說了這段話。

「——我跟軍師平常就會說這種白痴對話了，不覺得可行嗎？」

彷彿用一句簡短的話，就將我跟深實實的關係道盡。

跟我說最多話的人確實是深實實，我的對話步調基礎，都是從深實實那邊獲得的。那原本就是一種搞笑的對話方式。

也就是說平常跟人對話，就某種角度來說已經類似在練習了吧。

「這個嘛，按照妳的話聽來……好像是那樣？」

「就是啊——！期待你做出很棒的吐槽！軍師！」

跟像這樣帶著開朗笑容的深實實在一起，我不禁覺得最後一切都會好轉。

「……不，仔細想想在表演搞笑雙簧的時候，我比較像是負責裝傻的？」

「啊哈哈！就是這樣！」

「受不了……」

就這樣，我跟深實實的練習變得越來越自然，雖然還是有點尷尬，但跟平常的歡樂時光已經很接近了。

這個時候，我突然有個想法。中村口中的「交往意義」。他說都是「不知不覺」、「順其自然」，不過這樣看來，我好像有點理解了。

因為很開心，才會進一步跟對方交往，這樣的發展不難想像。

可是如此一來——又跟「朋友」有什麼不同？

＊　＊　＊

後來我們重複練習到天色變暗，這天在回家路上。

我跟深實實兩人一起離開北與野站，踏上回家的路，此時我腦子裡有萬般思緒。

就在這條道路的前方，深實實跟我表白心意，直至現在我都還沒給出答案。

因為我不知道對自己來說，「交往的意義」是什麼。

「……嗯——」

我不小心發出像是在思考的聲音，結果讓深實實盯著我看。

那如同橡果的圓眼睛筆直望著我的臉龐，清晰又強力的目光將我鎮住。然而其中似乎還透著些許溫和的光芒。

「……總覺得軍師最近常常在思考呢？」

「咦……都表現在臉上了？」

「嗯。」

深實實點點頭。

的確，最近很多需要思考的事情。就如同剛剛在想的「交往的意義」，以及之前調查到的，有關日南的事情。最重要的是話劇劇本。這每一件事情都不簡單，一旦同時進行，對我來說負擔就很重。再加上還有課題。

「說思考好像……嗯──」

我一說完又發出聲音，那讓深實實用力拍我的肩膀。

「怎麼啦怎麼啦──!?有煩惱的事情，可以跟大叔我商量喔──!?」

「說什麼大叔……」

被我用傻眼的語氣回應，深實實不停戳我的側腹，嘴裡說著「看招看招～」。快住手。這裡的防禦力比肩膀還低。

「一個人悶著頭想只會生病喔～」

「會、會嗎……？」

「當然會！我這個豆蔻年華的女孩子都那麼說了，肯定沒錯！」

「不對，妳不是大叔嗎……」

即便臉上帶著苦笑，對於她善解人意的貼心表現，還是覺得有點開心。

「呃——……謝謝。」

在我老實表達感謝之意後，深實實立刻臉紅。

「謝、謝、謝、謝、謝什麼！」

「沒什麼，就是妳在為我擔憂……」

「算、算、算、算、算是吧！」

最近比起我，深實實說話更會打結呢，一邊想著，我還想說對方若是要我找她商量，我就試著稍微坦誠相告吧。雖然不一定能夠解決，但我想只要能夠跟人結伴面對，也會比較輕鬆。最近我也開始懂得這些社會常識了。

「哎呀，其實最近碰到很多不得不去思考的事情。」

「好比是哪些？」

深實實挑起眉毛，嘴上帶著笑容。是很有喜感又陽光、像在鼓勵他人的表情。

「好比——話劇劇本，還有日南的事情……」

我沒有說出剛才正在想的「關於交往的意義」，最近我面前有堆積如山的問題，我只把部分告知她。

「葵的事情……？」

我舉了兩個例子，深實實較看重後面那個。也對，都舉出具體的人物名稱了，怪不得會有這種反應。

「這個嘛，其實也跟劇本有關係……就最近，我們不是有去採訪橘嗎？」

「嗯。」

「但採訪完了還是有一堆令人費解的地方。」

就這樣，我試著將那些事情全都說給深實實聽。當然別說比較好的部分就會隱瞞不說。話說在採訪橘的時候，深實實也在旁邊，可是我們沒有問深實實是怎麼看日南的。

「不曉得日南為什麼要那麼賣力。」

與其說是為了給菊池同學的劇本找參考素材才提出這個疑問，倒不如說單純是出於我的興趣。

「啊——原來是這個。」

只見深實實了然於心地點點頭。接著像在稍事思考一般，嘟起嘴巴。

「我在那之後也想了許多……」

「在那之後？」

深實實接著頷首。

「嗯。就那個，我不是跟葵之間有過一些糾葛嗎？說的是在這之後。」

「原來……」

是這樣啊。例如選舉，還有田徑隊的事情。

那個時候也跟深實實有過類似的對話。

深實實自知沒辦法像日南那麼努力，才說不知道日南怎麼有辦法努力到那種程度，不過……當下沒人找得到答案。

此時深實實用有些迷惘但又帶著些許堅信的語氣接著說道。

「加上這陣子有去採訪過橘，我又想了許多……感覺自己好像能夠明白一件事情。」

「……弄明白了？」

這讓我有點感興趣。

她跟日南關係要好，總是在跟日南爭誰是第一名誰是第二名，最後驚覺自己贏不過對方。

有些事情是這樣的深實實才會懂得，讓我很期待內容。

「嗯，我在猜。」

一面說著，深實實又用很肯定的語氣開口。

「──大概跟我一樣吧。」

「……一樣？」

被我回問，深實實點點頭。

「我啊……之前說過因為自己不夠特別，不得第一名就不行對吧？」

「……是有說過。」

那個時候。深實實贏不過日南，一直甘於當「第二名」，針對自己內心空虛的空洞，做了那番告白。

她不覺得自己很特別。

因此只要努力就可以變得「特別」──也就是成為第一，只有這條路可以走。

「我在想……」

接著深實實垂下眼眸，似乎幾經思量才說出這番話。

「葵──她大概也是為了讓自己變得特別，才一直想當第一吧。」

她這麼說。

「……原來如此。」

這樣想來，其實是很簡單的邏輯。

既然深實實不惜被逼到那種地步也要成為第一名，理由是那個的話。

那同樣對成為第一名有強烈執著的日南，動機八成也是一樣的吧。

照這個邏輯來想，當時那兩人的關係確實就能獲得解釋。

帶著同樣的動機作戰，因為動機有強弱上的差距，才會導致結果持續出現差異。

即便累積的燃料是相同種類，若累積的量有落差──可以說要顛覆根本是不可能的吧。這想必是很殘酷的事情。

「……有可能是那樣。」

基於這點，我在回應時沒有指出那個癥結，深實實看起來有點煩惱，欲言又止地點點頭。

「……深實實？」

發現異狀的我出聲喚她，結果讓她露出困擾的笑容。

「嗯——……總覺得，好像有點擔心呢——」

「擔心？」

緊接著深實實再次點頭，看著太陽已經下山的十二月的天空，道出這句話。

「在想葵是不是跟我一樣——都很空虛。」

北與野的小巷子人煙稀少，那聲音靜靜地震盪著空氣。

會說那種話是出於關心自己的競爭對手兼重要好朋友。

「日南很空虛……是嗎？」

之前的我從未有過這種想法。

可是聽深實實這麼說，也不由得往那方面想去。

「日南心中有什麼樣的動機，確實無從知曉呢。」

我借用菊池同學的話來做回應，那讓深實實摩擦下巴，面帶笑容。

「沒錯沒錯！所以名偵探深實實才會做了推理，認為在那層層封鎖的箱子裡，其實什麼都沒有！」

為了溫暖越來越沉重的氣氛，深實實開始搞笑，我聽了也有同感。雖然語氣上是很搞笑的，但我覺得這之中隱含著不能忽視的問題。

「日南的箱子裡……是空的啊。」

不料這時深實實又用很莫名其妙的偵探口吻接話。

「不過呢，華生！我希望裡頭有藏著東西！」

「喔、喔？明明推定裡頭什麼都沒有？」

變成謎樣偵探的深實實揮揮手指說「嘖嘖嘖」，然後用力指向天空。

「你錯了，華生！剛才這個不是推理，是心願！因為她都那麼努力了，實際上箱子裡卻什麼都沒有！那樣太悲哀了，假如真的是那樣……我猜。」

剛開始還說得氣勢沖天，最後卻逐漸隨著寒冷的空氣消融，慢慢變得越來越小聲。

「妳猜？」

深實實轉了一圈回過頭，改用認真的表情凝望我。

「……我猜她也不會來跟我商量吧？」

她臉上浮現寂寞的笑容。

「關於這點……」

我無法反駁。

假如日南真的有難言之隱。

大概也會像深實實說的那樣，不會去找她商量吧。

應該說……不只是深實實，她哪有可能去找別人坦言那些。

親口跟自己以外的某個人坦承內心空虛。

那樣的日南葵，我難以想像。

「啊，你露出一種很認同的表情。」

「哪、哪有……」

「我看有吧——？名偵探都看透了！」

雖然像是在開玩笑卻說中要害，讓我無言以對。

「哈、哈、哈——軍師還真好懂。」

「抱、抱歉。」

看我道歉，深實實咯咯笑，對我的抱歉一笑置之。

「沒關係——那樣也無妨！這樣才像怪盜葵！總有一天我要拆穿她的真面目！」

深實實話說得很開朗，在笑容背後似乎多了一抹快要消失的色彩，是我多心了嗎？

「……這樣、啊。」

不曉得該如何回應才好，深實實的話在腦海中盤旋。

日南內心的空洞——也就是「不認為自己是特別的」這個觀點。

因為那樣，她才想要成為特別的人，一直不斷努力，這是另一個觀點。

說起來確實很合理。

因為那傢伙用我的話來比喻——就是把自己當成徹頭徹尾的玩家。

她的遊玩方式是比起主觀視角，更重視客觀觀點。

我跟小玉玉會毫無根據地去相信自己認為「對的事情」，日南的思考方式跟我們完全相反——換句話說，都是以他人為基準。是跟深實實同樣的思考模式。

那麼日南沒辦法在毫無根據的情況下相信自己是特別的，這就合理了。不過，那麼有自信的她會這樣？感覺好像有點矛盾，可能要花點時間才能找到答案。

「嗯，謝謝妳。聽起來很具參考價值。」

「是嗎？這點小事不算什麼啦。可惡的怪盜葵。箱子裡的內容物，我一定會死守到底——咦？好像怪怪的？」

一臉混亂地皺起眉頭，深實實開始試著釐清頭緒。

「哈哈哈……假如日南是怪盜，那日南就會變成偷箱子內容物的人吧。」

「是那樣啊！那樣不行啦！」

面對這樣的閒聊，我又開始自然而然覺得開心起來。

「假如日南是箱子的持有人……她應該是博物館的館長？」

「原來如此！可是葵身材很好，比較適合當怪盜，所以她是怪盜！」

「去比喻這種事情沒意義吧。」

「哎呀——就別管細節了！只要可愛當什麼都行！」

「妳根本離題了吧？」

放學後，我發現了從未想過的觀點。像個孩子般表情千變萬化的深實實，果然擁有能夠讓我安心的光芒。

6　離開泉水的妖精若是落單也會寂寞

時間來到星期五。

時隔三天，我來看大家練習，結果發現情況不對。

很難說具體而言是哪裡不對。在練習時的氛圍、大家的表情，好像是這些越來越怪。

不過要說最奇怪的地方，莫過於菊池同學的情形。

但並不是她面帶愁容，也不是沒辦法跟人溝通。

不僅如此，菊池同學還很賣力。

做她之前沒做過的，去試著跟班上同學交流，就算不擅長還是跟對方交談，控制自己的表情。

這一定都是為了讓我去跟深實實練習搞笑雙簧吧。還有也是為了朝著菊池同學心中的「理想」前進。我想她很努力。

但樣子看上去就是有點奇怪。

「……水澤。」

「嗯？」

我去找水澤說話，問他這三天來大家都是怎麼練習的。

結果發現。

「啊——就是菊池同學很積極地想跟大家說話。」

「大家？」

水澤接著點點頭。

「還有這陣子文也做過的主持工作，她也想有樣學樣。」

「……嗯。」

「不過，我這樣說或許不好聽，但菊池同學不是習慣做那種事情的人吧？」

「這個嘛……是沒錯。」

所以菊池同學才會想要改變吧。

「所以說，她好像沒辦法掌握要領，無法控制住局面。這部分菊池同學實在是跟不上。」

「是喔……」

「雖然是那樣，我在這個時候介入，還是有可能傷害到她吧？她明明在努力，我這樣做就好像否認她的努力。所以我就只能退居後方，幫忙低調打圓場。畢竟我也是主角之一，不練習不行。」

「……也對。謝謝你。」

「哈哈哈。為什麼是你來道謝啊，你是家長喔？」

水澤笑了出來。

但這樣我就明白情況了。原來菊池同學想要試著做好主持工作，正積極努力著。

一邊想像這個畫面，面對菊池同學的努力，我同時萌生想替她加油的心情——

但還是感受到不明的奇怪氛圍。

是因為跟菊池同學之前給人的印象有落差使然？或者是——

「那、那個。」

這時菊池同學突然靠近這邊。

「嗯？怎麼啦？」

只見水澤反應超快，用爽朗又親切的聲音和表情回應菊池同學。我原本正打算說他說的那句話，拜託你稍微手下留情。但對象是水澤就算了，如果是橘可不行。

向回應她的水澤點頭致意後，菊池同學的視線轉向我這邊，看起來欲言又止。是有什麼話想說嗎？

緊接著水澤毫無預警地留下這句話「那就先這樣吧。」去加入待在教室前方的男子團體。他或許察覺什麼了。

這時菊池同學再次抬頭看我，嘴裡這麼說。

「這三天來……我都有試著努力。」

「……這樣啊。」

那眼神中透露著走投無路的拚命感。

「……這樣一來，我是不是也有了些許改變？」

我一時間不知如何回應。

不過菊池同學會這麼做，是為了追求她的「理想」。裡頭沒有包含半分邪念，目光一直是很正直的，朝向前方，看起來也不像在對自己說謊。

既然如此。

我決定點點頭，給出肯定答覆。

「嗯，妳願意付諸行動，那麼我認為……妳肯定正在改變。」

「是、這樣啊……太好了。」

看菊池同學帶著開心的表情回應，我有點放心了。

雖然在她眼中可以看見迷惘和疲憊。

但我覺得她依然還保有向前邁進的意志。

＊　＊　＊

下個星期到來，星期一早上。距離文化祭正式展開還有五天。

「友崎同學。」

早上開班會之前，菊池同學過來跟我說話，最近這種情形也慢慢變得不是那麼少見了。

「早安。」

「早上好。」

首先要互相打招呼。

看到菊池同學手裡拿的東西，我已經察覺今天要談的事情是什麼。

我立刻針對這點詢問。

「是不是……已經弄好了？」

接著就看到菊池同學開心地點點頭。

「是的。讓你久等了……但劇本已經弄好了。」

「喔喔！」

我不禁發出歡呼。之前菊池同學還在猶豫要怎麼替故事結尾。這部分總算完成了。走到這一步似乎過了很漫長的時間，又好像不是那麼長，但最重要的是我單純就想看後續。

沒有別的用意，我就只是喜歡菊池同學寫的故事而已。

「我可以看這個嗎？」

這話一說完就讓菊池同學溫和地微笑，將紙袋交給我。

「嗯……當然好！」

緊接著我這天就利用上課空檔和午休時間看故事——

看著看著，心情上變得有點奇妙。

因為劇本裡的故事，在發展方向上跟我想得不一樣。

利普拉跟克莉絲坐上飛龍飛走後。

從空中看到世界有多美、多燦爛、多麼遼闊，克莉絲就有著強烈憧憬，很想去外面的世界看一看。

察覺這點的利普拉邀克莉絲到王城外面。如今飛龍已經能夠飛翔了，就不需要過度在意「汙穢」。從沒聽說過能夠飛翔的飛龍又變得不能飛。因此利普拉才想要用自己的開鎖技巧偷溜到王城外面，就那麼一次，跟克莉絲一起去看看外面的世界。

面對這求之不得的提議，克莉絲二話不說答應。從飛龍上方會看見美麗的景色，一想到自己也能成為這景色的一部分，光這樣就讓她心情雀躍。

——然而來到外界後，克莉絲眼前出現一片跟她想像中完全不同的景色。

『利普拉，那邊那個小孩子為什麼要穿成看起來好像會很寒冷的樣子？』

『這是因為……原因不能說得太大聲……耳朵靠過來一下。』

『嗯？』

『……因為沒有錢。』

『啊……』

『這個世界依然很不公平。有人幸福過生活……也有人不幸。』

『這樣啊……原來是那樣。』

『現實生活中並不是所有事情都像童話故事一樣美麗……會遇到很多狀況。』

『嗯……我明白了。』

少女只認識童話故事的世界，還有那個封閉的庭園。

克莉絲即將接受的洗禮還不是只有這些而已。

她跟利普拉一起在街上打轉參觀。離開王城周邊進入居住區域，來到商店街後，那裡放眼望去都是人、人、人。

『好、好痛。』

『小姑娘妳在搞什麼鬼！走路要看路啊！』

『嗯、嗯……對不起。』

『嗯什麼嗯，要說是！』

『是、是……』

克莉絲光是要走路就很吃力，還要面對一陣斥責。

這又是另一種——克莉絲待在庭院時不會知曉的景色。

『克、克莉絲，妳還好吧？』

『嗯、嗯，說錯了。是、是的。』

『哈哈哈，克莉絲，對我說「嗯」就可以了。』

『啊，是喔。嗯……這樣啊……說得也是。』

『……克莉絲？』

後來光是這一天，克莉絲就經歷了許多事情。

因為不知道在商店街買東西的方式，被蔬果店的老闆臭罵。

當他們剛好遇到利普拉的朋友時，克莉絲半點話都說不出來，整個人縮著。

最後終於因為不習慣走路，在回去的途中跌倒扭到腳，讓利普拉背回去王城。

這兩個人原本預計偷偷出去偷偷回來，在這種狀態下當然沒辦法偷偷回到庭園中，結果被守衛發現，王城那邊的人非常生氣。

看著在對大臣謝罪的利普拉，克莉絲一邊想著。

他為了自己打開庭園的鎖，帶她到外面去。

還幫助了被人責罵、跌倒的她。

可是，自己卻給這樣的利普拉惹了那麼大的麻煩。

好討厭沒用的自己——同時克莉絲終於發現一件事情。

在自己待的庭園裡。

原本被關在那個地方，很想從那邊飛出去。

然而在那裡就算什麼都不做，還是有乾淨的衣服穿，有好吃的餐點吃，她最喜歡的好朋友也會定期來這邊玩。

也許庭園對她來說才是舒適的環境。

『利普拉，我……以前好像太天真了。』

『太天真？』

『沒有為了活下去努力過……一直關在這個看似廣大實則狹窄的庭園裡。』

『……我不這麼認為。』

『不，我想過了。』

『想過了？』

『外頭的世界遠遠看，就跟煙火魔法一樣美麗……可是想加入這個世界，那得要很努力才行。』

『……克莉絲。』

『利普拉，我想試著努力看看。』

後來克莉絲從那日開始就逐漸改變。

她立志要靠自身意志破除以往的天真。

慢慢學會外面的知識，學習手段，等待機會。

改變想法，努力學會自己本來不會的事情，將之轉變成自信心。

有的時候會去找利普拉和艾爾希雅商量，克莉絲逐漸懂得在外界生存的技巧。

然後到了某天，克莉絲就從庭園消失了。大概是怕添麻煩吧，沒有跟利普拉和艾爾希雅說過，突然就走了。雖然對王城這邊來說，那是意料之外的舉動，可是把飛龍養育完成的克莉絲之於王國早就是個累贅。倘若還有再一次養育飛龍的機會，或許還會被委派一樣的任務，但目前沒有這樣的預定計畫。因此王城這邊並沒有大肆搜索克莉絲，等於是實際上默認她逃走。

克莉絲逃走之後來到城鎮。活用先前學會的知識和技術，雖然不斷經歷失敗，依然持續在這個世界摸索能夠自食其力活下去的方式。

後來過了幾個星期，她終於在商店街碰到一個機會。之前曾經罵過她的蔬果店老闆願意接受克莉絲，來當學徒店員。

利普拉跟艾爾希雅也在事後得知這個消息，兩人為她的自力更生祝賀。

就這樣，努力開花結果的克莉絲在城鎮上工作賺取金錢，靠自己的力量找出一條路，讓她能夠在外面的世界生存——故事到這邊告一段落。

看完劇本，我歪了歪頭。

「嗯……」

原來如此是這樣發展啊，我心想。故事發展不和預期，感覺帶有類似「黑暗安迪」的現實要素。

不過看完這些，我再次深深覺得事情不太對勁。

很接近看到菊池同學硬是要跟大家打成一片時感受到的感覺。

彷彿克莉絲至今為止累積的一切都白費了，有種既落寞又悲傷的突兀感。

＊＊＊

換教室之前有段休息時間，我來到圖書室。

準備直接問菊池同學。

「菊池同學。」

「啊……友崎同學。」

被我在圖書室裡叫喚名字，菊池同學帶著緊張的神情轉頭看這邊。大概是發覺

接下來要講劇本的事情吧。

「原稿我看完了。」

「謝、謝謝。」

她先是點了個頭，接著立刻蓄勢待發準備聽我說話。

「呃——……首先有個問題想問。」

「好、好的。」

我說完就單刀直入地問了。

「克莉絲為什麼……會變成那樣？」

在說話的時候，我發現自己的語氣變得很悲傷，就裝出笑臉緩和氣氛。

「那個，只是有點好奇。」

等我說完，菊池同學就用很慎重的眼神看向這邊。

「……變成那樣？」

她的目光搖曳。這是慌亂還是悲傷，或是出於不安？不管是哪一個，可以確定的是都帶著不安定的色彩。

「克莉絲不是離開庭園……離開那兩人，一個人到城鎮上生活嗎？」

「是的……」

「我想妳應該是別有用心……但總覺得看到故事變成這樣，我——有種悲傷的感覺。」

菊池同學一直專心聽我講話。

「就好像克莉絲之前在庭園的生活都被否定掉……所以我才想來問為什麼會變成那樣。」

等我講完，菊池同學似乎是為了整理要說的話，頓了一陣子。

「這個……」

最後她終於開始用冷靜沉著的表情發話。

「在我喜歡的安迪作品裡……有個作品叫做《猛禽之鳥與波波爾》。」

「波波爾……嗯。這個書名我有印象。」

我跟菊池同學第一次在圖書室說話的時候。陰錯陽差讓對方以為我們在安迪作品上有交集的那個時候。印象中她好像說過「不覺得這樣很像『波波爾』嗎？」。

聽說書店裡頭很少擺放這本書，所以我沒看過，但我知道那個故事對菊池同學而言很重要。

「那是一個很正面的故事。」

緊接著菊池同學開始簡單說明那個故事的大意。

「波波爾是跟大家都不一樣的生物，但他不知道自己是什麼——」

波波爾是眼睛看不見的生物，還是被人撿來的，所以根本不知道自己是屬於哪種生物。他的雙親被不知名人士殺害，變成孤零零一個人。

後來就去尋找「同伴」，一個人出去旅行。

「——剛開始他就像是異類一樣，不管哪一種動物都很怕他，但他學會使用語言，逐漸跟大家親近起來。也交到了朋友。」

後來超越種族隔閡交到越來越多朋友，為了看海結伴出去旅行。

「哦……很有安迪作品的風格呢。」

從菊池同學那邊聽說了這個故事後，覺得是在幻想世界中同時並存著寂寞和溫暖，感覺就是典型的安迪作品。

「看到這個作品的時候……不，是看了之後，一直都覺得『波波爾』就是世界的理想象徵。」

「世界的……理想。」

當菊池同學說她下定決心要改變自我的時候，也用過這個字眼。

「連自己是什麼樣的生物都不曉得……但還是想要去跟所有的物種交朋友。這已經跨越種族，單純是靠努力，以及言語帶來的力量。」

「……的確是。」

嘴裡一面回應，我慢慢聽懂菊池同學想表達的。

「我覺得就好像那兩個人……」

「妳說那兩個人……」

在開口的時候，我已經猜到了，菊池同學點點頭。

「是的。就是花火和友崎同學。」

跟他人格格不入的異類。即便如此依然靠著言語的力量和努力，跨越種族之間的隔閡，交到越來越多的朋友。

菊池同學說過好幾次，認為小玉玉的處事方式，或是我在走的路是一種「理想」。那一套觀念或許跟這些都很類似，我是這麼想的。

菊池同學接著說道「還有」。

「對於正在看那本書的讀者，『波波爾』直到最後也沒有明確說出波波爾究竟是什麼樣的生物。」

「咦，是這樣啊？」

明明是異類，還是讓人畏懼的存在，卻沒有表明他的身分。而且還讓這樣的物種當主角，是個在設定上有點奇妙的故事。

「是的。因此我認為波波爾是『世界的理想』。沒有明確指出他是什麼種族——但反過來說，表示他是什麼樣的生物都無所謂，都能夠跟大家友好相處，不覺得有這種意涵嗎？」

「啊……原來是這樣。」

這個觀點讓我不由得接受了。

沒有明確點出主角是什麼種族，只說他是「異類」，不把他局限在特定的種族中。而波波爾也因此跟各種種族都有互補作用，變成類似撲克牌鬼牌一樣的存在，是想藉此跟讀者透露訊息吧。

說不管是什麼樣的種族，只要透過言語並且努力，都能夠交到朋友。

「所以我才那麼喜歡『波波爾』這個故事，覺得那對於故事、對於整個世界，都是一種『理想』型態……覺得自己也必須成為波波爾才行。可是我卻半途而廢，認為自己辦不到。」

「……嗯。」

話說到這邊，菊池同學對我微笑。

「可是看到友崎同學和花火，我又有了想法。覺得你們兩個都很耀眼，正是理想的體現……搞不好我也能夠變成那樣。」

「所以妳自己也才想要朝著『理想』邁進？」

只見菊池同學點了點頭。

「我覺得，這是能夠讓我成為『波波爾』的好機會。」

接著她用帶著覺悟和不安的目光看向我。

菊池同學碰到一個對她來說很重要的故事，在裡頭找到自己的理想。雖然覺得自己沒辦法變成理想中那樣，卻看到身邊有跟自己「同種類」的人靠著努力跨越這道關卡。

看到我和小玉玉都有所改變，菊池同學在我們身上看見了波波爾的影子。

所以她才想要跟著改變——想要藉機挑戰。

「因此克莉絲也是一樣的。想要像波波爾那樣去努力，來改變自己適應這個世界。因為像這樣做出改變，對那個世界來說一定才是理想做法。」

「……是這樣啊。」

我心中浮現一個念頭。

果然克莉絲跟菊池同學的生活經驗強烈連結在一起。

「我很煩惱……不曉得在這個故事的最後，利普拉該跟誰在一起才好。但這個故事主要還是在描寫克莉絲的『生存方式』。」

「嗯……我明白了。」

從這些話中果然略為透露菊池同學的思考和經驗累積，我也只是稍微窺見一部分，沒有太多置喙的餘地。菊池同學的話總是很平靜，然而又很有說服力，讓我找不到切入的破綻。

那麼菊池同學既然朝向「理想」努力，我也只能替她加油。

「……不過。」

我踏出一步，應該說是只踏過去半步插話。

「劇本的新加入部分……那個是不是能夠繼續暫時保留啊？」

「要保留……是嗎？」

我並不打算妨礙菊池同學前進，反倒就跟現在在幫忙她寫劇本是一樣的道理，當菊池同學為她心目中的「理想」努力，若有什麼能夠幫到她的地方，我還會想出手幫忙。

然而這個故事的結局就是讓人覺得很奇怪。

「假如妳都想過了，覺得就只能朝這個方向走，那維持這樣也沒關係。我知道時間不夠多……只是覺得這種結尾未免太落寞了。」

面對我的這番話，菊池同學稍微認真地想了一下。

「……我明白了。」

她真摯地頷首。

當下菊池同學在想什麼，我無從得知，只是覺得若不出手，自己必定會後悔。

＊　＊　＊

這天放學後。

跟上禮拜一樣，菊池同學積極跟話劇的演出者們接觸，盡量努力裝出開朗的樣子。

今天很難得的是日南也在，沒有找人代替她走位，而是全程參與練習等事務，以這些為中心活動，等到這些都結束，她會先去徵詢菊池同學的意見，大家一起討論自己發現的問題點。

那是一個很重要又具精神象徵的職位，大概是習慣了吧，菊池同學也逐漸能夠跟大家溝通了。

我不曉得她定了怎樣的目標，做了怎樣的努力，而我一開始接受特訓的時候，被定下的目標就是「要讓人看出自己有所改變」，我認為她的改變程度已經大到足以達成這點。

「菊池——關於這邊的臺詞——」

這個時候紺野繪里香過來針對臺詞徵詢意見。

「這、這樣還不錯！那就改成這樣吧。」

稍微讓語氣上揚，菊池同學用親切的態度跟紺野說話。光是這兩個人在對談就很奇怪了，再加上菊池同學的調性又跟平常不同，那景象幾乎要讓人懷疑是來自平行世界。

話說紺野提議要變更臺詞，想要把比較文言的部分變成更接近口語，我是知道她想演得輕鬆點，才想變更臺詞，但實際上變了以後聽起來更順，讓我好驚訝。這就是辣妹特有的大眾觀感嗎？

整個場面主要都是繞著日南和菊池同學打轉。

「ＯＫ——那我先去跟菊池同學確認一下，大家先繼續練習下去吧！」

聽起來不會讓人討厭，日南飛快對整群人下達指令。

從某方面來說算是學園女神的「理想」象徵日南就在眼前，菊池同學感覺好像在慢慢學習她的做法。

「好的！那、那麼就拜託大家了！」

只不過看樣子還是有點不夠力。

其實我甚至會懷疑像這樣去改變自己，究竟是不是對的。

「——事情好像變得很奇怪。」

「唔喔!?」

我身旁突然傳來一陣輕快的聲音。轉頭發現對方是水澤。他就靠在我旁邊的牆壁上，用一種看好戲的表情環顧教室。

「哈哈哈。未免嚇過頭了吧。」

「出現的時候要再多點跡象、要多點跡象。」

這個人的舉動實在太過自然，一回神就發現他理所當然地進到自己的領域中。他也是用這種方式靠近女孩子吧。

對我的抱怨不以為然一笑置之後，水澤嘴邊依然掛著笑意，卻用認真的眼神看著菊池同學那邊。

「所以，你覺得怎樣？」

「……在說菊池同學？」

這讓水澤「哦」了一聲，用佩服的眼神看著我。

「文也越來越會透過人的表情和目光跟人交流呢。」

「咦？」

在我發出錯愕的聲音後，表情依舊沒變的水澤接著說。

「就像剛才，明明我都還沒說是誰，你卻從眼神看出來了吧。不久之前你還沒辦法這樣。」

「啊——……」

被他這麼一說才發現，最近這麼做的次數好像真的變多了。我對菊池同學和深實實好像也是如此。這莫非也是一種成長？

「先不管這個，來看菊池同學。」

水澤一下子就把話題拉回來。

「啊，對喔。」

「怎麼會變成那樣？」

接下來他的視線又拉回菊池同學身上。

我也跟著看過去。菊池同學會有這樣的改變，真相只有我知道。但我不曉得能說明到什麼地步，目前決定在解釋的時候稍微隱瞞某些部分。

「大概是因為菊池同學有她自己的諸多想法吧。」

「哦——諸多想法？」

水澤用平坦的語氣回應，進一步逼問我。這會害我一不小心就說溜嘴，拜託別這樣。我稍微想了一下，如果是不會涉及菊池同學具體內心層面的抽象部分，結論是告訴水澤應該也沒關係。畢竟他不是橘，是水澤。

「……她是覺得自己必須變成對這個世界來說較理想的姿態。」

「對世界來說較理想？」

只見水澤回問，似乎想詢問細節。

「想要改變跟大家格格不入的自己，增加朋友。她覺得自己必須像那樣去配合世界的理想期望……」

我在解釋的時候隱瞞具體細節，那讓水澤興趣缺缺地翹起嘴脣。

「哦——世界的理想啊……」他說完這句話就把手交疊在頭後方。「既然她本人都這麼說了，也無不可。不過……」

在那之後他把手放開，將手「啪」地貼放在大腿上。然後用一種有點厭煩的表情看著菊池同學，那反應令人不解。

「……水澤你是怎麼想的？」

水澤似乎有什麼心裡話沒說，我試著問問看。

結果他裝作一副若無其事的樣子，嘴裡這麼說。

「沒想法，我覺得那是好現象。決心要改變自己並且付出實行，這是很難做到的事情。很厲害喔。」

「這……說得也是。」

有同樣經驗的我能夠明白。自己已經住在某個舒適圈之中，要捨棄這裡前往新的領域，那是很困難的。

但不知道為什麼。水澤說話的口氣聽起來還是有點不友善。

「而且她的理由還是『希望成為理想中的姿態』對吧？這又是很厲害的一點。」

說話語氣上不帶多少情感，而我依然聽不出他的意思。

「為什麼理由是這個……就很厲害？」

在我老實提問後，水澤看似意外地睜大眼睛，就像在說「你不曉得？」。然後用一種很理所當然的語氣說了這句話。

「因為這樣一來，做的事情——就跟文也相反了吧。」

那句話背後似乎隱藏某種看不見的含意，讓我聽了更不懂水澤想說什麼。因為菊池同學是看了「我跟小玉玉的變化」，將這種改變跟她在「波波爾」看出的「理想」重疊，而想要「變成那樣」。

若是水澤說她在做的事情跟我一樣，那我還能理解——被說是相反的，我就不懂了。

「……要說她是朝著什麼方向改變，我覺得還跟我比較像。」

聽我這麼說，水澤的眉頭緊皺。

「啊？你在說什麼啊。」

「不，竟然這樣回我……因為，照理說應該是那樣吧。為了融入大家而努力，試著改變自己……這跟我和小玉玉是一樣的。」

我把話說得很具體，結果水澤回話說「啊——是！」，看似理解地點點頭。

「就是這個！原來如此，看在文也眼裡是這樣啊！」

「這、這話什麼意思？」

「懂了懂了。」

「什、什麼啦？」

我被明顯在答案上賣關子的水澤牽著鼻子走，禁不住要他把話說明白。不甘心，但我還是一不小心就催促他了。

水澤是不是不曉得用怎樣的話語來解釋啊，他的目光先是暫時朝向斜上方，接著才開口道。

「文也，之前大家一起到外面住的時候……我跟葵說過的話，你還記得嗎？」

突如其來的認真目光刺向我。這樣的起伏讓我的心跟著坐雲霄飛車。

「還記得啊，當然。」

當時那兩個人在那邊說過的話。

假面具和真心話。

演戲和真實的一面。

換言之——那是玩家的視角，對上遊戲角色視角。

兩個人都活在虛假的世界裡，水澤想要脫離。然而日南甚至連自己戴著假面具都要隱瞞，從頭到尾都扮演在操作「日南葵」的「玩家」，打算一直扮演下去。

就是因為聽了這段對話，才讓我覺得日南的做法太奇怪，因此才想同時「做真正想做的事情」以及「使用技能」，找到這種屬於自己人生遊玩方式的混合式打法。

可是這跟菊池同學的事情有什麼關係。

「然後菊池同學不是說過這句話嗎？」

水澤說完就豎起一根食指。

「──說想要『符合世界的理想期望』。」

「啊……」

「那樣並不是要追求自己的理想吧？」

話說到這個地步，我也把他真正想表達的意思推敲出一半了。

像是要進一步幫助我理解，水澤順口說出答案。

「換句話說。

文也在改變上是『自己想做才去做』，朝著自己的理想前進，菊池同學要做的卻是『去符合這個世界』，那是一種第三人稱視角的理想吧？」

主觀視角，也就是遊戲角色的視角，對上形同玩家視角的客觀視角。

至今感受到的迷惘正逐漸在腦袋中出現頭緒。

這就是在說最根本的「動機」、「目的性」。

我「為了快樂攻略名為人生的遊戲」去跟日南拜師學藝，來改變自己。

小玉玉則是「不想讓深實實傷心難過」才來請教我教戰守則，去改變自我。

那菊池同學是為了什麼？

——「為了接近世界的理想期望」。

也就是說這裡頭不包含主觀視角，遊戲角色自己「想做的事情」。而是很客觀、遊戲玩家認為「應該去做的事情」，是一種超然的思考方式。

我一直莫名對菊池同學的話感到不對勁。

問題就出在這裡。

「……原來是這麼一回事！」

看我說得那麼興奮，水澤開口時面露苦笑。

「哈哈哈。這種事情用不著那麼興奮吧？」

對水澤而言或許是那樣，可是這個發現對我來說卻是非常重要的。

「不，能夠發現這點意義重大。你幫到我了。」

水澤在第一時間點頭說「喔」，不知為何再度開口時帶著有點懊惱的笑容。

「不過，這樣啊。怪不得文也不會發現。」

「咦？」

感覺他說話的表情和內容對不起來，同時我回問。

「因為文也——可是二話不說就選了另一種視角。」

「另一種視角……啊。」

原本還打算詢問這句話是什麼意思，卻在半路上就察覺到了。

去外面住宿的時候，日南跟水澤有過一段對話。

那是他在戰鬥，想要主動跳脫「做什麼事情都無法真心以對」、「只是一直在執行而已」、「都只能採取客觀視角」這種玩家視角，想要找回屬於遊戲角色的視角。

意即對水澤來說，他只能一直採取玩家視角，從某方面來說是他心中的結——所以說，誰的想法是玩家視角，又或者是遊戲角色視角。這是最重要的關鍵，該說他就是會不由得注意到這個觀點吧。

因此才能立刻察覺菊池同學採取的「視角」。

反之我是用遊戲角色的視角當前提，所以從某個角度來看，才會對那個部分無從察覺，進而沒有發現菊池同學的視角問題。

反過來說——還沒辦法完全採取遊戲角色視角的水澤，這才見識到用遊戲角色視角在看世界是什麼樣子。

發現這件事情之後，我不曉得該從哪裡開始講起。看我這個樣子，水澤開心地呵呵笑。

「就是你想的那樣——全都因為我是努力前往『另一邊』的人。」

嘴裡說著這種就某方面來說算是暴露弱點的話，這次卻又大方、自信滿滿地露出笑容。

我覺得水澤真正厲害的地方就在這。

跟日南擁有的強大不同，是另一種強。

「……這樣啊，原來如此。」

我讓自己盡可能用誠懇的態度點頭回應。

「哈哈哈。總之你能明白就好。」

這次水澤的笑容沒有任何弱點，單純只是充滿自信的笑，讓我不禁覺得他真的很強。怎樣很厲害吧。

＊　＊　＊

「……的確是。」

結束這天的練習後，來到學校餐廳。我跟菊池同學說出和水澤對話後發現的事情，只見她點頭以對。

我說到玩家視角和遊戲角色視角。

還說這從某個角度來說——和日南是一樣的。

「沒錯，我想我是站在友崎同學所說的『玩家視角』上。」

「這樣啊……」

說著，我開始拿不定主意。

要在這個時候教菊池同學跳脫玩家視角嗎？

還是該尊重她的做法？

身為nanashi，我認為在玩遊戲的時候，應該隨時都要用遊戲角色的視角來遊玩。我用這種方式做出成績，而且那樣玩遊戲更能樂在其中。

可是這能夠套用在每個人身上嗎？

或者單純只是適合我的遊玩風格？我不曉得。

當我持續陷入迷惘，菊池同學像是要切削出答案，開始說了一些話。

「聽完剛才那些話，我想到的是……」

「……嗯。」

我用冷靜沉著的語氣回應，轉換思考模式，準備當個傾聽者。

「我跟友崎同學不一樣，一定是……用作者的視角在思考吧。」

「作者……是在說劇本，還是小說？」

被我這麼一問，菊池同學慢慢地搖搖頭。

「這也是一部分……但更多的是，關於這個世界的故事。」

「關於這世界的故事？」

那讓菊池同學又點點頭。

「從以前開始好像就是這樣，比起我自己的意願，我更重視該如何讓這個世界更美好。怎麼做才是對的。什麼樣的形式才是理想。就像這個樣子，完全用一個作者的角度在思考。而這點……跟小說是一樣的。」

這又是一句濃縮她想法和看法的發言。

至今為止的菊池同學，似乎真的一直是這樣看待事物。

即便不是跟班上有關的事情，她也用比任何人都要冷靜的態度在觀察情況，去想要怎麼做比較好，將這些明確轉換成言語。比我還要客觀很多，菊池同學會針對當下情況的「理想狀態」去做思考，她的觀點有好幾次都幫助到我。

是因為她用作者的視角在看待事物吧。

「所以我覺得這樣就好。」

「覺得保持玩家視線就好？」

在我說完這句話後，菊池臉上浮現溫和的微笑，並搖搖頭。

「我想這應該是——友崎同學才會說的話。」

接著她摸摸放在桌子上的安迪作品封面，繼續說著。

「——也許在遊戲的世界中，『角色』跟『玩家』是相對關係。不過，在小說的世界裡，我想『角色』是跟『作者』相對。」

緊接著她再一次微笑，將手掌放在自己的胸前。

「所以我想要維持這樣就好。總是抱持『作者』的觀點。」

彷彿將我感受到的疑問全都消除了，那句話融進我的耳膜之中。

「……這樣啊。」

在下一刻，我便明白了。

菊池同學跟我的不同甚至連「遊玩風格」都稱不上。

因為剛才說的那些話都是以「遊戲」為前提。

不同的是——在那之上的另一個前提。

面對人生這場遊戲，我以一個玩家的身分在遊玩。

菊池同學則是成為作者，在描繪名為人生的故事。

那麼菊池同學要選擇的道路，必定就只有她才知道。

「我想對自己來說，重要的還是『之於世界的理想』……但跟日南同學相提並論讓人有點錯愕。」

「……嗯。」

我在回應的時候，覺得這句話有點刺人、讓人心中不太舒服，接著菊池同學露出苦笑。

「不過……想想會發現，或許那也是很自然的事情。」

「自然？」

此時菊池同學就像在確認自我一般。

「我想日南同學一定也是朝著『應有的姿態』邁進，因此才能像那樣隨時保持理想姿態……我想我一定是想像她那樣，擁有理想的姿態吧。」

「像日南那樣擁有理想姿態……」

感覺這句話有點象徵性。

後來菊池同學再次微笑，用肯定的語氣這麼說。

「是的——因為日南同學，給人感覺『很理想』不是嗎？」

＊　＊　＊

這天夜晚，我坐在自己房間的桌子前思考。

去想被水澤提點的事情，還有菊池同學說過的話。

將這些抽象分解無數次，重新構圖成具體的形式。在腦子裡重複菊池同學的話好幾遍。

她說的確實有道理。很冷靜，其中也包含許多的思考痕跡在。因此我才會覺得必須去尊重才行，不能隨隨便便踐踏。

但同時也覺得，其中有些不足之處。

搞不好這也是我多想。因為菊池同學的思考實在太過完善了，她的理論也毫無破綻。

——不過，假設這其中真的有破綻。

「那就跟我……一樣吧。」

對。

在我想「交往的意義」之於我代表什麼的時候。

我認真思考到其他人看了恐怕會覺得太吹毛求疵的地步，套用一大堆理論，目前看來這一番道理大概也沒有太大的破綻。

欠缺的還是具體經驗。

就跟我一樣，菊池同學八成也是沒有具體經驗，只在腦袋中天花亂墜空想吧。

要說跟我不同的點在哪——就是菊池同學透過冷靜的觀察，以及身為「作者」的才華，引導出很接近正確答案的答案。

得出的答案成了她的行動方針，從某個角度來看也成了束縛她的枷鎖。

面對這樣的菊池同學，我該給出什麼樣的建議才好。有必要進一步插嘴嗎？如果要插嘴，應該要提示怎麼樣的嶄新可能性呢？

正如她本人所說，菊池同學的動機——也就是世界的應有理想，那是「透過作者視角看世界」得出的理想，單純只看「努力改變自我」這種具體行動，跟我和小玉玉都是一樣的，可是在抽象理論上，反而與日南雷同。

當然我並不是要一股腦否認玩家、作者視角的處事方式。只不過，這之中想必不存在「個人真正的意願」，只存在一種「應該這麼做」的框架思想。

當我弄清楚菊池同學的行動，就會發現她並不是想變得跟我和小玉玉一樣，而是——

如她所說，歸納起來就是要「成為理想中的女孩」。

換句話說，是像日南那樣的「完美女主角」。

這真的是菊池同學應該走的路？

假如不是，那她該走的路又是什麼樣子。

繼續想下去，不管怎麼想都只能得到曖昧的答案，菊池同學在想什麼，在看什麼，想做的是什麼。若是不知道這些，根本不曉得該怎麼做。在這個時候擅自決定菊池同學的想法，擅自做出結論，認為她應該怎麼做比較好，那樣顯然是不夠有誠意的做法。

「嗯？」

……菊池同學的想法？

「啊！」

就在這個時候，我發現一個簡單至極的道理。

不是有嗎？

有樣東西把「菊池同學的想法」用抽象方式記載下來。

我趕緊去摸索書包，拿出收納在透明資料夾裡的某樣東西。

桌子上出現由十幾張紙構成的作品。

對。

那就是《我所不知道的飛翔方式》的劇本。

「如果是現在來看，搞不好……」

這不只是一個故事，也是菊池同學自身的故事。

那麼如今已經像這樣知曉了菊池同學的部分想法。

如果再次閱讀這個故事，也許能夠發現什麼。

同時我又發現另一件事情。

還有另一個線索。

我開始在網路上搜索某樣東西，接著——

「……喔喔，有了。」

我去搜索菊池同學說過的安迪作品《猛禽之鳥與波波爾》，是電子書版本。聽說在書店這本書很少見，這種時候意外地常常會拿來電子化。

我馬上下載下來，加入我的電子書庫中。

接著從廚房那邊弄來茶和點心，坐到桌子前方。之後花了一個晚上仔細閱讀《我所不知道的飛翔方式》劇本，和《猛禽之鳥與波波爾》這兩個作品。

「看我的～～～」

我開始跟著興奮起來，就好像準備要熬夜的小學生，先用智慧手機開啟《猛禽之鳥與波波爾》。

這是一個——既溫柔又現實的故事。

不會只是靠運氣好就陸續交到朋友，而是要拚命努力，對此下功夫，再加上一些令人心曠神怡的小巧合，讓我不禁體認到自己果然很喜歡這個作者的故事。

像是要解開某種謎團一般，我仔細確實地看著這個故事——最後終於。

「……就是這個。」

我發現對我來說很可能會成為一個答案的線索。

＊　＊　＊

隔天。

換教室之前有段休息時間，我去見菊池同學。

地點當然是圖書室。

這對菊池同學來說就像是「庭園」。

「妳好。」

「你好。」

就像平常那樣，我跟先到這邊的菊池同學打招呼，接著才坐到她隔壁的位置上。

之後像是在斟酌距離一般，一點一滴吐露話語。

「對了，其實……」

「……怎麼了？」

大概是發現我的樣子跟平常不同，菊池同學的目光離開她正在看的那本書，轉移到我身上，頭歪了過去。

因此我就先拿這句話開頭。

「波波爾，我看了。」

這話馬上讓菊池同學「咦」了一聲，一雙眼綻放光芒。

「是這樣啊⁉書店裡面有嗎？」

她的聲音明顯比平常還要大。那毫無隱瞞、雙眼發亮的樣子，讓我覺得有趣——而我今天想說的，不單只是關於故事的感想。

「不是，是電子書籍。有翻譯版。」

「是嗎……！」

看樣子菊池同學完全不知情。好吧也對，她看起來是非常崇尚紙本的人。該說我不想看到菊池同學用手機或平板一直滑一直滑，用這種方式來看書。

「看起來如何⁉」

很罕見的，菊池同學積極找話題。說到自己喜歡的事物時，菊池同學的表情會跟著明亮起來，變得很有魅力。

「我想最棒的地方在最後那裡，透過『話語』對波波爾傳達海有多漂亮的那一幕。」

「果然是這裡呢……！」

菊池同學說話時的語氣像是在壓抑快要滿溢而出的情感。

「嗯，我想麥可・安迪相信言語有力量吧。」

「我懂……！」

臉上表情明顯洋溢熱情，依我看這才是菊池同學原本的面貌。

對——不是勉強自己演戲的她。

「還有，這一個地方也讓人印象深刻。」

我稍微改變語調，故意讓話聽起來意有所指。

「……另一個？」

這話讓菊池同學不解地歪過頭看我。

「嗯。」我回答完後盡量用正直的語氣接話。「——就是火焰人的存在。」

「啊……」

不曉得為什麼。

就只是這句話，已經讓菊池同學看似吃驚地屏息。

「雖然波波爾透過言語跟大家交朋友，卻唯獨沒辦法跟火焰人成為朋友對吧。」

「……是的。」

對。在《猛禽之鳥與波波爾》裡頭，另一個具備特徵的要素就在此。

相信言語的力量，波波爾雖然是異類，依然靠言語的力量跟所有種族打成一片。

只不過，並非跟所有種族都能成為夥伴。

「火焰人沒辦法離開湖泊，只能與大家分居。」

「是的。因此……並不是所有人都能變成好朋友。波波爾……是個有點偏向大人世界的故事。」

像是在回想，菊池同學慢慢說道，我對她點點頭。

當我看到「波波爾」的這個部分時。

心裡覺得怪怪的，很接近聽完菊池同學談「理想」時的感覺。

「──菊池同學。」

為了讓她把注意力放過來，我叫了她的名字。結果菊池同學嚇了一跳，但還是用認真的目光看我。

「菊池同學說過，妳是用作者的視角在看事情。」

「……是的。」

不過。

這麼一來，有件事情就說不通了。

那就是隱藏在「理想」之後，菊池同學的真心話。為了證明這是真的，有一個線索可循。

於是我跟這個名字叫做菊池同學的女孩子對望。

──對她說了「這句話」。

「假如菊池同學真的使用『作者』視角，

——那應該也能接受『火焰人』才對。」

火焰人。

由於生理構造上的差異，沒辦法跟其他種族和平共處。

波波爾雖然是異類，卻能跟所有種族交朋友。

這樣的存在確實很耀眼，看起來很理想。

怪不得會讓人覺得看起來像是在推崇要變成這樣。

然而。

在麥可・安迪創造的「世界」裡頭——依然有「火焰人的存在」。

菊池同學的矛盾就出在這。

就是因為人類的感情很複雜，才會出現這種現實上的矛盾。

「可是——剛才菊池同學說自己必須變成波波爾。

這是在否認火焰人的存在吧？」

我踏出一步兩步，越來越深入，並說了這句話。

那讓菊池同學詫異地屏息。

「……嗯。」

但這也無可厚非。

因為如今就在這，我否認了菊池同學一直以來疑似用來規範自己的前提「要用作者視角來看人生這段故事」。

「如果妳真的用作者視角來看待，那應該會認為『是火焰人或波波爾都好』。但事實上卻不是這樣……認為自己不當波波爾就不行，這種想法並不是放眼整個世界——而是證明妳認為這才是自己應有的姿態吧。」

「……也許真的是這樣。」

我的話毫不留情觸碰內心最深處，讓菊池同學發出不安的聲音。

現在在做的事情肯定非常危險。畢竟是在否認菊池同學至今為止用來定義自己的說詞，想要拿別的話提點她。

也許說出這種話，衍生的責任非我一人能夠承擔。

可是看菊池同學替克莉絲安排那麼落寞的結局，看到她努力想融入這個世界——

就算這樣會變成管太多，我還是想幫助她。

不是該不該幫的問題，而是因為我想幫。

我打心底這麼想。

「所以菊池同學不用當玩家也不用當作者……而是能確實找到屬於自己的、屬於角色的人生。」

菊池同學透過那觀察力和思考能力得出結論，或許因此隱藏真正的自我。

但這幾天來的經驗在菊池同學身上勾勒出一份感情，照理說已確實變成一種角色特性，在她心中生根。

「只是想得太多，在這方面迷失了。」

說完自己的想法，我保持沉默等待回應。

然而菊池同學卻回了這句帶有迷惘色彩的話。

「可是……我自己也弄不明白。」

「……不明白？」

她的聲音聽起來不安定，甚至帶有悲傷的色彩。只見她低下頭，無力地搖搖頭。

「就算你說我可以用角色的視角看世界……我也不知道自己會想看什麼，想拿什麼當目標。」

接著她看似懊惱地咬住嘴唇。

「因為——我看到的景色都很灰暗。」

那眼眸好無力，蕩漾黑暗氣息。

有如被世界遺棄般垂下雙眸，她的肩膀顫抖著，感覺整個人都快要撐不下去了。

我不想看到這樣的菊池同學。

為了讓氣氛轉變，我拿出自信。

嘴裡吐出這麼一句話。

「這種事情——其實一點都不難。」

為了讓菊池同學放心，我臉上浮現從容不迫的笑容。

「——妳有安迪的作品啊。」

接著我溫柔撫摸寶貝地放在菊池同學眼前，那本書的封面。

「菊池同學非常喜愛安迪的作品，這是如假包換的事實對吧？」

這讓菊池同學的眼睛眨了好幾下，同時她也一直看著我。

「……就只有、這樣？」

稍微低著頭，她感到不可思議地抬頭仰望我。

「這樣就夠了。因為是安迪的作品第一次讓菊池同學覺得世界變得很繽紛，在菊池同學內心裡最重要的部分，想必一直都有安迪的作品存在吧？」

「是這樣……沒錯。」

菊池同學看起來還是很迷惘，

「所以說，我是這麼想的。」

我從口袋裡拿出智慧手機。

「菊池同學現在認為自己非改變不可，才想要試著融入整個班級，不過，假如菊池同學是火焰人，班上同學是其他種族……那就沒必要去做這種事情。」

菊池同學的眼睛隨著我的動作移動，但什麼話都沒說。

「話雖這麼說，火焰人並不是因為自己想那樣，才一個人活下去。因為一個人孤單活下去太痛苦、太寂寞。」

「那我該怎麼做……？」

一邊說著，菊池同學用毫無防備的表情看我。

面對這樣的菊池同學，我報以直率的笑容。

「這也很簡單。」

我說完就把操作好的智慧手機畫面放到菊池同學面前。

「只要在『火焰人居住的湖』裡頭尋找就行了。」

在我拿出的智慧手機畫面上，有著 Twitter 的使用者搜索畫面。關鍵字設定成「麥可・安迪」。

「這是……」

看著驚訝地張大嘴的菊池同學，我繼續說著。

「只要這麼做，要找多少同好都行。當然一開始不會知道對方長什麼樣子，也不知道他住在哪裡。但只要有在接觸，日積月累後就會變成總有一天想出來見面聊聊天的志同道合夥伴。」

我說完用指甲「咚咚」地敲敲智慧手機畫面。

「——因為在這裡頭就只有火焰人。」

大概是因為聽了我這番莫名耍帥的話，菊池同學忍不住笑了出來，她開心地呵呵笑。

「……友崎同學果然很厲害。」

「沒這回事。只是比較狡猾。」

不擇手段可是nanashi的強項。

而且關於社群軟體，我已經有很多經驗了。有關日南出的Instagram課題也是如此，再說我還有個定期在AttaFami頂尖玩家社群網站上巡迴的習慣。

之前我都因為溝通障礙不去跟那些人有交集，但在我看來，單就那些頂尖玩家群而言，許多人還真的會去見個面交流。不過我實際上也有跟NO NAME開個人聚會就是了。

然而菊池同學的表情很快又黯淡下去。

她不安地說了這段話。

「可是……這樣真的好嗎？」

「……怎麼說？」

在我反問後，菊池同學的目光稍微往下看，感覺沒什麼自信。

「友崎同學跟花火都有了那樣的華麗轉變，融入整個班級，但就只有我還是保持那樣……」

那表情和聲音都像是在貶低自己，散發一股自卑感。

聽她那麼說，我接下來的表現或許很奇怪——但我承認了。

「嗯，的確是。」

「……說、說得對呢？」

我這句莫名輕快的話讓菊池同學感到困惑。這也不能怪她。因為現在她「得知」自己的煩惱在我看來沒什麼大不了，可是對她而言，一定覺得自己是什麼都做不到的無用之人，覺得很痛苦又沉重。

「那我就明講了。」

因此我說出這半年來的經驗，從半年多豐富「具體經驗」中學會的事情。

「我很喜歡 AttaFami，也試著去面對人生，在改變了學校的地位、交友關係和周遭人對自己的看法後，我才懂得這些——」

我決定把那些原封不動說給菊池同學聽。

「在學校建立起來的交友關係——其實沒什麼大不了的。」

我的話讓菊池同學困惑地「咦……」了一聲。

這番話乍聽之下確實很冷酷，聽起來像是很瞧不起人的意見。

不過，其實並非如此。

「我這半年來自認認識了不少人，身邊也多了很多可以稱之為朋友的人。」

「似乎……是這樣呢？」

菊池同學在回應時語氣上很惶恐。

為了去除她的不安，我繼續把後面的話說完。

「在這之中……或許是我一廂情願，但我也遇到一些人，覺得分享彼此的想法，深入理解之後，自己一定能跟對方長久交往下去。」

「……嗯。」

「不過，這並非——『一定要在學校』建立起來的關係。」

對。

在日南的指引下，為了提升在學校內的地位，我刻意去接近地位崇高的人，略施小計確保自己在群體中的地位。

然而這樣一來，所衍生出的深刻關係只是出於戰略安排，無關本質。

「那樣的關係，單純建立在『我跟那個人之間』，跟在學校裡的『其他人』一點關係都沒有。學校只是一個橋梁。」

只是相遇的地點剛好是學校。

不是因為在學校才關係變好。

「只要能夠跟對方相遇，不一定要在學校也沒關係。」

我帶著自信如此斷言。

因為我亦是如此。

在這半年內最慶幸自己遇到、對我來說最重要的人，「初次相見」並非在學校。

——而是在 AttaFami 的排行爭奪戰上。

因此就好比是我依據經驗來打造生存方式。

為了把這些傳授給想要傳授的對象。

慢慢地，彷彿是在全面肯定過去的自己，我用溫和的語氣說了這番話。

「所以說——不需要為了『必須那麼做』這種理由，來跟大家打成一片。」

對。

在一切開始的那天。我全面否定學校這個空間，否認現充的生存方式，那種想法被日南否決，說是「酸葡萄心態」。

而我現在正按照那個人說的方式攻略人生。

實際上去品嘗這顆葡萄的滋味。

就如日南所說，發現這個葡萄很甜——並沒有這回事。

反過來質疑就像我想得一樣，葡萄是很酸的——也不是這樣。

現在的我單純只是——

已經知曉在這個地方結果的葡萄有酸有甜。

因此我不會過度否定或肯定。

那只不過是生長在世界上的其中一棵葡萄藤。

當我說完這些，菊池同學用一種茅塞頓開的表情看著我。

「……原來如此。」

接著小聲地，像是要在不安和疑惑的漩渦中祝福自己一般，菊池同學說了這段話。

「我——保持現在這樣就可以了吧。」

「嗯。」

「我……不是不能夠待在這個世界的異類……對不對。」

「……嗯。沒那回事。不會啦。」

面對雙脣顫抖的菊池同學，像是在肯定她的存在，我用力點點頭。

若是不能伸手摘取甜美的葡萄，那就在地上尋找甜甜的草莓。

假如不喜歡甜的東西，那就去找好吃的堅果。

若是肚子根本不餓……那大可隨心所欲去遊玩。

這就是屬於自己的容身之處，還有自己的處事方式。

把我想說的話說完後，我「呼」地吐了一口氣。

「那麼，接下來要切入正題。」

「咦，接下來？」

那讓菊池同學驚訝地睜大眼睛。

「嗯，就好比……妳知道要怎麼用 Twitter 嗎？」

「啊……對喔。」

接下來我必須教導菊池同學如何來到湖畔。

「那、那個，我不曉得……」

「哈哈哈，也對，那首先就趁現在來開個帳號——」

就這樣，我除了教菊池同學基本的 Twitter 使用方法，還在想一件事情。

話說回來，以前的我也是這樣。

只是一直在看其他頂尖玩家的頁面，認定那不是有溝通障礙的我該去的地方。

不過，搞不好。

不，應該說是在我的心裡面，已經完全找到答案了。

就像菊池同學決定用這種方式跳進屬於火焰人的湖泊中，我也找到方向。

覺得一起進到「那座湖」中試試看或許也不錯。

＊　＊　＊

這天放學後。

為了協助決定專心製作劇本，給它一個應有結局的菊池同學，我要去參加話劇練習……原本如此打算。

在我要過去的時候，菊池同學制止我。

「那個……今天先不用沒關係。」

「咦，為、為什麼？」

今天才剛跟她說過不用勉強自己去跟「大家」交朋友，她又打算勉強自己嗎？

「啊、那個，不是你想的那個樣子……」

「不是？」

在我錯愕地看著菊池同學後，突然有人從後方拍拍我的肩膀。

「咦？」

轉頭看發現對方是——橘。

「聽說你們這邊需要幫手。好像是主持人不夠？」

「呃——咦？喔喔，嗯。」

「那我來做。你還要跟深實實一起表演搞笑雙簧對吧？」

「這個、嘛。是那樣沒錯……菊池同學？」

比鳴門海峽的漩渦更大，我被巨大的疑問漩渦捲進去，結果菊池同學有些難以啟齒地展開說明。

「就是……之後橘同學常常來聯絡我，說有什麼困擾都可以跟他講，所以……」

「嗯……這、這樣啊。」

現在這種情況確實是很讓人困擾啦。嗯，理由非常正當。雖然很正當。

「總之，事情就是這樣，你就放心過去吧。期待你們的搞笑雙簧表演。」

「喔、喔喔，包在我身上……」

我已經連自己想做什麼不想做什麼都搞不清楚了，目送著說完「那再見」、並肩走在走廊上的那兩道背影離去。正確來說不算是並肩走，菊池同學隔了幾步的距離走在橘後方，若目測正確，菊池同學跟我兩人走在一起的時候，距離近了幾十公分。聽好了，是比較近喔。

「嗯、嗯嗯。原來如此原來如此。」

我一個人被留下來，總覺得非常不是滋味，但我還是去練習搞笑雙簧了。哼、哼——我、我一點也不在意喔？

＊　＊　＊

隔天早上。

「友崎同學！」

結束早上的會議後，我爬上樓梯前往教室，結果突然在樓梯間被菊池同學叫住。

看那表情明顯是非常興奮，手上拿著疑似裝了劇本的紙袋。可是沒有拿書包……這就表示，她是一直在這邊等我來嗎？

「怎麼了？感覺心情不錯喔。」

「咦！」那句話讓菊池同學臉跟著紅起來。「是、是這樣嗎……？」

菊池同學臉紅帶有讓周遭人也一樣臉紅的效果，讓我的臉也不知不覺跟著滾燙起來。而且這邊還是通往第二服裝教室，人煙稀少的樓梯間，會不自覺難為情可以說是理所當然的。

「嗯、嗯，感覺很有朝氣……」

「會、會嗎……」

接著氣氛再次變得讓人非常害羞。

「不、不對！」

此時菊池同學用有些不滿的語氣開口。

「呃——是為了劇本？」

「咦！」

我說這話就彷彿有預知能力一樣，那又讓菊池同學驚訝地紅著臉。不、不是吧，我認為現在不是適合臉紅的時機。

「不是啦，是看到妳手上拿著袋子……」

「啊，說、說得也是！」

菊池同學說話的時候顯得很慌亂，面對這來得不湊巧的臉紅攻擊，我的臉也同樣跟著熱了起來。

「……我決定了。」

整理好臉部表情後，菊池同學用一種大事已定的語調開口。

「決定了？」

「嗯。」

從紙袋拿出劇本，菊池同學沒有把劇本翻開，而是抱在胸前。

然後就慢慢述說話劇《我所不知道的飛翔方式》如何發展。

菊池同學開始透過她的言語訴說。

「我在之前的稿件中，不是寫克莉絲來到外面的世界，努力融入這個世界嗎？」

「是沒錯。」

這讓我感到莫名悲傷，才要菊池同學再考慮看看。

「昨天我在想友崎同學跟我說過的話……或許克莉絲也一樣，並不是非得要勉強自己去融入外面的世界。」

「……這樣啊。」

並非所有人都要成為波波爾，待在火焰人居住的湖泊也沒關係。

克莉絲在成長過程中對世界完全一無所知，於她而言這點一定也是一樣的。

「所以我就改成這樣。」

緊接著菊池同學做出有趣的動作，將自己的頭髮抓起來。

「——她最喜歡花朵飾品，想要成為這方面的工匠，決定去工坊拜師學藝。」

聽了菊池同學找到的答案，我不由得綻放笑容。

「……嗯。聽起來不錯。」

「對吧！」

在那之後，菊池同學露出開朗的笑容。

「克莉絲在庭園裡頭都是孤單一人，雖然對外界一無所知——但我想她一定很喜歡做花朵飾品。」

與其說這句話是在形容克莉絲，倒不如說更會讓人聯想到菊池同學。

「是啊，我想她會喜歡像這樣創作東西。」

因此我也故意說出語帶雙關的話。

「嗯，選擇了這條路的克莉絲，一定能夠獲得幸福。」

「……這樣啊，那真是太好了。」

我在說話時壓抑快要滿溢而出的喜悅。

不管是克莉絲——還是菊池同學。

都能夠了解自己。

在擁有許多喜好事物的地方，打造能夠讓自己幸福的容身之處。

看到菊池同學把如此美好的答案融入故事世界中，不曉得為什麼，我甚至心懷感激。

比起怦然心動的心情，感覺更像是尊敬之情。

不過，這種高昂的情緒和喜悅，我打心底想跟對方大力分享。

我心中產生了這種奇妙又令人安心，比一切都要來得溫暖的情感。

「——菊池同學。」

自然而然地，我開了口。

「怎麼了？」

當然比起課題，這更像是我「自己想做的事情」。

大道理和理由都不重要，只是注意到的時候就有這樣的心情了。

「文化祭話劇演出結束後——我有話想跟妳說。」

我沒有及時察覺。

因為那句話是在無意識中浮現。我想說的話，當我還跟菊池同學一起觀賞浮在空中的繽紛景色時，沒有及時說出，是我現在內心最真實的想法。

當然要從中找出理由，想找多少有多少。

教會我重要的道理，菊池同學對我有恩。在面對那些故事時的認真態度，令我尊敬。

並體認到彼此似乎能發自內心理解對方的本質。

但是認真說起來——其實這些都不是答案。

這一個星期以來，我一直在找對自己來說會感到特別的理由是什麼。

所謂的「理由」。

肯定只是要讓無法控制的情感變得特別，才追加上去的說辭罷了。

菊池同學似乎察覺什麼了，她害羞地紅著臉。

「……我、我明白了。」

接著她用一種靦腆又洞察一切的表情點點頭，抬起眼睛仰望我。

這個時候，我突然有個想法。

話說在日南的課題之中，好像有這一項。

那正好，就在這裡完成吧。

只不過——用的方法完全出乎日南預期。

「我們一定要讓話劇成功演出。」

一面說著，我將右手伸到菊池同學面前。

她一臉驚訝，在我的臉和手之間來回張望。

最後露出溫和的微笑，伸出又白又小——創造出我喜愛故事的美麗手掌，放到我的右手上。

「好的……一定。」

伴隨著話語，我們牽起彼此的手。

那是一種尊敬、喜愛和目標都混雜在一起的感覺。

就這樣，我順利跟菊池同學「刻意手碰手五秒鐘以上」。

＊　＊　＊

這天午休時間。

那種輕飄飄的感覺還餘韻猶存，同時我想到一件事情。

故事的最後結論是克莉絲打造了自己的容身處。那創造出這個故事的菊池同學，屬於她的「火焰人居住之湖」會是什麼樣子。

我的心情變得有點像是在守望孩子的家長，決定觀察菊池同學開設的頁面。

「咦……？」

——接著我大吃一驚。

因為，看看昨天才開設的，屬於菊池同學的頁面。要來找尋喜歡安迪作品的人，去追蹤他們，開設目的是用於尋得跟自己相似的夥伴，這頁面是為了幫助菊池同學抵達火焰人居住的湖泊。

她的個人資料欄上有了巨大轉變。

「麥可・安迪／咖啡廳／高中二年級生／看書」

我教她可以像這樣簡單扼要，不要羅列太多，列舉自己喜歡的事物，或是有關自身的資訊。目的不是要增加追蹤人數，如果只是想找到有共同興趣的同好，我認為這麼做一定會更有效率。

可是如今那些資訊都消失了——現在那邊只有這四個字。

「想要當作家」。

我碰觸智慧手機的手指停住，笑意自然而然浮現。

「……是這樣啊。」

就如同克莉絲在追尋。

決定拿自己想做的事情當工作，飛奔到外面的世界。

菊池同學也想做這件事情。

「……加油。」

因此不管發生什麼事情，我都要替菊池同學加油。

我在心裡下了這個決定。

7 某些魔法就算沒有ＭＰ也能用

後來過了好幾天。文化祭當天。

我們關友高中的景色變了，不像平常那樣。

穿過搭在校門那邊，被繽紛人造花和派對燦爛拉條妝點，上頭寫著「歡迎光臨！關友祭！」的大門，帶著苦笑通過走廊上寫著「章魚燒」「遊樂中心」「恐怖！恐怖教室！」「情侶誕生☆」「女僕咖啡廳 Watanabe」等等的看板前方，我先來到平常會去的教室——第二服裝教室。

就跟平常一樣，我早早就來到這裡，走廊上和教室裡頭看得到三三兩兩的學生，他們正在做早已來不及的準備。或許是這樣的雜亂氛圍使然，對於前往不再使用的校舍的我，並沒有學生投以異樣眼光。

我跟日南舉行了文化祭本體展開前最後一次的會議。

這兩個禮拜以來，我又正視了許多東西，找到屬於自己的答案。

雖然在日南吩咐的課題中，三個裡頭只完成兩個，但重要的必定還是接下來要採取哪些行動。

我來到第二服裝教室前方。穿過門扉後，發現日南已經在那了。

「……嗨。」

「早安，精神不錯。」

簡單地打完招呼後，日南立刻說了這番話。

「那麼，你的心情已經整理好了？」

沒有任何前兆，直接指向癥結點，這份銳利果然來到文化祭當天也絲毫沒有改變。

但我可不會總是被這一招耍弄。

「是啊……我選好了。」

簡短說完後，日南「哦」了一聲，用讚嘆的表情點點頭。

「原本還在想都這個時候了，如果還猶豫不決該怎麼辦，這樣我就放心了。」

「對啊，說得也是。」

想到自己接下來將要做些什麼，我帶著浮動的心情回答完，日南看了笑著抬起嘴角。

「那接下來的事情就交給你了。期待結果出爐。」

「……好。」

除了課題的推演，我們還對接下來該做的事情做個確認。把該說的話跟彼此說完後，我和日南再也沒有要說的了，會議到這邊結束——原以為是這樣。

結果很罕見地，日南跟我聊起這個。

「……你看完話劇的劇本了？」

「咦？」

面對這微妙的話題轉換，我被殺個措手不及。

跟這傢伙沒什麼好閒聊的，雖然不至於這樣，但她會突然聊起跟課題八竿子打不著邊的話題，我覺得還真稀奇。

「當然看了。雖然有些部分只有聽她口頭說過，但我可是一直在幫忙製作。」

在我理直氣壯地回答完後，日南若有所思地說了「是嗎？」沉默了一會兒。

「那就好。我只是有點好奇，這裡頭有多少是受你影響。」

「怎麼說到這個？」

「因為你們好像做了不少訪談。」

用曖昧的語氣說完後，日南的話到這邊打住。之前明明對採訪那麼沒興趣，現在卻提出來，感覺很不像這傢伙的作風。

「我就只是在她拿不定主意時，充當商量對象……那個作品幾乎都是出自菊池同學之手。」

「……是嗎？」

再次簡短說完後，日南的表情頓時一變。

「總之，要說的就是這些。今天就是一決勝負的日子，已經做好覺悟了嗎？」

她說些話來鼓舞士氣，用挑釁的目光看我。

雖然有些地方令人在意，但老實說現在的我已經夠慌張了。總之就先針對眼前能夠看到的全力以赴吧。

「當然做好了。只有在關鍵時刻展現力量，那才是在勝負世界中生存的玩家該有的表現。」

一面說著，我提振自己的心情。

今天為了我自己「想做的事情」，我要把心意傳達出去。

絕對不能失敗。

＊　＊　＊

結束會議的我走在走廊上，來到「漫畫咖啡廳 Banchoo」也就是二年二班的教室。我知道他們是在學漫畫咖啡廳「MANBOO」，但為什麼要用「班長」的羅馬拼音，問了也沒人曉得，我猜八成是泉或竹井還是深實實覺得這樣「很有趣」，才一時興起決定。反正是文化祭就算了吧。

當我進到教室裡，後方就傳來很有朝氣的聲音。

「軍師————！」

即便是有文化祭加持，深實實跑過來的時候依然笑容滿面到不能更笑容滿面。

不久之前的緊張感蕩然無存，完全就是平日翻版的深實實出現了。

「早安。妳好吵。」

「好冷淡⁉」

大概是搞笑雙簧練習的成果吧，我跟深實實之間的尷尬氣氛幾乎煙消雲散，現在肯定少到不會有任何人察覺的程度。

畢竟為了避免在背臺詞，我們在套招的時候還會有即興演出，再來就是為了盡量說起話來「有搞笑雙簧的節奏」，就拚命把我們的閒聊錄音起來，兩個人一起聽，針對細部反省，可是一直在做這些事情呢。簡單來講就是原本只有我一人進行的說話練習變成兩人份版本，會說得越來越好也是理所當然的。

雖然只有兩個禮拜多一點的時間可以進行，但有了超級現充深實實給的意見回饋，我也慢慢了解所謂的搞笑雙簧節奏感是怎麼一回事。希望在正式表演上也能照這個步調繼續努力下去。

話說回來。

「喔——……」

雖然沒有直接講白，但我還是發出聲音了。這是因為深實實現在身上穿的實在是——

眼尖的她看出這點。

「啊——！你是為我這個樣子看到入迷了吧⁉」

「才、才沒有……」

對。

目前她不是穿平常穿的制服，而是穿著班服T恤。

「怎麼樣!?是不是很適合!?」

深實實邊說邊拉動身上的衣服。平常就已經很顯眼的身體曲線變得更明顯，這個人應該不是故意這麼做的吧？不是為了讓我困擾吧。

由於我們是二年二班，上面就畫著螃蟹比了兩個YA的插畫，是橘色的T恤。背面又有熟面孔土偶在坐鎮，這絕對是深實實的傑作。大膽將袖子捲起來，完全把肩膀露出的樣子跟深實實很搭，制服裙子上面配T恤，在這種非日常的穿搭襯托下，看起來莫名引人注意。

「……嗯，我覺得很可愛。」

「咦!?」

「在說這個螃蟹。」

「原來在說螃蟹——！」

靠著練習成果說出的節奏感十足白痴對話令我樂在其中。跟不久之前比起來根本不能相提並論，我跟深實實已經找回餘裕，透過練習，像這樣跟人亂開玩笑的根本技巧似乎也跟著長進了。

我看看周遭，目前在班上的八成學生都穿了那件衣服，我目前也穿著制服，但事實上已經機靈地將那衣服穿在白襯衫下面了。其實在我目前的人生中還是第一次買這種東西。

「借過借過～～！」

這個時候文化祭執行委員長泉突然邊喊邊靠近，嚇一跳的我轉頭看去，發現她胸前抱著大概十幾本漫畫，整個人橫衝直撞。怎麼了這個人是搞笑漫畫翻版啊。完全失去平衡，不管我讓不讓開，她都會撞到人。

「危、危險……！」

因此我沒有去閃避，而是選擇撐住拿著一大堆漫畫的泉。

「嘿……咻。」

最後總算搶救成功。

我用雙手確實撐住泉的肩膀和側腹，總算得以避免讓泉以及所有的一切當場掉得亂七八糟，不過——

「謝謝、謝謝。」

「喔、喔喔。」

肩膀和側腹。那活色生香的觸感和體溫在手上擴散，一股似曾相識的香草香水味刺激著鼻腔。肩膀和側腹。以及來到我面前幾公分處的端正臉龐。肩膀和側腹。具體來說我完全不曉得差異是在哪邊，但可能是化妝化得比平常還要認真的關係吧，整體氛圍變得比平常更加華麗。肩膀和側腹。髮型上比平常更外放，讓人特別有印象，營造一種要參加派對的感覺。這些全都跟泉開朗的氣質非常相襯，增加了好幾分的魅力，但這位是中村的女人。
那香豔感讓人沒來由焦躁起來。我的目光跟對方撞在一起，這種非日常的景色讓我思考停擺。
就在這個時候。
「……啊!?」
感覺背後有一道銳利的目光，伴隨著惡寒，我轉頭看過去。結果發現中村就在那裡，完全是在瞪我的樣子。是不是因為他在生氣，才會連頭髮都變成紅色的。
欸，咦?
「紅、紅色……!?」
看到那顆頭，我大吃一驚。這不是在比喻，也不是我看錯。之前頭髮原本都是金色的，現在卻染成紅色。等等發生什麼事了。
「唷——友崎。」
神情恐怖再加上頭髮變成紅色，中村的魄力比平日多了幾分，正朝這邊走來，就這樣一把抓住我的頸根。
「文化祭，我們來好好樂一樂。」
「說得對好痛好痛痛痛痛！」
「很好——」
他明顯是在為我碰到泉發怒，卻完全沒有提及這件事情。這就是現充男子的自

しゅうじ＊たかひろ
ゆうたA＊ゆうたB
ふみや＊かずよ
だいち＊さとし
けんと
あおい
さくら
ゆみこ

尊心吧。所以說這種力量系的很讓人受不了啊。

「喔——！修二穿起來還滿搭的。」

只見泉完全沒有被嚇到，開心地說著。

「那就多謝誇獎了。」

那兩人就這樣理所當然地對話著。不對不對先等等。

「等、等等，話說染成這樣沒關係嗎？」

我怕怕地詢問。就算今天因為是慶典勉強可以通過許可好了，一旦染成這樣就很難把顏色弄掉吧？今後老師也不可能允許那種髮色存在。不對，平常染成金色就可以了，那這樣應該也可以吧。因為我都沒有染過頭髮，因此這個學校的校規都跟我無緣，以至於完全不清楚。

「啊啊？應該還好……」

「小臂在這！」

此時有個煩人的聲音傳來，蓋過中村的答案。身為聲音主人的笨蛋當然就是竹井，水澤也從他後方走過來。不過。

「嗨——」

那兩個人完全沒有被中村的紅頭髮嚇到。

「喂、喂，這、這個……！」

我則是指著中村的頭，邊顫抖邊說話，結果讓水澤揶揄地笑了。

「呵呵呵，文也的反應果然很不錯。」

這一看才發現水澤除了像那樣悠哉地笑著，平常總是放在前面的瀏海也全部弄起來，醞釀出很像夜生活小哥才會有的氛圍。竹井還是竹井。

「水、水澤也跟平常很不一樣呢……」

「哈哈哈。這是水澤孝弘的酒保Style。請多指教。」

接著他用一種很熟練的姿勢跟我一鞠躬。感覺這個人如果真的去做酒保，生意好像會很好。

雖然很莫名其妙，但應該可以解釋成既然是文化祭就要這樣吧。

話說頭髮染紅的中村跟瀏海弄起來的水澤站在一起，感覺好華麗呢。排在旁邊的竹井因為體型很壯碩，散發著守護那兩人的保鏢魄力，這三人是很剛好的組合。

「吶吶！來幫我搬一下啦！」

「啊？」

「求求你～」

在一旁的我聽到那男女朋友之間的對話。感覺泉面對中村那恐怖得要命的說話語氣還是一點都不害怕。但她是女朋友，這也很正常吧。因為知道很多大家不清楚的一面，所以她根本不會害怕，情況大概是這樣嗎？

「好嘛！拜託！」

泉邊說邊露出微笑。嗯——我本來覺得泉基本上表裡如一，就我所知算是個性很好的那種人，可是像這種時候卻覺得她很會算計，在使用女人的武器。若是被她用那樣的笑容請求，感覺有很多男人會乖乖就範。

「……真是的。好啦好啦，我幫妳。」

看樣子中村也不例外。

他接過部分的漫畫，同時斜眼看我一眼，嘴裡說著「拿去」，然後理所當然地塞給我。為什麼啊。

「拿去，孝弘跟竹井也要。」

「知道啦。」

水澤說完就乾脆地接下。怎麼好像理所當然地把大家牽扯進來了。算了都好，文化祭就是這樣吧。好歹大家都是文化祭執行委員。

我看看手上變空的泉，當然她還是穿著班服。有別於深實實，用髮圈綁著T恤的下襬部分，仔細看會發現那個髮圈上面也有很像螃蟹鉗子的紅色裝飾，做工還真細緻。因為綁起來的緣故，下襬變短，每次走動肚子就會若隱若現，這種的用現充語來說似乎不是「性感」「色情」，而是「可愛」。那些原生現充都能夠把一個單字用在好幾種意思上。

「優鈴——……咦，還沒準備好？再過兩小時客人就要來囉。」

「我知道～！葵妳別只動嘴巴，也來幫忙啊～！」

「好好好——」

這個時候日南也加進來打哈哈，場面變得越來越熱鬧。

六個人邊笑鬧邊把漫畫整理得井然有序，日南跟泉好像還有工作要處理，她們跑到走廊上。畢竟是執行委員長跟學生會長嘛。還在呆呆地眺望兩人背影，我就看見小玉玉跟她們擦身而過進入教室。

「早安──」

跟我對上眼後，小玉玉也跟著用很自然、除了「這是在打招呼」完全感受不到其他用意的直率語氣說了這句話。真不愧是小玉玉。仔細看發現她不只穿著T恤，頭上還戴著像熊耳朵的東西。踩著俏皮的步伐走過來，在我前方停下。

「……你在看什麼。」

緊接著不知道為什麼，小玉玉除了抬頭看我，說話語氣還有點不高興。怎麼這樣？頭上戴著那種東西，一般人都會看吧？這該說是戴的人不好吧？水澤和中村他們也都在看這邊。

所以我決定直接把心裡所想說出。

「嗯，很適合妳。」

「好煩喔！聽了不開心！」

聽了這樣的對話，中村他們也笑了。嗯，也就是說小玉玉跟中村的關係依然很好，之前的疙瘩已經確實化解，維持在和平的狀態下，這是一件非常令人開心的事情。

「為什麼是我被罵……」

看到我反彈，她才說那是深實實強迫她的，小玉玉原本並不想這麼做。那拿下來不就好了。

「可是她說這個很適合我還特地自掏腰包買了，所以我就只有今天會戴。」

「……哦。」

這讓人不禁莞爾，聽起來很白痴，妳們這輩子都那樣好了。可是感覺滿適合，而且這樣好像也不錯。就連水澤都捉弄她說「她很貼心嘛」，被小玉玉回「你太多嘴」。感覺還不錯。

最後小玉玉開始一直看著我身上的衣服。

「……友崎，你的T恤呢？」

語氣聽起來好像有點擔心。我原本沒辦法融入班級，我們兩人都知道對方的本性是非常自我本位，所以她才想了各種可能性吧。而我看到小玉玉穿著T恤也鬆了一口氣，她的心情大概跟我一樣。

「沒有問題。我有穿著，就在底下。」

這話一出就讓小玉玉安心地笑了，看起來對此再也不感興趣，將視線轉開。

「哦——那太好了。」

「喂，這什麼反應。」

「是什麼呢。」

這莫名有默契的互動讓我感到舒暢。中村他們三個肯定不能明白吧。看著這樣的我，小玉玉先是偷笑一下，接著就用平常的直率目光看我。

「──文化祭。我們好像都能樂在其中，太好了。」

這句話聽起來似乎有多重意思。

不過這所有的意思，也只有身為同類的我跟小玉玉能知曉。

雖然不是一直在一起奮戰，但我們的戰鬥方法總是大致相同。

因此我露出一個笑容，盡量表現得強而有力，像是現充一樣。

「是啊。」

我回的這兩個字也包含許多含意，小玉玉「嗯」了一聲並點點頭，揮揮手說了句「再見」就跑到走廊上去。

完全沒有參加對話的竹井則是對著那背影做出最大力、最有精神的揮手。

「哎呀！我喜歡的應該就是小玉玉這類型！」

「咦!?」

面對這句意想不到的話，我打心底感到驚訝。悄悄看了一下發現水澤跟中村似乎也很訝異。

「你、你喜歡這種類型的？」

難得看到水澤這麼慌亂，不過他說話的語氣很愉悅。中村也拿話調侃竹井。

「你的精神年齡確實跟小玉的外表年齡差不多呢。」

「果然是這樣對吧!?」

別人明明是在捉弄他，竹井的反應卻很開心，反而覺得對方是在說他們兩個很配，我們三人看了都在苦笑。糟糕，小玉玉快逃。

「這件事情先擺一邊……」

在那之後話題移轉，水澤拍拍我的肩膀。

「文也，就按照說好的那樣……走吧。」

「呃——……好。」

於是在那三個人的帶領下，我前往很少有人使用的偏遠男子廁所。

對。昨天晚上水澤發 LINE 跟我下指示說「明天來的時候不要弄髮蠟和其他東西」。這麼看來，可以想像得到接下來會發生什麼事情。

＊　＊　＊

「這、這是什麼……?」

後來經過十幾分鐘。我頭上的頭髮變得像在美容院才會看到的髮型雜誌封面一樣，都變成翹翹尖尖的。在美容院剪完頭髮之後，那邊也會幫我做造型，讓我的髮型變得很潮，但完全比不上這個。這根本已經是電腦修圖的等級。

「要說這是什麼……就是內外兼修的主流 Bubble mash。」

「內外兼修的主流巴布羅馬戲……」

「虧你一次就能記起來。」

因為被日南過度鍛鍊，所以我很擅長記外文。這種莫名其妙的複誦就看我的吧。

話說回來，這究竟是發生什麼事了。剛才他用很燙像餐具夾子的東西把頭髮夾起來捲來捲去，然後塗上髮蠟讓頭先變成爆炸頭，接著把這些頭髮都壓下去，再用指尖做細部調整就完成了。

「……這還真厲害。」

被水澤噴最後的定型液時，我嘴裡喃喃自語。

頭髮就好像被燙過一樣，朝著各種方向隨意散開，然後再聚集成一束一束，創造出來的流行感可不是一般般。而且這種髮型也算是平常髮型的延伸版本，不太會讓我產生反感。我本人對自己的外表完全沒有自信，但這個髮型還會讓我覺得「咦？感覺好像滿帥的？」說真的看到這個，任誰都想像不到我是鍾愛AttaFami的遊戲阿宅。

「孝弘果然很強——！」

「這都可以收錢了吧。友崎變好輕浮——」

竹井看了我的髮型變得好興奮，中村也帶著強烈的笑意點點頭。被人家說很輕浮令人在意，可是評價不錯，感覺好像不賴……是說不管怎麼看，這都一定會獲得好評吧。因為太強了。

看完我的髮型成品，水澤滿意地點點頭。

「雖然不久之前就流行過，但現在依然算是主流，比起現在最流行的自由奔放泡麵頭，這種的應該會更適合文也。」

「我、我不是很懂，但原來是這樣啊……」

我很擅長去記住單字，卻沒辦法解讀長文，所以就放棄去解讀了。看來也要練習聽力才行。

「完成。修二也比想像中更適合 Color wax，今天這樣的陣仗就完美啦。」

「Color wax……？」

雖然我沒辦法一聽就聽懂這個字，但是按照這句外文的意思還是可以推測出來。那個意思是彩色的髮蠟，也就是有顏色的頭髮造型劑。那就是說——

「啊——……原來你沒有染頭髮。」

「哈哈哈。那是當然的吧。」

只見中村笑得開懷，輕輕戳撞我的肩膀。

「我怎麼被騙了一次……」

我沮喪地垂下肩膀，結果中村大手一張把手繞到我跟水澤的肩膀上。

「又沒關係。搞定——那接下來……希望能夠拿到很多的 LINE，我們上！」

『噢——！』

「等等啊暫停！」

除了我以外的那三人一同吆喝，就只有我拿別的話插嘴。

「哈哈哈，怎麼了?文也。」

水澤在笑。他看起來很開心真棒呢。

「還問我怎麼了……唉，算了不管了。要那樣是吧。我知道了。」

看我放棄掙扎，中村笑著露出潔白的牙齒。

「喔!懂得妥協還不錯嘛。」

「我已經習慣了。你們幾個不是都這樣嗎？」

「哈、哈、哈。你很懂嘛。」

中村說完就豪爽地笑了。感覺今天中村的心情有點好。好吧畢竟他是中村，碰到文化祭本來就會情緒比較高昂吧。

這次換水澤說「那再來一次」，並且把手繞到大家的肩膀上，我們圍成一個圓圈。

「我專門負責扮演夜生活工作者，修二走的是狂野路線，還有負責當髮型模特兒的文也，再加上竹井。這樣一定有搞頭!我們走吧!」

『噢——!』

包含我在內，四個人一起發出吆喝聲，但明顯只有他一人遭到欺負的竹井完全沒發現自己吃虧，面帶笑容發出最有幹勁的聲音，嗯，竹井果真不愧是竹井。還有

「髮型模特兒」是什麼鬼？

＊　＊　＊

在體育館舉辦的形式上開幕典禮結束後，接著是自由時間。

在其他學校的人到來之前，還有幾個小時的時間，也就是我們學校的人可以去其他班級的店鋪遊玩，我們四個人就隨興在許多班級間品鑑。

由於有外表上非常華麗的中村和水澤這兩個人在，不管到哪個班級去，我們都會變成矚目焦點，我個人也對「只要不說話隔幾公尺距離看，第一印象應該會很好」這點有自信，擺出大大方方的表情和姿態，盡量不要講話，藉著這完美的作戰計畫，沒想到一年級女生除了去問中村和水澤 LINE，還順便跟我說「學長的也要……！」來跟我要 LINE，出現這種驚人的發展。其實我根本什麼都沒做，並沒有什麼特別值得一提的地方，但我知道外表帶來的威力是很強大的。

在一番折騰下，時間終於過完了──

結束午休時間後，外面的學生也開始陸續光臨，過了幾十分鐘。

「啊──！水澤學長！友崎學長！」

已經變成空有「漫畫咖啡廳」之名，實際上成了懶人滯留處的二年二班教室裡，有個拿懶惰來形容最貼切的女孩子進來了。

她穿著袖子上有白色圖案的寬鬆黑色連帽上衣，是小鶇。還帶了兩個很有型的同伴。

「嗨——是鶇兒跟……？」水澤說到這邊停了一下。「喔喔！是葉子跟小瞳！」

水澤面不改色補了這句話，我跟中村面面相覷。順便說一下，竹井一副「哇——有可愛女孩子來了——」的德行，在對那幾個人搖尾巴。

可是好奇怪喔，剛才那是怎樣。

「我說中村……剛才那個人面不改色直呼兩人的名字對吧？」

「是啊友崎，第一個進來的女孩子，你也認識吧？」

「對啊中村，那個女孩子叫做小鶇，跟我和水澤在同一個地方打工……另外那兩個不是。」

「友崎……這之間感覺有不可告人的交友關係呢。」

「中村，說得沒錯。」

我跟中村在對話時展現了前所未見的默契，矛頭狠狠地指向水澤等人。

「喔——喔——怎麼了孝弘？是你的熟人？」

這疑問讓水澤用得意到煩人的表情面向這邊，只簡短說了一句「是沒錯——」。

這小子，刻意不深入介紹要賣關子……

「感覺有不可告人的交友關係。」

剛才中村說過的話，我直接大聲重複一次，同時用這種方式來譴責水澤。

「哈哈哈。也不算是不可告人的交友關係吧……怎麼說呢？」

水澤說完就轉頭看向小鶇帶來的那兩個朋友，只見那兩個人困擾地看著彼此。

「請問……」

「怎麼了嗎？」

接著她們露出困惑的笑容。

水澤也跟著一起笑，並且再次轉頭看這邊。

「硬要說的話……」他說完抬起其中一邊的眉毛。「應該算是客人吧？」

「……啊？」

我跟中村同時發出聲音，小鶇等三個人這時忍不住笑了出來。

「總之，我們確實認識，一些小細節就別計較了吧！三位慢慢玩？」

「好──」

小鶇做出有氣無力的回應，三個人找張桌子坐下。

被取名叫做「Banchoo」的教室被像是防音隔板的東西切割成四個大區塊，打造出各自的小天地。

裡頭放著沒有椅腳的椅子和小桌子，可以很親近地面，打造出其中一個懶洋洋的空間。

還有一個放了類似挑高酒吧調酒檯的東西，可以橫著坐一排休憩。

另外兩個地方就放了一般的桌子和椅子，可以坐在那邊休閒。

換句話說，不管哪個區塊都是設計讓人休閒的，可以說果然最適合小鶇了。

而不知不覺間在我們二年二班，原本應該要當店員的學生都跟客人們一起看起漫畫，在那邊偷懶，整間店的感覺變得像這個樣子。也太自甘墮落了吧。

被帶領進來的小鶇一行三個人坐到有四張桌子拼起來形成的座位上。然後——

「妳們是孝弘的朋友？」

面不改色地說完這句話，中村就坐到那邊的座位上，這個人明明都有泉當女朋友了，這是在做什麼啊。

「啊，沒錯！」

「請、請多多指教！」

小鶇這兩個朋友突然擺出很端正的姿勢那麼說，這讓中村苦笑，出聲指正。

「唷，妳們太緊張了。」

被調侃的兩個人看起來雖然在笑，卻顯得不知所措，最後她們的目光都集中在小鶇身上。而中村則是順勢說下去。

「話說，那邊的女孩子未免太不緊張。」

「咦？」

包含我在內，所有人都被這段互動逗笑，場面頓時緩和下來。中村這傢伙，果然不是只有臉很可怕又帥而已。

「啊，你好。我是鶇～」

緊接著小鶇在一個莫名其妙很脫線的時機下做自我介紹，讓我看了笑了出來。

剛才說這句話的契機是打哪來的。

「不對吧，現在適合自我介紹？」

於是我就試著用被深實實鍛鍊出來的搞笑雙簧節奏感吐槽，沒想到進展順利，大家又笑了。咦，剛才我是不是有點厲害？

「咦──話說今天你們兩個人看起來超輕浮的──」

「會嗎？我平常就很輕浮啊。」

「不，這是在給負評耶？」

這樣的對話又讓我笑了。我可是經過練習才勉強能應付，為什麼這些人能說得那麼自然。

「你是不是也該交個女朋友安定下來了～如果你想交一定可以交到吧──」

這時小鶇懶洋洋地說了這句話，那兩個朋友聽了跟著「嗯嗯」地點頭。看起來還是一樣緊張，對了？這兩個人剛才有自我介紹嗎？

有鑒於此，我決定問一下。一方面是想累積經驗值，一方面是要跟朋友認識的人打招呼。但對方年紀好歹比我小，所以我注意讓自己說話用沒架子的語氣。

「話說回來，妳們兩位叫什麼名字？」

很好，說得很順喔。跟菊池同學一起去訪問前橋同學的時候，已經累積一些關於對初次見面女孩子說話語氣不要太彬彬有禮的訓練，我自認帶出來的感覺還滿流暢。

「啊，我叫做瞳──」

「我叫做葉子～」

那兩個人報上名號，這個時候我在心裡想著，明明年紀比較大卻完全比不上她們。沒想到竟然會直接說出沒帶姓氏的名字來做自我介紹。那我是不是也只要說沒帶姓氏的名字就好。

「多多指教──我是修二。」

「呃──我叫做文也。請多指教。」

在中村的庇蔭下，我直接用名字做自我介紹。目前大家都直接說名字，我卻說自己姓友崎未免太不自然。

「妳們好──！我是竹井！」

沒想到這個時候竹井精神抖擻地舉手打招呼。嗯，竹井在自我介紹的時候就是要直接說他是竹井才像竹井，這樣很好喔竹井。

情況大概就是這樣，我們就跟小鶇等人閒聊──

「軍師──────────！」，這時今天第二波過度有朝氣的聲音傳進我耳朵中。「……唔喔喔!?」

深實實看到這種情況明顯感到驚訝，目光順著小鶇等人依序看過去。

「……黑暗聯誼!?」

「不是啦──」

水澤適時吐槽，在場眾人在此笑了出來。

「好吧不管了，對了軍師！要趕快來做最後的練習！」

「啊，對喔。」

今天下午開始就要來正式演出搞笑雙簧了。我們會在可以自由出入的小小發表空間中借用五分鐘來表演搞笑雙簧，雖然是像這樣的簡易表演，但說緊張還是會緊張。希望盡量不要有人過來觀看。

「咦，友崎學長有要表演啊──？」

「啊──嗯，就大概表演一下搞笑雙簧。」

在我回答完後，小鶇發出一聲「咦！」並睜大眼睛。

「這是什麼聽起來好像超有趣的！我要去看看。」

「呃。」

「水澤學長──這個人剛剛說『呃』耶──」

「沒辦法啊，文也這個人比較直接。」

水澤出來幫腔，我就趁機加碼。

「對對，因為心裡想著要說『呃』就說出來了。」

「這什麼鬼！那拜託你不要想著『呃』。」

就這樣，我們懶懶地將總是在卡拉ＯＫ「SEVENTH」聊的沒內容對話說完。因為我私底下並不是現充，所以很擅長掌握戰況，水澤站在我這邊，既然知道情況對我有利，那我就可以強勢一點。感覺我好像說了很差勁的話。

只見深實實一臉不可思議地看著這一幕。

「軍、軍師竟然在當人家的學長……」

深實實的驚訝反應很莫名其妙，水澤看了呵呵笑。

「文也是一個稱職的大哥哥對吧？」

他對著小鶇這麼說，小鶇則是點頭說「對喔！」，目光轉到深實實身上。

「當我在包廂裡的沙發上偷懶，他都會要求我『快工作』！」

由於小鶇說出這種話，我就在旁邊補刀。

「既然知道就別偷懶。」

「咦～」

這些對話深實實都一邊「哈哈哈——」笑一邊聽。可是她卻不大把對話的內容聽進去，畢竟不認識的人有三個，深實實可能也難免緊張吧。

「話說友崎學長果然不能小看呢。」

「咦，在說什麼？」

當我這麼說完，小鶇就一直看著深實實——嘴裡這麼說。

「明明就到我們的高中搭訕女生，卻要跟這麼可愛的大姊姊表演搞笑雙簧～」

這句話讓水澤忍不住笑了出來，小鶇的兩個朋友這時發出一聲「咦——！」。

這突如其來的事態讓我陷入慌亂，第一個不敢看的人就是深實實。

「沒、沒有啦，我並沒有去搭訕……」

我在想有哪些理由可以圓場，但這是百分之百的事實，因此我什麼理由都想不到。雖然小鶇早就知道我去參加過女校的文化祭，但我原本是想隱瞞跟人搭訕的事情。看樣子已經太遲了。

「什麼軍師——!?你去女子高中搭訕!?」

「先、先等一下深實實……！」

「軍師!?你、你你是從什麼時候開始變成那、那麼輕浮的男子!!」

「不、不是那樣，是水澤他……」

「跟孝弘一起!?那就不會錯了，這是事實吧軍師!?」

「既然都跟水澤在一起了，就是那麼一回事吧!?」

看來水澤這個字眼一放出來反而是自掘墳墓，深實實更加疑惑了。可以說深實實距離事實又因此更進一步了吧。

「……好！我們走！去練習！」

「你在掩飾！」

接著我為了逃離深實實就從教室飛奔出去。仔細想想就算我逃走了，之後還是要一起練習，這樣沒意義就是了。

＊　＊　＊

在找理由跟深實實解釋和最後一次對段子後，幾十分鐘過去。

「這、這一刻終於來了……」

我嘴裡念念有詞。

這裡是跟校舍有一小段距離的多用途廳堂。

面積差不多是體育館的四分之一左右。看似寬廣實則有點狹窄，這個廳堂總是用來給同學年的學生集合用，諸如此類，我跟深實實就站在舞臺旁邊的小通道上。

「怎麼啦——很緊張嗎！」

「不、不對吧，一般來說都會緊張才對……」

因為我們接下來要站在大家面前表演搞笑雙簧。這種事情已經超越弱角的能力範疇。

深實實身上穿著棒球夾克外套、白色襯衫和裙子，是很有文化祭味道的穿搭，我也穿上深實實給我的外套，樣式比較花俏一些。兩人的口袋都有老朋友——土偶吊飾在探頭探腦，當然這些裝扮都是深實實的點子。

「別緊張別緊張！反正大家也沒有多大的期待，也不可能完全進展順利！」

「不對吧，這樣當真沒問題？」

我快狠準吐槽深實實說的話，結果她就笑了。

「對，就是這個！照這個感覺去表演就行了！我們都練習過了嘛！」

接著她用力拍拍我的肩膀。

「好痛！」

我把音量壓在觀眾席那邊不至於會聽見的程度，同時叫了一聲。

「都已經可以做得很自然了！所以沒問題。懂吧？」

「……喔。」

話說回來，也對。練習都做了，好歹會有加分效果。姑且不論接下來要站上的舞臺跟自己的等級有沒有出入，在這個名為人生的遊戲中，照理說紮實的努力不可能徒勞無功才對……應該吧。

「很好，我們上。」

「好！」

我跟深實實對著彼此綻放笑容。

幾分鐘後，那一刻總算到來了。

『接下來是 TM revolution 帶來的搞笑雙簧表演！請為我們帶來精采的演出！』

話說這個組合名稱還是第一次聽到。

「這是什麼組合!?」

「啊，因為名字是友崎和深實實，所以取日文羅馬字變成ＴＭ！好了，我們上吧——！」

「也太隨便……」

在最後一刻，我的緊張感因此化解，還在同一時間飛奔到舞臺上。

＊＊＊

『大家好——！』

我們兩人結伴衝到舞臺上，走向放在站立支架上的非搞笑雙簧專用普通麥克風。

比想像中還要強好幾倍的燈光照在我們身上。把我眼前照得一片光亮，前方景色都看不清楚了。

「那麼接下來——！就讓我們開始吧——！」

深實實很有精神地開場。大概是面對觀眾的關係，她顯得比平常更有朝氣，用像在跟對面觀眾們對話的語氣說道。

「哎呀友崎先生，你聽我說。」

「怎麼了七海小姐。」

「話說我們今天有機會來這邊表演夫婦搞笑雙簧呢。」

我吸了一口氣，盡量用像是即興演出的自然語氣說話。

「可是姓氏卻不一樣耶？」

聽到這吐槽整個會場揚起笑聲——只有我想要的音量的四分之一。嗚，果然是這樣嗎？

不過剛才這只是簡單地試探性刺拳。接下來正式演出再挽回就行了。

接著在那片微弱的笑聲中，我開始去想。接下來換我說臺詞，但是像深實實剛才那樣說話應該才是正確的吧。要用像是在跟對面觀眾喊話的說話方式。

平常都是只有我們兩人在對話，但現在還有觀眾，有的時候要像是在面向觀眾說話。那也跟這次「盡量自然演出」的宗旨不謀而合，那樣人們在觀賞的時候一定比較容易接受。能夠突然間理所當然地切入這種模式，深實實果然很擅長站在人們面前吧。

因此我打算盡量讓觀眾都進入狀況，並且面向前方。

——就在此時。

剛才因為燈光的亮度看不見觀眾席。

有好幾十個學生都在看我們兩個，那景象正好映入眼簾。

在這瞬間。

——不出所料，最糟糕的情況出現了。

歸納起來其實並不複雜。

「……唔。」

那就是我的腦袋變得一片空白。

大汗淋漓。視野變得狹隘。

手顫抖的程度連我自己都感到驚訝，這個事實令我更加緊張。
我想要試著找出一些眉目，就去回想在背誦時使用的單字卡，卻什麼都想不出來。照理說對於流程的背誦都已經完美到不能再完美了。
為了讓自己一定不會遺忘，不管是休息時間還是放學回家，我都一再背誦。
上學和放學搭電車回家的途中，我也利用交替寫著雙方臺詞的單字卡來完美背誦。
當然還為了避免產生像深實實說的「像在演戲的感覺」，我不是一字一句去記，在記的時候頂多就只有記抽象的意思，好比是「大概要說類似這樣的話」。可是每次去回想的時候，都要從這個時候開始轉換成具體的臺詞才算成功，因此這練習甚至可以說是在訓練臨機應變的說話能力。
也因為這樣，我才沒料到。
本來在想自己如果因為緊張導致失敗，那可能會沒辦法針對回想起來的抽象意思去隨機捏造對話，呈現出不自然的感覺，或是變成完全把背起來的臺詞念出來。原本以為失敗起來的表現會是這樣。
可是……
現在的我就連接下來自己該說什麼都完全沒概念了。
「哎呀——……」
我先是堆出笑臉，說些東西來填補空白。接下來要換我講話。觀眾應該還沒發現這點，但深實實大概已經察覺不對勁了吧。

就在這時——

「對了友崎先生！」

此時深實實突然說出劇本上沒有的臺詞。

「你知道 TM revolution 這個組合的名稱由來是什麼嗎？」

這已經不僅僅是改變臺詞的細部，完全變成即興演出。

「咦？不，我完全不知道耶。」

我只有在表面上不要打壞節奏感，心裡則拚命雙手合十祈禱。

「Ｔ是友崎的Ｔ。」

「嗯。」

「Ｍ是我深奈實的Ｍ。」

「是。」

「然後……」

深實實一說完就張開手掌面向自己的臉，接著用力擺出一個姿勢。

「——revolution！」

現場沒有人發出笑聲。

因為這個臺詞完全沒有笑點。

但那明顯是——要用這句臺詞來幫助忘詞的我。

所以我覺得一定要想辦法挽救這個窘境。

正式演出就只有一次。而且是忘了臺詞的我不好，這樣下去沒辦法表演搞笑雙簧，只會變成一連串無聊對話。我們所做的練習、想出來的臺詞都會變成白做工，只剩下深實實剛才的冷場表現。

唯獨這點，絕對不能成真。

我深吸一口氣，開始去想要說什麼。

自己該說些什麼才好？

可以學深實實，用誇張的語氣，淺顯易懂地吐槽——這也在考量之內。

不過，那麼做八成是錯的。

因為深實實說過，要盡量自然些，就像平常說些白痴對話那樣。

於是我就在想平常的深實實如果這麼做，我會如何反應。

緊接著，我這麼說。

「——事情就是這樣，但我們可是在表演搞笑雙簧……」

「竟然當作沒看見!?」

這樣的對白讓會場上揚起一片笑聲。

對。我選擇的是故意忽略。應該說平常在跟深實實對話的時候，我都會如此選擇。

雖然深實實說平常的對話是在練習，嗯。

這麼做效果確實很好。

人們因此發出的笑聲，還有最重要的，深實實想要幫助我的那份心。

這些都徹底化解了我的緊張感。

「話說七海小姐，這次我可以拿到休假，妳有想去的地方嗎？」

聽了這句臺詞，深實實微微點頭，嘴角抬了起來，露出得意的笑容。

那是以往常常看到的帥氣深實實。

這真是讓人感激不盡。

因為她為了幫助我，故意當著這麼多人的面大方耍冷。

不惜讓自己丟臉也要化解我的緊張。

「這個嘛——應該是動物園吧！」

「動物園是吧——啊——可是……」

在眾人的注視下，過分強烈的燈光中。

之後我們都沒有再忘詞，這雙人搞笑雙簧順利落幕。

＊　＊　＊

「哎呀！差強人意呢！」

「哈哈哈。真的。」

表演完搞笑雙簧後，來到多用途廳堂的側邊。

在寒風吹拂下，我們開起反省大會。

「對不起！我腦子變得一片空白……剛才真是得救了。」

我為忘記臺詞的失誤道歉，結果深實實就像平常那樣綻放開朗笑容。

「沒關係啦！但是相對的，要請我吃拉麵！」

「哈哈……好，我知道了。多謝啦，真的。」

「反正結果是好的，那就沒問題啦！」

看到深實實對失敗一笑置之，我有種得救的感覺。

「……沒問題，也對！總之以門外漢來說算是做得不錯了……對吧？」

「應該吧！肯定還不錯！」

「哈哈哈。又是應該又是肯定的。」

話說回來，以一般標準來看，逗人發笑的程度還不至於讓人尷尬，我想這樣就算成功了。姑且不論算不算非常成功，以一個表演來說也算勉強過關吧。

老實說除了小鶇，現場還有中村那幫人跟深實實的朋友。這些親近的夥伴齊聚一堂溫暖守候，對我們來說也是一大助力啦。某些人知道我跟深實實的事情，可能會發笑的笑點還在於「竟然自稱夫妻……」，但他們只會心照不宣。

「那我也差不多該……」

打開智慧手機的時鐘一看，時間已經來到下午四點。再過一個小時就要開始演戲。雖然劇本的事情已經拜託菊池同學負責了，可是在照明和音效等等的最終確認上，我也必須去監督才行。我的心思都跑到話劇上，還有話劇演完的某件事情上。

這時深實實突然用隱含不安的目光看我。那眼神莫名熱切，一直在我跟智慧手機的時鐘上來回掃視。

「話劇……差不多要開始了？」

那聲音聽起來有點無助，就像火柴的火被風吹到一樣，虛弱縹緲。

「嗯。」

「是跟菊池同學一起做的……話劇？」

不知道為什麼要特別強調這點，深實實說了第二遍，看她的表情，那瞳孔彷彿已經看穿接下來會發生什麼，讓我胸口一陣刺痛。這單純只是我想太多，還是——

無論如何。

「……沒錯。那我過去了。」

我沒能為深實實做任何事情。

「也對。」

深實實小聲地嘟噥。

西斜的日光將那張側臉染上橘紅色光芒。乾燥的風吹拂著，落葉紛飛。

最後深實實笑了一下，然後抬頭看冰冷又朦朧的天空——發出一聲叫喊。

「啊——啊！都結束了！」

那神情就像是在為某種事物感到膽怯的脆弱少女。

「軍師。」

「……怎麼了？」

「表演搞笑雙簧，感覺很開心。」

「嗯……對啊。」

我點點頭。這是怎麼了？為何覺得她的目光落在不知名的遠方。

「……嗯，我很開心。」

「是……這樣啊。」

深實實又把話重複了一遍，然後咬了嘴脣一下——不曉得是向著誰，她再一次微微點頭。

「嗯，那你慢走。」

「……好。」

那句話意味深長。還有那表情。

雖然不曉得深實實察覺到什麼、預見了什麼。

但我認為自己能做的一定就只有誠實面對自己的決定，貫徹到最後。

＊　＊　＊

後來一個小時過去。

我要來做最終確認，跟一大批學生一起來到體育館。

按照每段時間的安排進行演出，那裡上演了輕音樂社團的演奏會，一些班級和社團上來做自由發表——接下來由菊池同學譜寫劇本的話劇即將開演。

主演是學生會長和曾經站臺發表演講的日南配水澤，原本話題性就很高，常看到原作改編的真人版電影打上卡司是有名演員和偶像，我好像能體會那是怎樣的感覺了。畢竟是努力創作出來的，當然會希望吸引更多觀眾。

會場上排了一列列的折疊椅，大致上看來應該能容納三、四百個人。目前大概一半都坐滿了，感覺吸客效應還不錯。

聚集而來的學生們和朋友熱鬧閒談等待話劇開演，與其說是來看話劇本身，倒不如說那氛圍更像是期待名人登臺演出，才來這觀看。想必沒幾個人會去期待劇本完成度和想傳達的意涵吧。

反正這些我早就知道了。

但還是希望來的人能夠有些收穫，那樣就夠了。

『——接下來即將上演的是，二年二班帶來的原創話劇《我所不知道的飛翔方式》。』

身為文化祭執行委員長的泉出來主持，聲音在會場上響起。整個會場的照明暗掉，空間變得一片黑暗。原本吵雜的氣息也隨之安靜下來。就只有從黑暗的舞臺上傳來喀噠喀噠的聲音。

率先劃破寂靜的是日南的聲音。

『——我說利普拉，還沒好？』

那聲音聽起來有點慵懶，蘊含怒氣。同時舞臺上的照明也逐漸跟著變亮。

『艾爾希雅，我們才走沒多久吧。』

麥克風中傳來兩個人的聲音。舞臺就只有放著白板上貼有畫了城堡內部裝潢海報紙的簡單設置，除此之外還未有其他東西出現。

『漫無目的地走動只是徒增疲憊吧。』

『說想來探險的人明明就是艾爾希雅……』

一邊說著，由日南扮演的艾爾希雅、水澤扮演的利普拉從舞臺旁邊走出來。兩人身上穿著幻想風格的角色扮演服飾，看起來就像是在網路上買來的便宜貨，但可能是被俊男美女穿著的關係，就不覺得有多廉價。

一看到這兩個高人氣角色登場，觀眾席那邊就有人喊著「是日南學姊！」「那不是水澤同學嗎！」諸如此類，甚至還有學生吹口哨。這、這些反應跟想像中的不一樣呢。我們要演的不是那種劇……算了，文化祭就是這樣吧。

『是這樣沒錯。但我沒想到就只是要探險，卻沒有一個目的地。』

『我說啊，做這種事情是要享受探險本身……噢，那裡也有門呢。』

『唉。好吧，總比在房間聽米雅婆婆說以前的事情開心……』

『對吧？而且被人找到的時候如果跟艾爾希雅一起，感覺也比較不會被罵。』

『拜託不要把我的王家千金權限這樣使用好嗎？』

透過一段閒聊，將能說明現況和角色之間的關係性。我原本還在想小說中用文字說明的部分要如何轉換到劇本裡面，而劇本一開始就以這種形式呈現好高竿。像這類精細安排就很符合菊池同學性格吧。

『唉。利普拉老是這樣。』

但同樣厲害的還是日南。就只是講了些少少的話，可能是因為舉動、聲音語氣和表情，或單純基於存在感，從她表現出來的姿態能明顯感受到艾爾希雅的「強勢」。與其說那是演技，或許更可以解釋成這是日南與生俱來的力量。

『來，我們走吧！』

利普拉不愧是利普拉，藉著演技確實突顯出那份「率真」和「笨拙」，但負責演出的人是水澤，至於他是不是能夠完全擺脫那種輕浮的伶俐感，可能有點說不準。早上梳起來的頭髮已經放下來了，打造出像是利普拉的感覺，演技上也沒有破綻，但他的外表實在太過有型。

艾爾希雅嘴上發著牢騷，利普拉則是在臉上表現出興奮的樣子，於王城內部探險——這時迎來第一個高潮，也就是庭園戲碼。

舞臺轉暗。

利普拉和艾爾希雅找到庭園的門扉，一時間為了是不是要打開被下令不准打開的門猶豫——

『有點想打開來看看……總覺得很好奇。』

由於利普拉這最後一次的推波助瀾，他們兩個就決定看看裡頭。

打開門的音效隨之播送。舞臺先是轉亮，上頭佇立著身穿白色連身洋裝，由小玉玉演出的克莉絲。那身有著與世隔絕氣息的服裝跟嬌小的小玉玉很相稱，可能是表情和一些小舉動帶出楚楚可憐的感覺，平常那種正直又強烈的氣質被漂亮中和掉。

當背景的海報紙也在燈光轉暗之後換了圖案，整張紙上面畫滿了龍。後面還疊了好幾張海報，就好像每天會撕掉的日曆一樣，藉著翻動來轉場，靠演技和小道具會有些部分解釋不清，這下全都藉此表現出來。預算很低又有效。這也是菊池同學的點子，好厲害呢。

『──一打開門就發現有隻大概五到六公尺的飛龍，還有在飛龍旁邊靜靜佇立的少女。』

此時泉充當解說員進行補充，三位演員開始對峙。

主要登場人物都到齊了，這是在這齣話劇中很有象徵性的一幕。

──而在此刻。

日南扮演的艾爾希雅有所行動。

這是一個看似無心的動作。

她一直看著自己的左手手掌，咬著嘴唇。像是下定了某種決心般，將手輕輕握住，然後對著斜上方放出令人不寒而慄的目光。

這一個個舉動似乎要讓遠方的人也能夠看見，被刻意誇飾，動作跟動作之間有微妙的間隔，讓觀眾可以注意到那些舉動。

然後手指就像勾爪一樣，彎曲成像要攻擊的型態，擺成像是準備要借力使力拉動對手的狀態，朝著視線看的方向走幾步。擁抱黑暗的黑色瞳孔透露出明確殺意。

有人伸手抓住她的手，是水澤扮演的利普拉。

『艾爾希雅，妳想做什麼？』

從外表上看來是水澤抓住日南的手腕，其中一部分觀眾發出好似難以壓抑的尖叫聲，在替他們聲援。嗯，果然只要讓俊男美女來主演，就會變成娛樂性很高的話劇。心情上有點複雜，但這樣也無妨吧。

『放手。』

日南冷酷的聲音充斥著整座體育館。恐怕沒有人聽過日南發出這樣的聲音，這種反差讓會場一度安靜。

『我若是不採取行動，你會被殺掉。』

彷彿是要占領整座會場。

『因此——就讓我做吧。』

在一片肅靜的氛圍中，她放出充滿魄力的一句話。

「哦哦……」

在觀眾席上觀看的我發出細小呼聲。

練習首日，日南就曾經先試著演出這個橋段。那個時候就已經逼近完美了，然而這時魄力更添幾分，讓我除了驚訝還是驚訝。果然找日南來演艾爾希雅是正確的選擇。

明明演到這邊都還沒有太大的動作，卻靠著存在感和操控氛圍的力量掌控整座會場。在學生會選舉時的演講也是如此，我是知道日南有這樣的實力，不過——當

時她再怎麼說都只是在講「日南葵」會講的話。也就是說像這個樣子，不拘泥於任何形象，能夠「千變萬化」攫取人心，其實原本就是這傢伙擅長的招式吧。

只不過水澤扮演的利普拉也不退讓。

『不要。』

『好了快放開我，我必須在這裡折斷那隻龍的翅膀才行。』

『妳果然打算那麼做。絕對不行。如果在這裡讓艾爾希雅那麼做了，妳肯定會沒命！』

『別擔心，我不會死的。因為接下來要發生的事情只會是一場意外。而身為王族之後的我只要沒有犯太大的錯誤，就不會被處刑。』

『就算是這樣，我也不放。』

『為什麼？』

『這是因為，就算不會真的喪命，「艾爾希雅」妳依然不會有活路可走！』

這段互動我已經在劇本上看過無數次，然而像這樣搬上舞臺，而且還是看著日南和水澤扮演，會覺得角色有魄力又栩栩如生，感覺很有趣。

經歷了第一次進入庭園的戲碼後，利普拉跟艾爾希雅變成「姊弟」，三人間的關係就此展開——

舞臺的演出上演了幾分鐘後，一開始會場上的氣氛就只是「若是能看到一些奇怪的演出也不錯」，但現在卻好像逐漸受到話劇本身吸引。雖然一開始的契機來自於日南的力量，但想來八成是菊池同學那外在樸實卻於細部下了功夫的劇本也逐漸讓大家了解其中的有趣之處吧。

如此這般，變成「導師」和「照護人」的艾爾希雅跟利普拉，為了讓飛龍能夠飛翔而協助克莉絲，開始做了一連串的嘗試。

『來，快吃！嗯，好乖好乖！』

『好、好耶！這樣就能夠飛……』

『……應該、還不行吧，利普拉？』

『怪、怪了？克莉絲，別用那種眼神看我嘛。』

『利普拉，跟你說的不一樣。』

『好痛，艾爾希雅妳別捏我。』

他們會讓飛龍吃長在飛龍谷裡的特殊小草。

『好啦——！變乾淨了！』

『很、很好，這次這樣一定能飛……』

『……應該、還不行吧，利普拉？』

『奇、奇怪～？真是怪了……』

『……唉。』

『艾爾希雅，嘆氣是最傷人的喔。』

還替每一片鱗片用灌注特殊魔力的披風擦拭乾淨。

『如此一來就能離開地面，和風一起飛翔——……利普拉？』

『看樣子飛不起來，克莉絲！啊——其實我早就猜到了！』

『唉……』

『對不起嘛，艾爾希雅！』

並且拿了記載飛翔方法的故事書，讀給飛龍聽。

然而飛龍還是一直都不飛，剛開始克莉絲還在懼怕闖入者，現在也逐漸對那兩個人敞開心胸。

而後漸漸地，三個人將會互相認識到彼此的內在——不過。

『艾爾希雅！聽說妳在魔工藝大賽上獲得優勝!?恭喜妳！』

『啊哈哈。謝謝，克莉絲。』
『而且還是史上最年輕的冠軍吧!?真的好厲害！』
『艾爾希雅真是什麼都會呢。』
『那是因為我很努力嘛。』
只見艾爾希雅在回答時看似不怎麼熱切。

『我要來慶祝！』
『真的？』
『嗯！對了艾爾希雅！艾爾希雅喜歡的東西是什麼啊？』
『說到這個，就連我都不曉得呢。』
『喔——喜歡的東西？』
『對！』
『問這個……要做什麼？』
『咦——怎麼這樣問人——？妳聽了應該也猜到了吧，別問啦～』
『啊哈哈，好像是喔。』
有別於這段開心的對話，艾爾希雅的表情逐漸黯淡。

『嗯。所以呢，是什麼？妳喜歡的東西。』

『喜歡的東西呀──』

之前的柔和氣氛頓時一變。

艾爾希雅自嘲地笑了，像是在否認自我一般，說了這番話。

『嗯──也許我並沒有任何喜歡的東西。』

面對這句突然說出口，令人莫名悲傷的話，不只是觀眾，就連聽在我耳中都格外尖銳。

那讓克莉絲嚇了一跳，趕緊說些話來緩和氣氛。

『咦？可、可是，妳這麼博學多聞，手又巧什麼都做得出來，還很擅長用魔法不是嗎！這些妳不是都喜歡嗎？』

『不是的。那是因為我繼承了皇家的血脈，而我一定得當女王……所以才會每天都這麼努力。並不是因為我喜歡才去做。』

這是像在說喪氣話的口吻。艾爾希雅就是無法直視克莉絲那耀眼的神情。

『雖然只是這樣，還是很厲害！跟妳比起來，我才是一無所長。』

『嗯——』

『我也很想變得跟艾爾希雅一樣喔。』

聽到克莉絲這麼說，艾爾希雅又在一瞬間陷入沉默。

由此而生的寂靜彷彿是種警醒。是攻擊性的寂靜，為了將接下來的話正面刺向觀眾。

『——想變得跟我一樣？』

接下來艾爾希雅說的每一句話都很空洞，冰冷地迴響著。

像是在完全拒絕他人理解自己，有著滿滿的頑固。

『克莉絲一定是誤解我了。』

『誤解？』

『我並沒有像克莉絲想得那麼棒。』

『怎麼會呢？』

克莉絲回問了，只見日南在舞臺上慢慢地吸氣。

接著用像是能夠吞噬一切的漆黑眼眸支配整座會場。

「我擁有一切。不過——」

然後將那近乎黑暗的寂靜全攬在身上，再將營造出來的氛圍衝破。

「也因為這樣——我一無所有。」

那句話聽起來很空洞，彷彿是將艾爾希雅的內在剝露出來，是發自內心的寂寥告白，要將人凍僵。

有如被這句話吞噬，她的演技令我無法思考。

然而話劇依然自顧自地進行下去。艾爾希雅低著頭好一陣子，接著就像戴上假面具般改變表情，用修飾過的音調開口。

『因此，我希望克莉絲能用妳喜歡的東西當禮物。』

『這、這樣啊……？嗯，我明白了！』

『好，那就拜託妳了。我很期待！期待克莉絲送的禮物！』

剛才的氛圍不復存在，艾爾希雅用開朗的聲音填滿全場。

『等等艾爾希雅，克莉絲又沒有說要送妳禮物。』

『啊——真的耶！妳怎麼會這麼說呢，艾爾希雅！』

『啊，真的是呢。抱歉抱歉。』

『不用道歉啦——！討厭——！』

『啊哈哈。不過，我們還是說好囉。』

『……嗯！說好了！』

就這樣，克莉絲跟利普拉被捏造出來的柔和氣氛說服，當下的情況逐漸恢復正常。

這就好像是艾爾希雅在掩飾自己心中真正的想法。

最後故事迎來一個高潮。

都已經長到十三歲了，飛龍到現在還不會飛。

原因被利普拉點明。

他看向在水邊睡覺的飛龍——說出那句話。

『飛龍——能夠讀懂人心。』

利普拉道出真相。

說出讓飛龍不能飛的原因之一。

『克莉絲——其實妳並不想飛上天空，對吧？』

感覺得到這句話讓會場騷動起來。這就證明學生們的心單純被劇本的力量打動，菊池同學寫的故事已經確實打動那些學生了。

克莉絲內心有個弱點。

比起從封閉的世界起飛，她更害怕踏進從未見過的世界。

接著利普拉對克莉絲做出這番提議。

『我們一起飛吧。』

這句話毫無預警地說進克莉絲心坎裡。

『咦……』

『克莉絲肯定只是害怕一個人飛翔……所以。』
『所以？』
『我也一起去。我們兩個人一起看看世界吧！』
這句話還真像是利普拉會說的，如此直率，牽動著克莉絲的心。
後來他們兩人一起坐到飛龍身上，手牽著手許願。
求飛龍「飛起來！」。
緊接著舞臺轉暗。
十幾秒後，舞臺再度轉亮——出現讓人驚奇的畫面。
先前拿來當背景的紙都是用黑色描繪，如今用了各種顏色的畫具畫出城鎮全貌。
我聽見好幾個觀眾都發出聲音說「噢噢……」。是我去練習搞笑雙簧時決定這麼做並做準備的嗎？我都不知道有這樣的演出。
不過，想必這是菊池同學的提議吧。
畢竟——為了彰顯克莉絲的感情，這是最適合不過的演出了。
看著美麗的景色，克莉絲和利普拉有了以下這段對話。

『好棒！那是什麼⁉蜥蜴嗎⁉』

『哈哈哈。從這邊不可能看得見蜥蜴吧？那是巨龍。』

『騙人⁉真是不敢相信！因為巨龍不是有這——麼大嗎？』

『好了，這樣很危險！要抓緊！』

『哈哈哈！』

那兩人一起看著壯麗的景色。不知不覺間，目光都自然而然朝向前方。

兩個人一直在眺望遠方。

臉上表情逐漸變得安穩祥和。

『你看……那個。』

『嗯。看到了。』

『那個是……海洋，對吧。』

『嗯。』

兩人眼裡看到的是這個，在光反射下波光粼粼的水面。

是克莉絲從未見過的景色。

『這真的……好美。』

『是啊……令人驚豔。』

『怎麼會？利普拉不是看過海嗎？』

『嗯……嗯，是這樣沒錯，不過……』

『不過？』

只見利普拉露出溫和的笑容。

『這次才發現海原來、這麼美麗。』

『……原來是這樣。』

兩個人共享了只屬於他們的景色後，再度回到庭園中。

舞臺轉暗。在黑暗之中，沒有人竊竊私語，由此可知大家都在等待後續的故事發展。這就表示話劇本身已經被學生們接受了吧。

——還有，只有我知道這一幕的另一個意義，而受到感動。

一開始看到的時候還不曉得，因此不明白……其實看海的橋段。是菊池同學在跟最喜歡的「波波爾」致敬吧。

後來利普拉又在某一天帶克莉絲出城。

然而等待在那裡的，並非從空中看見的美麗景色——在那個世界裡有貧窮的人，還有克莉絲不清楚的規則。

到商店街被店長罵，沒辦法跟陌生人對話，最後回去的時候甚至還跌倒。

那些都是血淋淋的「現實」，逼她面對。

『利普拉，我……從前好像太天真了。』

『妳覺得自己太天真？』

『沒有為了生存，為某事奮鬥過……一直窩在這個看似寬廣實則狹窄的庭園裡。』

『……我不這麼認為。』

『不，我已經明白了。』

克莉絲一字一句地輕輕訴說。

『跟被關起來相比……想出去就能夠出去，卻不敢靠自身意志踏出去，這樣更痛苦、更寂寞，更不自由。』

吐露出心中的自卑感後，像是要理出頭緒，她將那些轉換成言語。

『外面的世界遠遠看就像煙火魔法那樣美麗……但如果想要進入這個世界，那就要很努力才行。』

『……克莉絲。』

『利普拉，我——想要試著努力看看。』

從這天開始，克莉絲就跟著努力起來。

慢慢去學會自己不擅長的事，開始有了明確的轉變。

然而利普拉卻覺得這樣很不對勁。

他認為還是有其他的生存之道才對。

關於接下來的故事，我有聽菊池同學口頭說過——卻沒看過劇本。

某一天，克莉絲跟利普拉起了爭執。

『我……不贊成。』

『為什麼……？』

『因為我覺得克莉絲一定還有其他的路可走。』

『其他的路是什麼!?我難道可以一直在這個庭園生活嗎!?』

克莉絲從來沒有這麼激動過，她道出自己心中真正的想法。

自己想變成什麼樣子。做不到就覺得難堪。想去什麼地方。想看什麼樣的景色。

這一件一件都彷彿是在切削思考的血肉，寄託在故事上。

『跟你說，利普拉。』

克莉絲說完就正面面對觀眾——接著說出這番話。

『從空中看到的世界是那麼繽紛、那麼燦爛，可是……就算我去到那裡，景色看起來依然灰暗。』

這句話又是在某處聽某個人說過的。

『所以我也一直很想看看燦爛的世界。』

透過克莉絲，菊池同學的真實心意再次被道出，令我為之屏息。

『吶！我也想見識大家眼中的世界，就真的不行嗎!?』

『之前覺得自己只是現在暫時被關在這裡，外頭有無限的可能性。可是後來發現我只能待在這裡，是個沒用的女孩子。』

赤裸裸的話語將我吞噬，排山倒海而來，像是要將一切都捲進去。

『為什麼我就是沒辦法跟大家好好相處？一些理所當然的事情，為何我就是毫無概念？』

這一句又一句的臺詞搖撼著我的情感，讓我深陷其中無法動彈。

這個故事猶如在泣訴一般，被世界疏遠的感受再也難以壓抑，成了這份結晶、靈魂的呼喊。

『我……是跟大家不同的異類嗎？』

而這就是——在理想跟現實的夾縫間失去方向，一位少女的血淚。

『吶，教教我吧？利普拉……』

待在空無一人獨留自己孤單獨處的庭園中，克莉絲就只能一直看著那些書本，心中有著迷惘。

認為自己是跟其他人不同的種族，少女心中有著淒苦。

她內心裡的糾結是如此深刻、殘酷。

而持續令觀眾沉醉的話劇《我所不知道的飛翔方式》，又迎向下一個高潮。

在那之後過了一小段時間，某個日子裡。

利普拉拿著用袋子裝的許多東西，前往克莉絲居住的庭園。愁眉不展的克莉絲見狀不解地歪著頭。

『……利普拉，那些是什麼？』

『噢，這個啊。話說最近，克莉絲不是給我很多東西嗎？』

『……在說花朵裝飾嗎？』

『嗯。』

幾天前。

利普拉來拜託克莉絲，看能不能將之前做的花朵裝飾都送給他。

『當時你說想要拿來當成做花朵裝飾品的參考吧？』
『對。不過抱歉，那些都是騙人的。』
『騙人的……？怎麼一回事……？』
『事實上。』
說完這些話後，利普拉先是從袋子裡拿出一張紙。
『這是？』
『是信件。』
『信件？』
利普拉把這些信件交給克莉絲。
克莉絲慢慢地看著信裡的內容，最後出現驚訝的反應。
因為，寫在上面的是──
『謝謝妳送我那麼漂亮的花冠，我會很寶貝它的喔……』
書寫的字體像是小孩子的字，文章上看起來很笨拙，但是卻很用心。

接著利普拉說「不只這樣」，這次則是從袋子拿出許多的蔬菜和水果。

『這、這些是……？』

『都是人家送我的。』

『送、送你的？』

『嗯。跟花朵裝飾品做交換，那個蔬果店的老闆給我的。』

『咦……』

蔬果店。克莉絲去外面的世界時，因為不太會買東西就被罵了，就是那間蔬果店的老闆。

利普拉解釋道。

說蔬果店老闆原本在煩惱該送什麼禮物給女兒。看到這個花朵裝飾品就非常中意，願意拿他賣的商品交換。還有——他女兒非常喜歡這個裝飾，為了道謝，就送了更多的蔬菜水果。

『我跟他說是當時那個女孩子做的。老闆就說那時是他不好，要我代替他跟妳道歉。』

『利普拉……這些都是真的？』

『當然是真的！妳快看，還有其他的喔。這個是旅館老闆娘的，這邊這個來自防具專賣店的老闆兒子。啊，還有一個七歲男孩興奮地說要去跟女生朋友求婚……不曉得那孩子成功了沒？』

『利普拉……』

這讓克莉絲茫然地杵著。

因為她大開眼界。

『吶。這樣妳就明白了吧？克莉絲很喜歡做那些花朵裝飾品——有很多人想要喔。』

『嗯……』

『表示妳並不是在外頭沒有容身之處的異類。』

『嗯……嗯……！』

『所以說。』

利普拉說到這邊張開雙手，對克莉絲招招手。

『妳就飛吧！——這次要靠妳自己的雙翼飛翔！』

就只是這麼一句話——連先前都用黑色畫出的庭園景色，也隨著海報紙翻動增添色彩。

形狀奇特的樹木、綠色的樹葉之海，以及平常那個反射著光芒的水邊。

這片景色應該已經司空見慣了，卻變得如此美麗。

克莉絲臉上的表情看起來都快哭出來了，然而她笑著點頭。

少女那原本凝固的心正逐漸溶解，才會綻放如此璀璨的笑容。

接著舞臺一度轉暗，再轉亮。故事進入尾聲。

克莉絲決定為了自己喜歡的事物來到外面，艾爾希雅運用在王城中的人脈，替她引薦到花朵裝飾品工匠聚集的工坊中，讓她在那邊當學徒修練。

緊接著道別的日子到來，三人聚集在庭園中。

利普拉對克莉絲這麼說。

『若是覺得辛苦，隨時都可以回來。』

這個庭園、這座王城。

不論何時，永遠都會接納克莉絲。

克莉絲擦拭淚水，如此回應。

『嗯。我知道了……謝謝你，利普拉。』

『我不會說那種哄人的話。妳一定要成為世界第一的花朵裝飾品工匠……還有。』

『……還有？』

接下來艾爾希雅似乎再也難以壓抑。

『這次不要回來庭園，而是要回來這座王城……！克莉絲……！』

『嗯……！我明白了，艾爾希雅……！』

她們兩人互相擁抱，將心中的寂寞傳達給對方。

後來克莉絲就跟王城的人們告別，進入工坊的學習。

少女原本認為自己不管到哪都格格不入。

覺得世上就只有自己是跟周遭人不同種族的異類。

然而她找到自己的生存之道了。

『——原來我只要這麼做就好了！』

強而有力的一句話，被她用來慶祝自己獲得解放。

在這個世界裡。她找到自己的定位。

站在舞臺正中央，克莉絲沐浴在聚光燈中。用她的雙眼直率地凝望世界。

這個名叫「我所不知道的飛翔方式」的故事，為了克莉絲而存在的故事即將落幕——

『我終於找到自己的飛翔方式！』

——原本應該是這樣。

伴隨克莉絲最後說的那句臺詞，舞臺變暗。

從菊池同學那邊聽說的最終幕已經結束了，我在觀眾席上準備拍手。

然而——故事並未結束。

舞臺又變亮了。

話劇繼續進行，日南扮演的艾爾希雅、水澤扮演的利普拉出現在那。一時之間

我還不知道發生什麼事了，只是一直盯著舞臺看。

『利普拉你看！這個！』

那是再也不尖銳的柔和聲響，聽起來還有一絲甜蜜。

『嗯……？啊啊！原來是克莉絲寄來的信啊！』

這句話讓我感到莫名發寒。

接下來菊池同學想要訴說的東西，我完全一無所知。

『聽說她在那之後越來越活躍，如今已經成了那間工坊的主人了。』

『哦。那真是太厲害了！可喜可賀！』

這部分又讓我覺得不對勁。

那臺詞和演出讓人覺得在本作中時間已流逝一段。

在這段流逝的時光中，菊池同學打算放入什麼樣的內容。

為何在那個時候，菊池同學跟我說結尾的時候，沒有告知這部分。

這其中的緣由，我不明白。

『那我要唸囉。』

『好，拜託了。』

聽這句臺詞，我比起會場內的任何人肯定都要來得專注。

不對勁的感覺和某種預感在對我示警，要我別聽。

『致親愛的利普拉和艾爾希雅。』

視野開始打轉，讓舞臺上的照明不規則搖晃。

原因不明的焦躁感無法擺脫。

最後堵塞的思緒彷彿開了一個風洞——那個聲音清楚傳到我耳中。

『——**恭喜兩位結婚！**』

艾爾希雅唸出克莉絲說的話。

有如斷頭臺的刀刃般無情，將我心中的期待和希望斬落。

『抱歉沒辦法直接對你們說。目前這個季節有很多婚禮要舉辦，讓我沒什麼自由時間。我這邊還有很多學生要負責，少了我會出問題。』

克莉絲說的話聽起來就好像是在對某個問題做出回答。

『可是回想起來，曾經跟你們兩人相處的時間，造就如今的我。當時我什麼都不懂，對任何事情都很好奇。我如此不成熟，是跟你們兩人一起度過的珍貴時光，教會了我原本不知道的所有事情。』

那聲音甚至讓我想要摀住耳朵，通過耳膜冷卻我的心臟。

『所以這樣的我至少要向你們兩人報恩！我如今在鎮上變得炙手可熱，要送你們兩人世界上最棒的花朵飾品當禮物。艾爾希雅，妳還記得嗎？我們約好了，要送我喜歡的東西給妳當禮物對吧？』

我感覺到從被砍斷的斷面中，某種再也不可挽回的東西滾落了。

『利普拉、艾爾希雅，你們兩個一定要幸福！克莉絲敬上。』

那是因為在這個結局中，「利普拉跟克莉絲並沒有在一起」。

＊　＊　＊

話劇全都演完了。

可能是因為品質遠遠超乎預期吧。現場自然而然響起熱烈的拍手聲，震耳欲聾。在群眾的安可聲下出面的人員們簡單一鞠躬，體育館裡頭開始進行下一個表演項目。似乎要由銅管音樂社來進行演奏。

有許多人繼續留著是為了看演奏，但我沒這個心情。

是因為剛才那個故事。

《我所不知道的飛翔方式》是關於菊池同學的故事。

利普拉顯然是在反射我的言行舉止，克莉絲的生存方式和想法都代表菊池同學的前進方向。

而我在幾天前對菊池同學說過一句話。

「等話劇演完——我有話想跟妳說。」

從菊池同學之後的反應來看，她肯定察覺背後的含意了，畢竟在那種時間點上發出那樣的邀約，除此之外不會有其他意思。

然而菊池同學明明曉得——卻補上剛才那最後的劇情發展。

用不著特意明講也知道。

意思很明確了。

我踩著搖搖晃晃的步伐離開體育館，經過走廊走向外面。

十二月下旬的風很寒冷，也不曉得我的臉是冷的，還是在脈搏跳動下變熱，總之那風將我的臉溫和地冷卻。

「……這樣啊。」

我一個人喃喃自語。

半年前我遇到日南，後來慢慢改變自我。

不只是外表，內在也不斷自我耕耘。
一開始是因為恐懼。再來肯定是因為逃避。
我從來沒能去選擇任何一個人，這是第一次如此明確地選擇一人。

而我現在被那個女孩子——甩掉了。

細細吐出的白色氣息，那必定是在如實呈現我的動搖。
可是在我心中的感情卻不可思議地接受這一切。
「畢竟這就是……『人生』。」
對。
我比任何人都了解得更深。
因為那是連身為日本第一玩家的我都曾經要一度放棄，就我所知是難度超高、高到不行的遊戲。
自出生以來度過的十幾年時光中，我持續敗北。
確實這半年間，我覺得自己變了。改變大到像是換了個人似的。
不過這個遊戲可沒有容易到光只是這樣，一切就能夠順利進展。
對。其實「人生」不就是——
「——個爛遊戲，也不盡然吧。」

我無法斷言。

因為我連這點也明白。

這個遊戲很困難，就像這樣，常常會有不順利的時候。

蠻不講理，越是面對就越是痛苦，不順利的時刻特別多。

但就算是這樣，我會打從心底想要去了解一個人，或一直以為某個人跟自己是截然不同的，卻能夠跟對方心意相通，原本以為自己沒辦法觸碰到對方，對方卻需要我——面對這樣的自己，我開始覺得有點喜歡了。

聚集了這麼多的戲劇性橋段和小故事，這是一款名作遊戲。

「……回去吧。」

在一句孤獨的呢喃後，我踏出一步。

文化祭的氛圍既熱鬧又幸福，只是我不曉得而已，在這之中一定產生了許多的戀愛故事吧。雖然有人會說「現充最好都炸死」，但我如今也跟他們一樣踏了出去又碰到挫折，在這樣的心境下，我甚至沒力氣去祈求這個。

如今只覺得那冰冷乾燥的空氣將我暴走的腦袋冷卻，令我有點感激。

「稍微休息一下吧……然後再一次——」

然後再一次。

重啟這個遊戲吧。

我如今對這個遊戲已經喜歡到願意這麼去想了。

剛踏出一步的步伐頓住，我看向前方。

緊接著——我感到驚訝。

因為在我看向前方時。

我看到一個非常熟悉的女孩子。

「友崎……」

又長又油亮的馬尾乘著北風飄逸。

那個女孩子一直用強忍悲傷的表情望著我，勉強逼自己呼喊我的名字。

「……深實實。」

這是為什麼呢？那表情就像是已經看穿我的一切所想。

彷彿打從心底接受了我的哀傷，能夠感同身受。

光只是這樣，我就覺得有某樣東西快要滑落。

「那場話劇。」

深實實努力將想要轉開的目光硬是對著我，對我這麼說。

「應該是、那個意思吧？」

——原來如此。

「我啊，覺得這齣話劇彷彿是拿大家當模特兒……利普拉就是友崎的翻版，艾爾希雅一定是葵，那麼克莉絲應該就是菊池吧。我很想跟你說，真的好厲害喔，話劇好有趣。」

原來深實實都看出來了。

想想也是。雖然沒有明顯到看起來就像是本人的翻版，但是那些角色、故事，明眼人看了就能夠察覺。

那麼像深實實這樣，很懂得洞察人心的現充，似乎在送我去看戲之前，就察覺些什麼了——而身為一個願意喜歡我這種人的女孩子。

想必能夠輕易看出利普拉跟我實在過分相像。

對我表示好感，能夠理解我的深實實，肯定比任何人都更加注意我。

如果是這樣，搞不好也已經發現我對菊池同學有好感——甚至猜到我想對她告白。

深實實眼裡蓄著比我更大的淚珠。

「可是……最後的劇情卻是那樣發展。等到話劇結束，兩個人都好像在逃避一樣，天涯各據一方。那樣太奇怪了吧。明明那麼努力一起製作劇本，讓話劇那麼成功。你們兩個卻不能在一起，太奇怪了。」

「……是嗎？」

在那之後，我發現了。

我跟菊池同學很顯然是迅速拉近距離。度過一段很長的時間。還有——那場話劇的最後發展。

「嗯，是這樣啊。」

我跟著點點頭。

「——我被甩了。」

我努力想讓自己不要太難堪，說話時強顏歡笑。

同時也在我心中暗暗起誓。

能夠像這樣體諒我，為我擔心，還一路追趕到這種地步。

面對深實實的這份體貼、好意，我絕不能欣然領受。

絕對不能因為一時衝動去選擇她。

可是——就在這時。

深實實前進了幾步，越過一道隱形的界線。

用那發冷的雙手，緊緊地握住我的手。

思考跟著停擺。一時之間反應不過來，不知道究竟發生什麼事了。

眼前只剩在半徑一公尺內握著我的手的深實實。

她抓住我手的力道明顯過強了，眼裡就只有直直地盯著我看。

這近在咫尺的距離，高昂的情感。

在這個空間中再也沒有任何阻力，感覺我所有的決心都快要被沖刷掉。

最後。

深實實用快要哭出來、即將要潰堤的表情對著我。

嘴裡大叫。

「──圖書室！」

那眼神比任何事物都要來得真切，不過，卻盈滿決定放棄某件事物的覺悟和淚水。

在那凝望我的視線深處，我看見脆弱與迷惘。

「菊池同學現在在圖書室！光靠話劇中的互動來得出答案，這樣一點都不好！」

即便是那樣，深實實還是咬著嘴脣忍住。

一雙手牽起我的手，把我整個人拉向校舍。

「軍師不是不會輕易認輸嗎！是最強的玩家吧！那在還不到完全行不通的那一刻前，都應該要堅持到最後吧⁉」

這句話遠遠超越那冰冷的空氣，撞擊著我的腦袋。

深實實眼裡流下大大的淚珠，順著臉頰滑落地面。

她將右手高舉過頭，很用力、力道強到就像在自暴自棄——拍打我的肩膀。

「那你就要抬頭挺胸面對！你不是男子漢嗎！」

吹過來的風明明很冷，卻唯獨被觸碰到的肩膀像燃燒般灼熱。

我接下這份痛楚、冰冷空氣，和那句話。

再一次——被賦予動機。

「……謝謝妳。我這就過去。」

這女孩比我本人更會為我著想。

當我直視她的雙眼那麼說，深實實就露出一個開朗的笑容。

「好！那當作謝禮，你晚點要請我吃餃子喔！」

背後有了這句話當助力的我，跑向圖書室。

＊　＊　＊

「……友崎、同學？」

在夕陽照射下的圖書室裡。

我進到「庭園」，發現菊池同學就在那兒。

「……嗯。」

連平常會打的招呼都沒有，我們之間的氣氛彷彿形同陌路。在這個空間中，除了菊池同學就沒有其他人了，一些看起來像是在為文化祭做準備用的大型道具隨意放置在那邊。

照亮我倆的，就只有從拉上的窗簾間洩漏進來的橙色微明，但充斥書本氣息這點依舊如昔。

「……那個。」

我先簡短起頭，坐到菊池同學正對面的位置上。

腦袋裡頭一片空白，幾乎沒辦法思考。但還是有很多話想跟她說。

「請說……」

我想菊池同學一定也明白。

知道我會看出那樣的話劇情節發展代表什麼。

但我還是想再一次——來這邊跟她說話。

「關於、最後一幕。」

於是我便毫無保留地，一口氣切入最關鍵的重點部分。

「原來結局——是這樣啊。」

只見菊池同學痛苦地咬著嘴唇。

「……對不起。」

道歉的話語超越了一切，狠狠地刨著我的心頭。

「不……這沒什麼好道歉的。」

然而菊池同學卻搖搖頭說「不」。

接著她還是咬住嘴唇，用帶著淚水的眼神望著我。

「那是我所選擇的……結局。」

彷彿是從喉嚨裡頭硬擠出來，那聲音聽起來很痛苦、淒切。

「為什麼……」

才問到一半，我就沒了聲音。

這是因為，那樣不對。

不應該去問對方為什麼不接受我。

這一定——就跟我無法接受深實實的心意是一樣的。

能夠接受我的理由、情感，在菊池同學身上找不到。

就只是這樣罷了。

「這是、為什麼……」

懊惱之情令我咬住下唇。

可是，丟臉也好，沒意義也無所謂。

我就是無法放棄。

「為什麼……或許這沒什麼好問的……」

這樣看起來肯定很遜，很可恥。

無比的沒用。

「但我還是希望，妳能告訴我……！」

然而我還是問了，拋棄所有的羞恥心、也不怕別人笑。

因為菊池同學是我有生以來第一次憑自己意志選擇的女孩子。

「想知道……為什麼啊。」

在這句話之後，菊池同學垂下眼眸。

不知為何——她慢慢露出一抹自嘲的笑容。

「我還是難免……會那麼想。」

她的聲音聽起來很空洞，像是把什麼東西放在天秤上衡量。是不知道該何去何從，不久前菊池同學會有的表情。

「或許克莉絲『希望選擇』利普拉。」

這句話讓我屏住呼吸。

「克莉絲希望能夠選擇利普拉」。

若是把這個解釋成至今為止經歷的投射——

「可是艾爾希雅的對象卻『一定』要是利普拉才行。」

她露出有著堅定決心的強韌神情。

這必定是菊池同學深思熟慮後，早就已經得出的結論——

但我卻沒辦法接受這個說法。

「等等……為什麼會是這樣？」

剛剛菊池同學說的話。

「艾爾希雅是一個能幹卻內在空洞、非常空虛的女孩子。而利普拉雖然不夠能幹卻有好奇心——這個男孩子有他想做的事情。」

不對。

那其實是不久之前的——

「兩者是完全相反的存在——因此他們兩個結合才算得上是『理想』。」

強烈的語氣。堅定的語尾。

那說話的感覺變得斬釘截鐵，似乎已經不再迷惘。

而說話內容——是菊池同學不久之前的思考方式。

世界的理想。應有的姿態。有鑒於此，「應該要」那麼做才行。

不對。我應該已經說過了。

比起理想，更希望她能夠坦然面對自己的喜好，走上這樣的人生。

菊池同學後來也接受我的說法，沒有再勉強自己去配合大家，離開學校來到社群軟體上，並寫著「想要當作家」，願意去尋找屬於自己的容身之處。

我還以為菊池同學已經脫離「理想」的禁錮。

可是，她現在卻說——

「為什麼……妳不是已經試著去坦然面對自己的喜好了嗎？」

就跟以前一樣，菊池同學又被理想束縛住。

被我這麼一問，她緩緩地搖搖頭。

「我曾經有過這樣的念頭，覺得那樣很好，但最後還是覺得……不該這樣。」

菊池同學伸手碰觸放在桌子上的劇本。後半部紙張留有些微皺掉的痕跡。

「聽友崎同學那麼說，我一度被說服。覺得不能連人生都用作者的角度來看。不能硬逼自己去配合世界的理想，而是要試著面對自己的情感，來做努力。」

靜靜地，就好像是將情感表露無遺在述說的克莉絲那般，說的話非常率真。

「而這樣真的——開始讓自己的世界有了生氣。好像克莉絲從飛龍上面看到的景色一樣，原本不起眼的世界變得如此耀眼。我心裡想著，友崎同學真的好厲害。」

「既然這樣……」

「可是。」

這時菊池同學打斷我的話。

「……這對我而言，果然是行不通的。」

她那又細又長的手指躁動不安，想必跟在譜寫故事時截然不同，微微地搖動著。

「想要隨著自己的真性情過活，那對名為『這個世界』的故事，對其他登場人物的心情來說……實在太過任性了。未免太獨善其身。所以我才覺得這樣的自己不夠誠懇。」

「不夠誠懇……」

那大概就像我平常總是放在心上的抽象情感。沒來由地，就是覺得不能那麼做——雖然如此曖昧，這觀點卻牢牢根植在自己心中，無法撼動。

菊池同學的聲音逐漸開始混雜迷惘和激情。

「可是，相反的……去尊重大家的心情，朝著『世界的理想』邁進，先整理好自己的心情再行動，那樣就連我自己都覺得很棒，很美好……覺得自己是夠誠實的。」

將手放在自己的胸口上，菊池同學用力握緊胸前的蝴蝶結。

「因為這不是只顧慮到自己的心情，而是對這個世界、對大家的心情都夠坦誠，夠美好。」

在逐漸經過整理後，菊池同學的話語跟著沉穩下來。

「因此我想要站在作者的角度壓抑自我，當個算得上問心無愧的自己，我是這麼想的……才把結局安排成那樣。」

接著她把自認是結論的東西清楚說給我聽。

「這才是……我的生存之道。」

在這句話之後，她如此斷定。

既然對方都這麼說了，我也沒辦法再多說些什麼。

畢竟跟我不一樣，比起情感，菊池同學認為朝著理想而生更適合自己。

與其用一個角色的身分活下去，還不如轉換成作者的身分，那樣她才算得上是問心無愧。

「——不過！」

此時至今未曾聽過，來自菊池同學那充滿情感、聲嘶力竭的聲音，甚至連圖書室中的書本都為之搖蕩。

「……我忘不了。」

她眼裡流出淚水。我喜歡的白皙小手就放在我喜歡的劇本上，輕輕地緊握。

「那燦爛的景色……閃閃發光的世界……以及另一個結局，我全都忘不了。」

順著她臉頰滑落的淚水掉在劇本的第一張紙上，將標題文字暈開。

「我明明知道這樣不行……但卻想要問心無愧，也渴望那閃閃發光的世界，兩者都想擁有……！」

從菊池同學眼眶滑落的淚水再也止不了。

「這麼做明明只是一種任性行為！」

滿溢而出的情感化為瀑布，拍打我全身。

如此真切。連身體都要撕裂。發自內心深處。菊池同學感到迷惘。

為了讓自己問心無愧，她必須捨棄自我。必須為了理想而活。

可是捨棄了理想，試著任性而活後。

當時看到了璀璨的世界，讓她難以忘懷。

無法只為了問心無愧而活，也無法只隨心所欲。

一切都撞在一起，這艱澀的難題膨脹到令人不知所措的地步。

藏在心底深處的兩個根本想法盤根錯節，越是掙扎就越折磨，讓人迷失自我，難以重新站起來。

貫穿這顆心，最根本的價值觀矛盾困住菊池同學。

——只不過。

同一時間。

清澈的水跟著湧現，滲入出現龜裂的沙地中。

菊池同學心中所擁有的一切矛盾，我知道自己一下子就明白過來，這點令人驚訝。

而很快的，我也看出原因。

這是因為——都是一樣的。

「菊池同學。」

於是我想起那個時候的事情。

在暑假的某天。那間咖啡廳裡。

我想起她教會我對現在的我來說至關重要的道理，想起那一天。

接著慢慢地道出所有。

「對了。妳還記得嗎？」

菊池同學的眼眶依舊溼潤，她看向我這邊。

「我啊……大概在半年前，完全沒把世界看在眼裡，對理想這種東西一點興趣都沒有。只想做自己想做的事情，自由自在生活。」

菊池同學眼中的淚水再次奪眶而出，但還是一直等待，等著我把話說下去。

「可是——我碰到了『一位魔法師』。她教會我這樣是不行的，告訴我該如何接近『理想』。」

「……你曾經、跟我說過。」

過去的往事，我曾經跟菊池同學說過一次。

擦掉淚水，有的時候吸吸鼻子，菊池同學做出回應。

「後來我就想認真起來朝著理想作戰，也逐漸做出成績，開始掌握手感……可是做到一半，我又碰到關卡。」

所以在那一天。

我才沒有繼續打扮自己，頭髮跟其他地方都沒有整理，就這樣去見菊池同學。

因為我覺得那樣才是不受「技能」和「理想」束縛，是最真實的自己。

「使用『技能』活下去，感覺對自己不夠誠實。反之，忠於自己的情感，那樣才覺得問心無愧。」

接著我緩緩地——將答案、意義、理由。

都說給菊池同學聽。

「不覺得——有種似曾相識的感覺？」

只見菊池同學睜大雙眼，止住呼吸。

我點點頭，再次開口。

「正好跟菊池同學相反。」

——對。

「我一開始只有重視情感，後來才曉得該如何追尋理想。菊池同學是從理想的世界啟程，並且學會對自己的情感誠實。」

令人不禁莞爾，我們有著同樣的邏輯，卻走相反的路。

「但我覺得重視『理想』不夠誠實。菊池同學則是認為偏重『感情』才不夠真誠。」

既然如此。

有句話除了我，沒有其他人能夠說明白。

「菊池同學——那妳知道我後來怎麼做嗎？」

在我眼前，這個女孩對我很重要。

不是妖精、天使也不是精靈。

那些想必只不過是我為了掩飾自己的感情，才加上的修飾色彩。

面對一心一意像這樣對於自己的一種生存方式，如此坦然面對、煩憂──面對如此真誠的女孩子。

我把自己的生存之道，心中「最核心的部分」。一五一十說出來。

「──我兩邊都選。」

背後沒什麼大道理，只是很單純的一句話。

「自己想做的事情和技能。理想和感情。為了同時兼具兩者，我只要好好努力就行了。」

或許是因為牽扯到現實面，才會產生矛盾。

然而對我來說，這兩者依然是必要的。

那麼前提就是付出努力，如此一來兩者兼得。

還有。

教會我這點的就是——

「所以說，菊池同學也是一樣的。」

漸漸地，菊池同學露出像在追尋、尋找救贖的表情。

「我也、一樣……？」

這時我定睛凝望菊池同學那對黑色雙眸，並點點頭。

「我以自己想做的事情當前提，決定去思考要實現該如何使用技能。因此——」

我把她交給我的道理原封不動還給她。

「菊池同學——妳就以不要破壞自身理想當前提，去實現自己想要的目標。然後只要去想這樣一來該怎麼做就好。」

菊池同學常常在肯定我，為了肯定她的一切，我試著抱持自信斷言。

「不需要只取一方——為了能夠得到兩者，妳也可以試著拚命努力看看。」

在我說完之後，語畢我露出微笑。

「——其實很簡單，對吧？」

話雖如此，菊池同學卻像是在言語和感情之間徘徊，目光飄動。

瞳眸脆弱地搖動，再次蓄滿淚水。

「可是……我不曉得這該怎麼做才好。」

她又像是在否認自我。

「利普拉照理說『應該』要跟艾爾希雅結合才行，那才是世間所期盼的理想。現在卻要憑著自己任性的情感去扭曲……那樣太任性了吧……不會太自私嗎？」

「這樣啊……」

換句話說，世界的理想、故事的整合度、其他人的情感。

在菊池同學看來，依循世界的理想樣貌，利普拉……不，就別再用這個字眼掩飾了吧。

依照她所見的世界理想來看——「我不應該跟菊池同學在一起」。

除此之外——我已經決定不再對他人的好感裝作視而不見。

因此剛才那番對話讓我明白另一件事情，我絕對不會裝作沒看見。

那就是菊池同學其實喜歡我。

那麼——

我不應該跟菊池同學在一起，這是世界的理想。

然而菊池同學卻喜歡我，那是她個人的情感。

這兩者之間是矛盾的，絕對無法並存，而我必須讓那兩者並存。

——就只是「這樣罷了」。

「嗯，我明白了。」

確實如菊池同學所說，如果要實現這點，在克莉絲、利普拉、艾爾希雅存在的「我所不知道的飛翔方式」這個「故事」中，或許有點困難。

但是——拿到這個現實世界中，卻變得簡單了。

「菊池同學……在這之中，其實有個絕對不會弄錯的方法。」
於是為了讓菊池同學放心。
還有就是為了說服她，為了讓我得到自己想要的東西。
「……是什麼呢？」
我使出讓說話語氣會變得充滿自信的「技能」。
開口說出那個答案。
「——我喜歡菊池同學。請跟我交往。」
菊池同學睜大眼睛。
我則是擺出一個堅定的笑容。
對。事情並不複雜。
菊池同學認為應該要那麼做才對。
也就是「利普拉應該要跟艾爾希雅在一起」這個理所當然的「世界理想」，光靠「菊池同學個人的情感」無法扭曲。
那就不用克莉絲來做，不用菊池同學來做。

只要友崎文也去選擇她就行了。

其次，我使出另一個殺手鐗。

為了替兩個人的「故事」加上「特別的理由」。

「還有就是，菊池同學，妳說過吧。」

「咦……？」

我讓自己的手在被淚水沾到皺掉的劇本上遊走。

「利普拉和艾爾希雅能夠撫慰彼此，所以他們必須結合才行。」

而這次，我不選擇握手。

為了讓兩顆心能夠結合在一起，再一次。

我溫柔握住那又白又細，創造出我鐘愛故事的偉大作者之手。

「這樣看來——不覺得利普拉和克莉絲也是如此嗎？」

在想做的事情和技能之間煩惱。

或者是在感情和理想間陷入迷惘。

這部分——雖然用詞不同，代表的意思卻是一樣的。

「其實都會得出相同的結果，只是順序相反……順序反過來，但結果卻相同。」

這是非常不可思議的關係。

「彼此之間用完全相反的順序在煩惱著。」

那就好像是一個太過周全的故事。

「不過，雙方一起解決這個問題，回過神就發現從對方的言詞之中，找到了自己前進方向的基準。」

起跑點是兩個截然不同的地點。
但是卻互相給予對方在相反地點上的重要之物——
彼此都知道那事物放在兩側上能取得平衡。

而這樣的事情，不管怎麼想。

「至於這樣的關係——即便是在這個名為人生的故事中用『作者視角』來看，不覺得也是『非常理想』的關係嗎？」

這句話肯定已經透過這個庭園的空氣傳遞過去。

又或是透過手與手之間的溫度聯繫。

我覺得那已經傳入菊池同學的心扉。

終於。再一次——這次一定是基於不同的理由，菊池同學眼裡流下碩大的淚珠。

帶著滿面笑容慢慢點頭，嘴裡說了這句話。

「利普拉果然——很擅長開鎖呢。」

沒錯。因為波波爾也曾經這麼說過。

——言語是一種魔法。

8 在魔法之門後頭一定會有自己想要的東西

文化祭第二天。上午過後就會舉行休業式，是第二學期最後一個早晨。

「那麼，首先要恭喜你……總算辦到了。」

臉上帶著溫和笑容的日南看著我。

她的視線中充滿祝福，完全感受不到平常那種嚴厲跟銳利。

「喔……謝謝。」

所以我變得有點不好意思，在回答的時候眼睛有點不敢看對方。

這裡是平常那間教室。第二服裝教室。

在這個成了一切起點的場所中，對著人生導師日南，我跟她報備「自己跟菊池同學交往了」。

日南狀似調侃地揚起嘴角和單邊眉毛，用揶揄的語氣說了這番話。

「利用跟她一起製作劇本的立場提升好感度。這個作戰計畫很厲害嘛。」

「喂，話不是這麼說吧。」

一邊說著，我也跟著輕笑。我總算達成「中期目標」，這是給我的粗暴祝福。她扮演一個心機很重的角色，活用這角色特性說出挖苦人的玩笑話，如今的我已經能夠從容接招。

「不過，也要感謝妳，日南。」

「也要感謝我？」

這句話我是用坦然的心情說的，日南卻不解地歪過頭。

「我能夠有今天，都是多虧妳。」

「……哦。好吧，不客氣。」

她隨便拿一句話來敷衍，然後輕輕撐住臉頰，後頭還有話要說。在那一瞬間她看起來好像把視線轉開了，想必是我多心了吧。

「但我只是想證明自己是對的。」

「噢，是這樣啊。」

日南說話時語氣一直很帶刺，讓我不由得發出乾笑聲。該說她不夠坦率嗎？還是說這也是真心話。不管怎麼說，就連日南這種過度冷淡的表現，我也越來越不討厭了。

甚至開始覺得這樣也滿帥的。

「對。不過，這樣你就明白了吧。角色變更做得很成功。」

「角色變更啊。」

如今回想起來，一切都是從這句話開始。

在我遇到 NO NAME 之後。

我跟她大吐真實想法，卻被她正面否決。

接著，她跟我說人生之中存在著不可顛覆的角色落差，因此才不會事事如意。

——還說我是「弱角」。

說完這些——日南就趁機把我帶到她家去，提議我可以走上透過努力來做「角色變更」這條路。

而如今實際上，這點已經透過明確的形式實現，任誰都無法不去承認這點。可以說角色變更真的是很成功吧。

「受不了。妳真的很討厭認輸呢。」

「哎呀，關於這部分，你難道有資格說別人？」

「哈哈哈，好像是喔。」

在那之後，我們兩人對著彼此露出好勝的笑容。

兩個玩家都不服輸。雖然我把日南當成師父，總是在仰望她，但有的時候還是能夠發動突襲，連這傢伙都意想不到，然後讓她大吃一驚，這點我有自信。

因為我是 nanashi，這傢伙是 NO NAME，才有辦法玩這種花招吧。

「嗯，真的很謝謝妳。」

「這好像是第二次了？」

日南「哼哼」地笑著，用這句話消遣我。

「真、真囉嗦，因為這很重要，我才會講兩遍。」

「哎呀。就是因為很重要，才應該要避免話隨便講講，把所有的真心實意都灌注在一句話中吧？」

「聽、聽妳這麼一說好像……」

也許真的是那樣，即便到了現在，我還是會被她洗腦。

「不過，也對。」

就像一個想到惡作劇點子的少女，日南臉上浮現壞心眼的表情。

「那麼為了配合你，我或許也應該再說一次。」

她一說完，便用足以讓我目眩神迷的魅力目光貫穿我的瞳眸。

「──友崎同學，恭喜你。」

她顯然有使用操控語氣的「技能」，這句話是用溫暖柔和的音色說的。

就好像在守望自己孩子的母親那般，表情很溫柔，害我一下子就跟著害臊起來。

「……喔。」

因此我也乖乖地點頭。

在那營造出的假面具和音色之後，我相信還是有顆真心存在。

「那麼，接下來是下一個課題。」

「啊啊又來了，雖然我早就猜到事情會變成這樣。」

這模式實在是太過老套了，我半是傻眼，半是放心。

「這還用說。像你這樣的天生非現充八成不曉得，那跟戀愛小說或青春戀愛喜劇是不一樣的，在人生中所謂的『交往』，頂多只是開端。頂多就只是從現在開始到畢業，關係會持續一年以上，然後被人說『雖然是學生也維持了很久呢』，可是這樣的世界喔？」

「嗚……好、好吧，是這樣喔。」

現實被迫擺在眼前，讓我不由得害怕起來。算了，就算這真的是一段故事好了，那也是名為「人生」的故事。

「還有，你還記得我設定的『遠大目標』嗎？」

「……這。」

當然我都記得。

「就是要變成跟妳差不多的現充，對吧？」

日南點點頭。

「因此你要去思考的，不是只有戀愛而已。在網路上好像有很多人覺得有女朋友就是現充，都想得太簡單了，要過得充實不是只有這樣而已吧？」

「這個嘛，好像是。」

事實上就連這傢伙——若是沒有對我隱瞞，那她目前確實沒有男朋友。可是也沒人會說日南不算現充吧。如果她想要交男朋友，那過個幾十分鐘就能交到。

不過，到這邊我有個想法。

那就是——關於過得充實的形式。

「吶，日南。」

在暑假的那場對立後。

我曾經跟這傢伙放話。

在所有的遊戲之中，即便是在人生裡，「真正想做的事情」才是重要的。

以這個為前提向前衝，那才真正叫做活得快樂。

因此總有一天——我要向她證明「真正想做的事情」是存在的。

當然我還沒有整理出關於存在證明的理論，可以拿去給這傢伙見識。

這必定是很困難的，並非一朝一夕就能完成，搞不好在這傢伙的「邏輯理論」加持下，也沒辦法獲得證明，甚至那只是一個空洞的問題。

然而線索依然掉落在人生這場遊戲的迷宮中，散落於各個角落。

就像是蒐集石板、水晶或寶玉，將能夠開啟通往下一個世界的門扉。在意想不到的時候，意想不到的東西往往會成為關鍵道具，能夠讓一切水落石出。

因此，要踏出能完成這些的第一步。

我想跟這個魔法師一起踏出去。

「有個地方——我想帶妳去一下。」

＊　＊　＊

「哎呀，文也。我早就猜到你總有一天會辦到，但沒想到這麼快呢。」

在早晨的教室中。

在水澤、中村、竹井的包圍下，他們用手肘和拳頭在我全身上下胡亂輕戳。

「不過，原本看起來就明顯很可疑了。」

露出整齊又潔白的牙齒，中村那麼說。還有他頭髮的顏色已經變回金色。

「就是啊!?你們一起工作的時間很長吧!?這次已經不是你們第一次一起工作了吧!?」

看起來很興奮的竹井一臉非常懊惱的樣子。說話的量也比平常多，內容也很支離破碎。

「算、算是吧，事情就是變成那樣了。」

昨天晚上我跟菊池同學開始交往，想說好歹得跟某個人報告一下，就只有發LINE去跟水澤報告……一直在想不曉得隔天會變怎樣，然後就變這樣了。反正我是有料想到了啦，男人只要在興頭上，做事情就很隨便呢。

當我用怨恨的表情看人，水澤就開心地呵呵笑著。

「反正你又不是幹什麼壞事，用不著隱瞞吧。畢竟遲早會穿幫。」

「這、這倒也是……」

「那早點說清楚講明白不是更好？」

「有、有道理……？」

能夠像這樣輕輕鬆鬆就說服別人，這點果然跟日南很像。

就在我們吵吵鬧鬧時，其他跟中村他們交情不錯的男子團體成員都過來探聽，我突然一躍成為大紅人。

「咦——!?友崎有女朋友了!?」

「真的假的!?在文化祭上交的!?」

有松本大地、橋口恭也等人，如今回想起來，在我剛開始展開特訓的時候，直到我跟日南一起放學為止，那些現充男子團體成員肯定連有我這個人都不曉得，現在卻跟中村他們一起小力戳我。

「是跟菊、菊池同學……?原、原來是這樣……」

而在這之中就只有橋一臉狼狽，小聲說了這句話，這件事讓人特別有印象。

＊　＊　＊

這天。休業式結束後出了北與野車站，回家路上。

「啊——……這樣喔。」

「……嗯。」

聽到那對一切了然於心的話語，我就只能簡短回應並點點頭。

「看樣子果然進展順利呢！不愧是最強玩家，永不放棄的男人！」

「說的……也是。」

就算下雪也不奇怪，面對如此寒冷的天空，現場就只有我們兩個人。

跟深實實兩人結伴，我們走在平常會經過的道路上。

「我把自己的想法告訴她，得到她的諒解……」

「嗯……友崎確實做出選擇了呢。」

寂寞地說完，深實實撿起路邊的石子，「嘿」的一聲踢掉。她那變得渺小的背影彷彿似曾相識。

「的確、是這樣。是我想那麼做的。」

我跟深實實曾一起對戰日南。

不管什麼時候聊天都很自然，能夠跟她度過快樂時光。

深實實跟我說出她的心意。

還有——看到原本一度放棄的我，深實實推了我一把。

她對我來說真的是很重要的朋友，此刻正用開朗、半開玩笑，但又像是快要消失的笑容面對我。

「話說軍師也是一個過分的男人！你這個花花公子！」

「嗚……不、不是這樣……」

被人告白卻給不出答案，最後跟其他女孩子交往。喔，若有人說我是花花公子，是不是說中啦。

「嗯、嗯——其實是因為我過於追求自我坦承，結果才變成這樣吧……」

我在煩惱不曉得該如何陳述，同時將想法說出口，此時深實實就像是要轉換氣氛，突然用清晰的口吻說話。

「總之，都無所謂了！其實我都明白！你可是友崎，想的一定比我還多，會謹慎選擇吧。」

「……深實實。」

「關於我的事情……你一定也為我設想許多！我都明白！」

「……抱歉。」

在我小聲道歉後，深實實突然間換上開朗的口吻。

「別這樣！大家都沒錯啊！」

「說、說的也對。抱歉。」

我一不小心就再次道歉，那讓深實實不滿地拍我的肩膀。

「聽你為這種事情道歉反而讓人火大！」

「好痛!!喔、喔喔……是喔。」

我只說了這些，結果深實實就豁然開朗地笑了一下，像是要稍微透露那溫暖的情緒似的，她吐出白色的氣息。

「不過……說真的，其實我還是喜歡你。」

「……嗯。」

「我也不是順水推舟或心血來潮才喜歡上你的……面對這種事情，其實我意外的會變得很認真。」

我默默點頭，接受了這句話。深實實看起來好像活得五光十色，事實上她很賢慧聰明，也有很多煩惱，具有誠實又坦率的內在性格。

就連這些，我也都明白。

因此我才會無法道歉，也沒辦法只說好聽話來安慰她。

就只能正面接受她道出的話語，我覺得自己非這麼做不可。

「所以說，今後我們兩個心中也不要有疙瘩。好嗎！」

「……好。」

深實實故作大氣，那側臉充滿堅強，像是要承擔一切，並對一切一笑置之。

能夠被這樣的女孩子告白說喜歡，我覺得那是天底下最值得驕傲的事情。

「——不過。」

後來深實實來到距離我前方幾步之處，轉過頭看我。

那目光直直地對著我，這是為什麼呢，明明就像還在留戀過往，看起來卻非常正面。

既開心又悲傷，想必她連自己的情感都還沒有整理好，就用像是要讓那些情感滿溢而出的眼神望著我——嘴裡這麼說。

「可別以為我會永遠喜歡你！軍師是大笨蛋！」

接著深實實就跑掉了，而我無言以對，就只能一直看著那道背影，目送她。

＊＊＊

一年即將結束，寒假開始之後，幾天過去。

過去我曾經跟菊池同學一起去某間咖啡廳，我們再次兩人結伴而來。

裡頭擺著色彩繽紛的酒瓶，和走西洋風格的裝置品，可是這裡同時又飄蕩著復古的氛圍，是一間不可思議的咖啡廳，我跟菊池同學兩人一起造訪。話說這裡也是日南告訴我的。我老是受那傢伙關照。

「嗯……好好吃喔。」

菊池同學還是一樣點了蛋包飯，我是不是在味覺上被某人傳染了啊，回過神才發現自己點了爆漿起司漢堡肉。

「是啊。這個也很好吃。妳看，起司會牽絲。」

一邊說著，我突然想到「咦？這種時候該不會能夠跟人交換一口吃吃看之類的。」──……但事情並沒有變成這樣，一如既往的安詳時光依然持續著。我跟菊池同學的相處模式往往都是這個樣子。

我跟她聊了很多。

包括在結束之後沒能聊到的，關於話劇的事情。

還有就是我們開始有機會交談後，都有什麼樣的想法。

以及在兩人相遇之前，自己都是如何生活的。

現在想來我還對菊池同學的事情一無所知，而我也沒有把自己的事情全都說給她聽過。

因此能夠聊的話題，像是聊都聊不完。

最後我們終於用完餐，上完廁所的我回來。

結果發現菊池同學前方桌上放著一疊A４大小的紙張。

第一張寫著「我所不知道的飛翔方式」這段文字。

「……劇本？」

被我這麼一問，菊池同學搖搖頭。

「是小說版本的後續。」

「啊……」

我懂了。

話說在同學面前演出的話劇。

這故事原本就是一部沒寫完的小說。

小說寫到一半改編成劇本，然後加以改寫之後製作成話劇，並且完結。可是在小說形式上，其實還沒有結局。

而如今。

「『原著小說』。我已經完成了……如果你願意看一看，我會很開心的。」

菊池同學說完就害羞地將那份原稿交給我。

不過，這是為什麼呢？那表情看起來是至今為止最害羞的一次。

只是被我看過好幾次的故事轉變成小說版本，有必要臉紅成這樣？

「……怎麼了？」

當我問完，菊池同學先是著急地「咦」了一聲，同時可能是因為這樣的流程已經發生過好幾次，她放棄掙扎，開始說明理由。

「那個，事實上……這並不是正式版本，是為我自己所寫的故事。」

「為菊池同學所寫的故事？」

菊池同學回了一聲「嗯」並點點頭。

「是友崎同學教會我的，說我可以忠於自己的情感。」

「……嗯。」

「因此，雖然這不是正式版本……但已確實按照自己的期望，不依循世界的理想——而是只有放入『我心中的理想』，試著寫成這篇故事。」

在說這話的時候，菊池同學眼中的色彩就像人類少女會有的，是清澈的黑色，所以那對雙眸——必定能夠看見多采多姿的世界。

「我明白了。那麼我會在今天看完，晚點再傳送感想給妳。」

像這樣互相尊重、互相理解的祥和關係。

這份溫暖和舒適，就算我們開始交往也沒有絲毫改變。

——原本是這麼以為的。

「……我不想那樣。」

「咦。」

那臉頰染成跟蘋果糖一樣紅。深藏的情感爆發出來，雖然只有一點點，卻譜出那句惹人憐愛的話。

「現在就在這裡，我想聽你的感想。」

我心中柔軟的部分三兩下就被擊穿。

「我、我願意等待。」

是因為我們開始交往的關係？還是要對「想做的事情」也開始坦然面對，而導致的心境變化使然，這我不曉得。

「我會在這裡乖乖等待……所以想要直接聽你說感想……」

——菊池同學開始會說有點任性的話了。

「我、我知道了，既然妳這麼說……」

聽到這句話，菊池同學頓時變得很開心。

「……嗯、嗯。」她小聲回應。接著就對我點頭一鞠躬。「我覺得……很開心。」

這樣的互動，似乎讓我對在交往這種事開始有了切身感受。

那樣的菊池同學看在我眼裡，真的可愛的不得了。

就這樣，我們會慢慢跨越那小小的障壁，有的時候會不小心一口氣翻過頭。會有順順利利的時候，也會遇到挫折，想必今後會一直保持這樣的關係吧。

「呵呵……感覺上，真的很開心呢。」

因為我成了菊池風香這個女孩子的——第一個男朋友。

＊　＊　＊

地點來到自家。我自己的房間。

看了傳到智慧手機，日南在問我「如何？」的 LINE 訊息，除了苦笑，我第一件事情就是先撲到床上。就算她問我如何，那些事也已經超乎我的腦容量負荷了，實在是一言難盡。

「……啊，對了。」

不過這個時候我想到一件事情。

在我報告詳細的約會內容前，有件事情想跟那傢伙稟報。

我想這件事情肯定又會大幅超乎那傢伙的預期。

所以我硬是強撐著快要精疲力竭的身體，無論如何也要將此事打進訊息欄中。

「在『事件列表』中的其他目標，我也完成了。

只不過做法跟妳想像的不一樣。」

確認訊息順利發送後，我頓時全身虛脫。

今天發生過的事情、交談過的對話，還有初次撞見的表情。

真的都太崇高了，對我而言幸福得過火。

然而這些都是我想要的——是我自己做出的選擇。

所以我打從心底覺得，想要永遠保留這份心情。

那麼——對了，在菊池同學寫的小說結尾。

我重新把那一幕再看一次吧。

因為那是我跟菊池同學一起創作的故事結尾。

是菊池同學在正視自己的心情，對我來說是最棒的傑作。

＊　＊　＊

克莉絲跟利普拉一起走在攤販林立的商店街上。

這裡是克莉絲還不習慣的庭園之外。可是她覺得身旁只要有利普拉在，哪怕是天涯海角都能去。

「啊！」

「喔。」

克莉絲差點被小石子絆到跌倒，是利普拉伸手撐住她。

頭頂上的花朵裝飾差點掉下來，被利普拉用手牢牢接住了。

「好啦。要小心點才行。」

利普拉將花朵裝飾重新戴回克莉絲頭上。這個花朵裝飾品是至今為止下了最多功夫製作的，就跟這個世界一樣美麗。

「嗯，很適合妳。」

「謝謝，也很適合利普拉。」

像是在捉弄對方，克莉絲看著利普拉的頭這麼說。

她抬頭看利普拉的頭，上面也戴著花朵裝飾品，花瓣在風的吹拂下搖曳。

兩個人看了彼此的頭後互相微笑。

「嗯——我是男生，戴這樣有點不好意思。」

「又沒關係！這樣我們才有『一樣的裝扮』，我早就想試一次看看！」

一邊回想之前發生過的事情，他們兩個慢慢欣賞鎮上的景色。

「雖然這一切都好像夢一樣，但其實都是真的呢！」

「當然了。看到的東西、感受到的，這些全都是真的，是現實。」

「……說的也對！」

猶如在一一確認重要的寶物。

「對了，你還記得嗎？我們兩個人一起從空中看過一些景色！人都變得好小好小，連明明很巨大的巨龍都比我的手掌還小。太陽很近有點熱，可是被照得閃閃發光的海真的好美。那麼美好的世界，我還是有生以來第一次看到！」

克莉絲心情很好，她開始轉圈，質地輕薄的單件式洋裝裙襬柔軟地展開。

「哈哈哈。的確，我都不知道在天空上原來這麼舒暢。」

像是在守望這天真無邪的模樣，利普拉露出笑容。

克莉絲轉圈的樣子就像在跳舞，一陣子之後腳步停下。

「——可是呢。」

這時她邊說話，邊看著人來人往的城鎮。

那裡有很氣派的海鮮店，有牽著手走在路上、種族不同的情侶，還有在追魔鳳蝶的人類孩童。這些喧囂就彷彿馬口鐵玩具在鳴響般熱鬧，感覺多采多姿，而那個世界若是慢慢眺望，就會發現是重要到無可取代的，看起來非常美麗。

聲音、味道、景色和膚觸——這些全都很繽紛。

都是以前被關在庭院裡的克莉絲不會知道的色彩。

「利普拉教過我什麼是最重要的東西。」

這一切，克莉絲都用無比珍愛的表情凝望著。

接著她突然露出燦爛笑容。

讓人想起他們兩人就近看過的，那個過分炙熱的太陽。

這笑容彷彿頓時將世界照亮。

「你說我們不用勉強飛上天空，這個世界上還是存在許多美好的景色呢。」

就像在為這個笑容增添色彩。給予祝福——

「所以，謝謝你。我最喜歡你了，利普拉。」

空中有白色的飛龍悠然翱翔天際，透著陽光綻放七彩光芒。

後記

好久不見。我是屋久悠樹。

很快的本系列已經出到第七集。中間還有出短篇集，事實上已經出了八本。

雖然出道當上作家，但每天還是一直碰到嶄新的體驗，一方面是因為我自己也不斷主動探索新事物使然，總之每天都過不膩。雖然只有發生在上一集發售之後，但不曉得為什麼讀賣高中生新聞上頭刊載了我的照片，後來我就豁出去了，甚至還在Twitter上面露臉，發生了這麼一件事情。

可是像這樣把自己的長相暴露出來後，今後在做所有事情、說的所有話都會伴隨風險。既然要考慮旁人的眼光，那之前可以隨隨便便說的話，現在也不能那麼隨便了吧。當然不能說出有損外在形象的話，身為一個職業作家，甚至可以說這是不應該去做的事情。

所以搞不好我就不會在這裡——談「這一集封面上小鶇的大腿四頭肌」。

例如原本我在講到大腿的時候，常常會說到代表X軸的粗度，代表Y軸的長度，主要都是這些，這一集封面小鶇在左邊膝蓋稍微偏上面的地方，是屬於「大腿前半部」的隆起部分，即有「深度上的立體感」，換句話說，存在著大腿的「Z軸」，這也打造出全新的肉感，我想去談到這點風險實在太大。

除此之外，不只是X軸和Y軸，就連Z軸都強調了，這表示小鶇雖然很散漫，大腿前半部的「大腿四頭肌」卻自然而然有著恰恰好的肌肉分布，可以看出她其實是「潛力型現充」。不過說到從這些肌肉可以看出催生此種性格的「強者餘裕」，這就事關我的形象，讓我必須閉口不談。

於是這次想來談談「好像有戴又好像沒戴的耳環彰顯這年紀會有的可怕之處」，但紙張篇幅好像不夠了，所以這部分也就暫且不談。

接下來要表達感謝。

給負責插畫的 **Fly** 老師。發私人訊息確認要上傳對話截圖到 **Twitter** 上的時候，你回訊說「想放什麼儘管放」，實在太酷了。感謝你平日的關照。我是你的粉絲。

給責任編輯岩淺。前天我們從深夜開始就透過電話進行討論，然後當天早上進入小學館，直接工作到隔天早上，接著你在公司「目送我回去」，莫非你住在小學館？

還有各位讀者。最近常常看到大家留言「作品發售都很慢是不是在忙著搜尋網路評價」「都沒有更新 **Twitter** 該不會在玩《任天堂明星大亂鬥》」「要努力玩《任天堂明星大亂鬥》喔！」等等，麻煩大家不要忘記我也是有在寫書的。感謝你們一直以來的支持。

希望下一集還能跟大家見面。

屋久悠樹

國家圖書館出版品預行編目(CIP)資料

弱角友崎同學 / 屋久悠樹作. -- 1版. -- [臺北市]：
尖端出版：家庭傳媒城邦分公司發行, 2020. 08-
面；　公分
譯自：弱キャラ友崎くん
ISBN 978-957-10-9059-7 (第7冊：平裝)

861.57　　　　109008738

浮文字
弱角友崎同學 Lv. 7
（原名：弱キャラ友崎くん Lv. 7）

著　　者／屋久悠樹
發 行 人／黃鎮隆
執行編輯／楊國治
企劃宣傳／邱小祐、劉宜蓉
封面插畫／Fly
副總經理／陳君平
美術編輯／陳聖義
文字校對／施亞蒨
翻　　譯／楊佳慧
副　　理／洪琇菁
國際版權／黃令歡
內文排版／謝青秀

出　　版／城邦文化事業股份有限公司 尖端出版
台北市中山區民生東路二段一四一號十樓
電話：（〇二）二五〇〇—七六〇〇
傳真：（〇二）二五〇〇—二六八三
E-mail：7novels@mail2.spp.com.tw

發　　行／英屬蓋曼群島商家庭傳媒股份有限公司城邦分公司　尖端出版
台北市中山區民生東路二段一四一號十樓
電話：（〇二）二五〇〇—七六〇〇（代表號）
傳真：（〇二）二五〇〇—一九七九

中彰投以北經銷／楨彥有限公司（含宜花東）
電話：（〇二）八九一九—三三六九
傳真：（〇二）八九一四—五五二四

雲嘉經銷／智豐圖書有限公司　嘉義公司
電話：（〇五）二三三—三八五二
傳真：（〇五）二三三—三八六三
客服專線：〇八〇〇—〇二八—〇二八

南部經銷／智豐圖書有限公司　高雄公司
電話：（〇七）三七三—〇〇七九
傳真：（〇七）三七三—〇〇八七

一代匯集／香港九龍旺角塘尾道六十四號龍駒企業大廈十樓B&D室
電話：（八五二）二七八三—八一〇二
傳真：（八五二）二五八二—一五二九
E-mail：hkcite@biznetvigator.com

新馬經銷／城邦（馬新）出版集團Cite（M）Sdn. Bhd.
E-mail：cite@cite.com.my

法律顧問／王子文律師　元禾法律事務所
台北市羅斯福路三段三十七號十五樓

二〇二〇年八月一版一刷
二〇二一年二月一版二刷

■中文版■

郵購注意事項：
1.填妥劃撥單資料：帳號：50003021戶名：英屬蓋曼群島商家庭傳媒(股)公司城邦分公司。2.通信欄內註明訂購書名與冊數。3.劃撥金額低於500元，請加附掛號郵資50元。如劃撥日起 10～14日，仍未收到書時，請洽劃撥組。劃撥專線TEL：(03)312-4212 ・ FAX：(03)322-4621。E-mail：marketing@spp.com.tw